ars vivendi
Krimi

Der Pelzmärtelmörder

ars vivendi

Originalausgabe

2. Auflage Oktober 2011
1. Auflage Oktober 2010

www.arsvivendi.com

Lektorat: Dr. Felicitas Igel
Umschlaggestaltung: Anna Ponton unter Verwendung
eines Bildes von Inka Schmidt / fotolia
Druck: Beltz, Bad Langensalza
Printed in Germany

ISBN 978-3-86913-045-3

Der Pelzmärtelmörder

Inhalt

Sigrun Arenz

Die Dezemberbraut

So hatte sich Marie Berger ihre Hochzeit weiß Gott nicht vorgestellt. Heiraten im Dezember, was für eine bescheuerte Idee! Schuld an dem ganzen Schlamassel war Colin Firth, dessen romantische Trauung als Mr. Darcy in der berühmten BBC-Version ihr schon seit Jahren jedes Mal wohlige Schauer über den Rücken gejagt hatte. Blumengirlanden im Schnee, lachende Verwandte und ein glückliches Paar, das in einer offenen Kutsche ins Happy End hineinfuhr. Hm.

Schauer gab es immerhin, wenn auch keine wohligen. Schließlich war es völlig illusorisch gewesen, auch nur einen Moment anzunehmen, dass es nach geschätzten einhundertzwanzig Jahren ohne Schnee ausgerechnet diesmal weiße Weihnachten geben würde. Eine Hochzeit in der pittoresken Kirche am Brombachsee und dann die Feier in der malerischen Altstadt von Pleinfeld, das sie nach einer romantischen Kutschfahrt, wenn schon nicht durch den Schnee, so doch wenigstens durch einen klaren, strahlenden Wintervormittag erreichen würden. Von wegen!

Stattdessen Ärger mit der Cateringfirma und dieser blöden Fotografin, verspätete Zu- und Absagen von Leuten, mit denen man entweder fest oder schon gar nicht mehr gerechnet hatte, Stress mit einer Mutter, die alles besonders gut machen wollte und dabei immer nur störte, und dann hatte die Dame vom Pfarramt am Vortag auch noch angerufen und ihr gesagt, dass die Heizung in der Josephskirche ausgefallen sei. Ob sie bis zur Traufeier wieder in Gang gebracht werden könne, sei fraglich. »Ziehen Sie sich lieber was Warmes an.« Übers Hochzeitskleid?! Na danke, großartige Idee! Und natürlich regnete es seit drei Tagen, einen feinen, eisigen Nieselregen aus einem tiefhängenden, bleiernen Himmel. Bis zur Trauung waren es noch dreizehn Stunden, und an ein Weihnachtswunder, das bis zum nächsten Morgen die Wolken verscheuchen oder Franken in eine puderzuckerweiße Schneelandschaft verwandeln würde, glaubte Marie nicht.

Nein, alles in allem hatte sie sich ihre Hochzeit ganz anders vorgestellt. Erschwerend kam noch die Tatsache hinzu, dass der Bräutigam seit vier Stunden spurlos verschwunden war.

»Bei mir? Fehlanzeige. Niemand hat das Haus verlassen oder betreten, seit ich hier stehe.« Dafür rann ihr der eisige Nieselregen in den Kragen und im Vorgarten des Nachbarhauses stand eine dieser unbeschreiblich geschmacklosen Santa-Claus-Figuren in einem Rentierschlitten, umgeben von blinkenden Leuchtketten. Die Fenster des observierten Reihenhauses hingegen waren dunkel. Eva Schatz von der Ansbacher Kriminalpolizei hörte kurz zu, was ihr Gesprächspartner sagte, dann murmelte sie: »Na ja, war eh nicht sehr wahrscheinlich, dass er hier aufkreuzen würde. Er muss schließlich wissen, was auf dem Spiel steht. Aber einen Versuch ist es wert ... hm ... ja, Sie warten, ob sich drüben bei seiner Wohnung was tut. Meier soll mich um Mitternacht hier ablösen ... ich weiß, ich weiß, aber wir schließen nichts aus, vielleicht haben wir ja Glück ... Na und, mir ist auch kalt! Was sind wir, ein Wellness-Club?« Sie rollte die Augen, nachdem sie das Gespräch beendet hatte. »Idiot«, grummelte sie. Als ob sie nicht alle, statt auf eine Zielperson zu warten, die wahrscheinlich nicht kommen würde, lieber in ihren warmen Wohnungen sitzen würden – bei Kerzenlicht und »Last Christmas« in Endlosschleife im Radio. Eva Schatz schnaubte verächtlich. Alles in allem war die trübe, regnerische Nacht im Freien einem einsamen Adventsabend vor dem Fernseher mit dem Kater als einziger Gesellschaft vielleicht doch vorzuziehen. Sie ging langsam in Richtung ihres Autos zurück, das sie verlassen hatte, um sich die Beine zu vertreten, als sie plötzlich vor den blinkenden

Lichtern des Rentierschlittens im Nachbargarten eine Bewegung wahrnahm. Sie hielt inne und kniff die Augen gegen den Nieselregen und die Dunkelheit zusammen. War das nur eine Katze gewesen, die man noch einmal herausgelassen hatte und die nun ihr Revier durchstreifte, oder doch ein Mensch, wie es den Anschein gehabt hatte? In der Dunkelheit war es schwierig, die Größe sicher einzuschätzen, aber Eva tippte auf einen Menschen, der gebückt durch den Garten gelaufen war.

Vorsichtig setzte sie sich selbst in Bewegung, hinter einer Reihe geparkter Autos, um von Garten und Haus aus nicht gesehen zu werden. »Ha!«, stieß sie triumphierend, aber leise hervor, als sie die Gestalt gleich darauf am Zaun zwischen den beiden Grundstücken wieder entdeckte. Sie hatte sich nicht getäuscht: Es war der Umriss eines Menschen – und noch dazu eines Menschen, der offensichtlich beim Betreten des Grundstücks nicht beobachtet werden wollte. Sie sah, wie die schattenhafte Gestalt sich geschickt über den Zaun schwang und im Garten der Fichtenstraße 15 landete. Eva beschloss, so lange zu warten, bis sie sicher sein konnte, dass die Zielperson das Haus auch betrat, und dann den Kollegen Bescheid zu geben. »Zugriff!«, dachte sie schon einmal mit einem Gefühl grimmiger Befriedigung. Doch gerade, als der Schatten drüben zum Eingang schlich, öffnete sich auf der anderen Straßenseite die Wohnungstür, Licht flutete zusammen mit den Klängen von Bachs Weihnachtsoratorium auf den Asphalt, und eine männliche Stimme rief: »He, Sie, was machen Sie da an meinem Auto?«

Eva, deren Hände auf der Kühlerhaube eines fremden BMW lagen, richtete sich gerade rechtzeitig auf, um die Gestalt an der Tür der Nummer 15 sich in den Schatten der Hauswand wegducken zu sehen.

»Stehen bleiben!«, schrie sie laut und rannte auf das Haus zu. Hinter ihr rief wiederum der Mann von gegenüber her und nahm die Verfolgung auf. Eva fluchte, setzte mit einem Sprung über das niedrige Tor und sprintete an der Stelle in den Schatten, wo sie die Gestalt zuletzt gesehen hatte. »Polizei! Bleiben

Sie stehen!«, befahl sie, und dann versuchte sie auf das leise Geräusch zu horchen, das der Flüchtende verursachte. Zu ihrer Verärgerung drohte der Mann hinter ihr im nächsten Moment lautstark damit, die Polizei zu rufen, wenn sie nicht sofort anhalten würde.

»Ich bin die Polizei!«, schrie sie zurück. »Seien Sie ruhig!« Der Mann verstummte, aber die Stimmen des Thomanerchors aus der Anlage drüben im Haus schwollen zu einem Crescendo an, das bis zu ihr herüberdrang.

Gleichzeitig hörte Eva aber noch etwas anderes: einen unterdrückten Aufschrei am hinteren Ende des Gartens. Sie sprintete los, so schnell es in der Dunkelheit ging, konnte sich eben noch fangen, als sie an einer unebenen Stelle beinahe das Gleichgewicht verlor, und tastete derweil nach ihrer starken Taschenlampe – der einzigen Art von Waffe, die sie bei sich hatte. »Halten Sie an!«, rief sie wieder und konnte ihr Glück kaum fassen: Die hintere Abgrenzung des Gartens bestand aus einem soliden, mannshohen Zaun, hinter dem gerade ein großer Hund aufgetaucht war, dessen tiefes, heiseres Bellen sich in die übrigen Geräusche mischte. Der Fliehende hatte es nicht gewagt, sich zu dem Rottweiler hinüberzuschwingen. Eva knipste die Taschenlampe an und richtete den Strahl mitten ins Gesicht ihrer in die Enge getriebenen Beute. Der Hund steigerte sein Bellen zu einem wütenden Forte, aber solange er auf der anderen Seite blieb, störte das Eva nicht im Geringsten. »Polizei«, wiederholte sie barsch. »Sie sind vorläufig festgenommen.«

»Was geht denn hier vor?«, fragte der Mann von gegenüber, der ihr doch tatsächlich gefolgt war. Eva schenkte ihm nicht mehr Beachtung als dem Drohgebell des Rottweilers, sondern fokussierte die Aufmerksamkeit auf ihre Beute. Aber die Worte, die sie auf der Zunge gehabt hatte, erstarben, als sie die geblendete Gestalt genauer in Augenschein nahm. Es war eine Frau.

In der Weißenburger Polizeiinspektion hatte eine der jungen Kolleginnen mit mehr gutem Willen als Geschmack versucht, für weihnachtliche Stimmung zu sorgen, indem sie Lichterketten aufgehängt und ein paar Plastikweihnachtsmänner aufgestellt hatte. Auf einem der Schreibtische stand ein großer Adventskranz, dessen Kerzen alle geschwärzte Dochte hatten, obwohl erst der dritte Advent war. Rainer Sailer hatte aber darauf bestanden, jeden Tag eine andere Kerze anzuzünden, »damit sie ein bisschen gleichmäßiger runterbrennen.« Im Augenblick saß er gelangweilt auf dem Stuhl dahinter und bohrte mit einem angebrannten Streichholz Löcher in das weiche Kerzenwachs, während er in der anderen Hand den Telefonhörer hielt. »Ja, Frau Berger, ich verstehe ja, dass Sie sich Sorgen machen, aber Ihre Tochter ist erwachsen. Wenn sie erst vor zwei Stunden aus dem Haus gegangen ist ...«

Er schnitt eine Grimasse, während er den besorgten Ausführungen der Frau am Telefon zuhörte: »Die Marie ... die heiratet doch morgen ... ne, ne, aber sie hat an Anruf gekriegt, und dann is se weg, ohne was zu sagen ... da hab ich's auch schon probiert, aber da geht keiner ran ...«

Rainer überlegte, dass er wahrscheinlich auch nicht ans Telefon gehen würde, wenn eine solche Schwiegermutter in spe am Vorabend der Hochzeit in seiner Wohnung anrufen würde – und falls sich die Braut ebenfalls dort aufhielt, schon gleich gar nicht. »Vielleicht haben die beiden noch etwas Wichtiges ... eh ... zu besprechen«, deutete er an, doch Frau Berger beharrte weiter darauf, dass irgendetwas nicht stimmen könne, und der Anruf vorhin sei so komisch gewesen, und die Marie gleich darauf losgezogen und habe nicht sagen wollen, was sie vorhatte, und vielleicht habe es Streit gegeben, und überhaupt der Thomas ... »Sie kennt'n doch erscht seit äm halbn Jahr, und so a überstürzte Angelegenheit, und gleich heiratn, bevor ma waaß, ob anner was taugt ...«

Rainer bohrte ein weiteres Loch in die Kerzenwand und sah dem heißen Wachs zu, wie es an der Kerze hinunterrann. »Und der Anruf kam von ihrem Verlobten?«, vergewisserte er sich, um Zeit zu gewinnen, sich etwas einfallen zu lassen, womit er sie abwimmeln konnte.

»Ja, sag ich doch, und die Marie wollte hier schlafen, weil morgen müss mer ja scho in aller Herrgottsfrühe aufstehn und zum Frisör, und mir ham des Brautkleid hier und alles.«

»Na ja, Frau Berger, vielleicht ist ihr alles ein bisschen zu stressig geworden«, vermutete Rainer, so geduldig, wie er konnte. »Sie wissen schon, die Hochzeitsvorbereitungen und so. Wahrscheinlich braucht sie bloß ein bisschen Ruhe. Probieren Sie's einfach noch ein paar Mal, sie wird sich bestimmt melden ... ja, natürlich, wenn nicht, rufen Sie mich wieder an«, erklärte er beruhigend, während er seiner Kollegin, die eben durch die Tür gekommen war, Gesichter schnitt.

»Weihnachten!«, ereiferte er sich, sobald die Verbindung unterbrochen war. »Die Leute drehen alle durch!«

»Na, wie gut, dass wir dich haben«, erwiderte sie spöttisch. »So ein Vorbild an Ruhe und Gelassenheit findet man nicht jeden Tag. Was machst du eigentlich noch hier ... außer die Kerzen kaputtmachen? Dir darf man echt nichts in die Hand geben!«

»Ach, noch so'n bisschen Desk Work. Bis der Anruf von der Frau kam, die mir erzählt hat, dass ihre Tochter verschwunden ist.«

»Teenager, was?«

Rainer schnaubte. »Sechsundzwanzig und heiratet morgen. Liegt wahrscheinlich bei ihrem Schatz im Bett und hat wohlweislich das Telefon ausgeschaltet.«

»Rainer!« Sandra klang genervt.

»Was? Okay, von mir aus, dann zieht sie halt mit ihren Single-Freundinnen ein letztes Mal um die Häuser und singt Karaoke zu, *Rudolf, the Red-Nosed Reindeer* ...«

»Rainer!«

»Was denn?!«

»Du versaust den ganzen Tisch mit Wachs. Lass die Kerze in Ruhe!«

In diesem Moment klingelte das Telefon auf dem Schreibtisch. Rainer sprang so hastig auf, dass der Stuhl umfiel. »Ich muss unbedingt aufs Klo, geh du ran!«

Auf dem Weg nach Weißenburg hinüber beobachtete Eva Schatz die Frau im Rückspiegel genau. Braunes Haar, intelligente Gesichtszüge, braune Augen, die die ganze Zeit unruhig umherschweiften. Was ja auch in Anbetracht der Umstände kein Wunder war. Dass sich Marie Berger in der Dunkelheit der Nacht heimlich und verstohlen auf einem fremden Grundstück herumgetrieben hatte, war an sich schon erklärungsbedürftig, aber in diesem Fall kam noch dazu, dass besagtes Haus der ehemalige Wohnsitz eines mutmaßlichen Verbrechers war, der sich vor einigen Tagen abgesetzt und so seiner Verhaftung entzogen hatte. Etwas stimmte hier definitiv nicht. Das Naheliegende wäre gewesen, die Frau mit zu ihrer Dienststelle in Ansbach zu nehmen, die auch nicht weit weg war, aber sie hatte ihre Wohnung in Weißenburg, und seitdem Eva in der dortigen Polizeiinspektion angerufen hatte, hatte sie das sichere Gefühl, dass die Lösung des Rätsels dort zu finden war. »Erklären Sie mir das noch mal«, bat Eva freundlich in der Hoffnung, dass Marie Berger in ihrer Nervosität entweder jetzt die Wahrheit sagen oder versuchen würde, ihre hanebüchene Geschichte etwas überzeugender klingen zu lassen, und sich dabei in Widersprüche verwickelte. »Was wollten Sie in dem Haus?«

»Ich ... nichts. Ich meine, ich habe eine SMS bekommen, dass ich dorthin kommen soll. Ich dachte, meine Freundinnen hätten sich was überlegt, eine Feier oder so. Ich heirate nämlich morgen.«

»Die Nachricht kam von Ihren Freundinnen?«, hakte Eva nach.

Die andere zögerte. »Nein. Nein, sie kam von Thomas, von meinem Verlobten.«

»Stand da auch drin, dass Sie über den Zaun klettern und sich von niemandem sehen lassen sollten?«

Marie Berger gab keine Antwort mehr, aber Eva spürte, wie es in ihr arbeitete. Umso besser, dachte sie und fuhr weiter über die nächtliche Landstraße.

Rainer Sailer verschluckte sich an dem Kaffee, den er gerade geholt hatte, als er seine Ansbacher Kollegin Eva Schatz zur Tür hereinkommen sah. »Eh – du hier?«, brachte er nur hervor, dann begann er zu husten.

»Man hat mir gesagt, dass die Mutter dieser Marie Berger sich Sorgen um ihre Tochter gemacht hat«, begann Eva, ohne auf seine Reaktion zu achten. »Was genau hat sie gesagt?«

Er nahm einen Schluck Kaffee und berichtete. »Ich hab nicht so genau zugehört«, gab er zu. »Die Frau klang ziemlich nach überkandidelter Schwiegermutter – Marke ›Was findet meine Tochter bloß an dem?‹ Kennt man ja.«

»Sie hat ganz sicher von einem Anruf gesprochen, den Marie Berger erhalten hätte? Und der sei von ihrem Verlobten gewesen?« Als Rainer dies bestätigte, nickte Eva grimmig. »Dann will ich jetzt mal die Wahrheit hören ... wir fahren direkt zur Wohnung des Verlobten, und die Marie Berger kommt mit.«

Die Innenstadt von Weißenburg war in diesen Nächten von so vielen Lichterketten, Weihnachtssternen und beleuchteten Bäumen erhellt, dass man problemlos auch nachts hätte einkaufen gehen können, aber in den Wohnbezirken am Rande der Stadt sah es anders aus. Heruntergelassene Rollläden und Häuser, die in absoluter Dunkelheit dalagen, wechselten ab mit bunter Festbeleuchtung in Gärten und Fenstern. Rainer stellte resigniert fest, dass an den Fassaden hochkletternde Weihnachtsmänner leider noch immer die große Mode waren.

»Ich hab einen Schlüssel«, erklärte Marie Berger, als sie vor dem neuen Mietshaus standen, in dem Thomas Fechtner seine Wohnung hatte. Es waren die ersten Worte, die sie gesprochen hatte, seit sie neben dem uniformierten Polizisten, den sie mitgenommen hatten, ins Auto gestiegen war. Sie wirkte sehr bleich, und ihre Hände zitterten, als sie die Haustür aufsperrte.

»Zweiter Stock?«, fragte Eva angespannt und mit unwillkürlich gesenkter Stimme. »Bleiben Sie zurück«, warnte sie noch, und dann stiegen sie, einer nach dem anderen, leise die Treppe hinauf. Anders als im übrigen Haus, dessen Bewohner wahrscheinlich in ihren Betten lagen, konnten sie hinter der Wohnungstür von Thomas Fechtner Geräusche hören. Vermutlich hatte er den Fernseher laufen lassen. »Geben Sie her«, befahl Eva und streckte die Hand nach dem Schlüssel aus, den Marie Berger hielt. Die zögerte einen Augenblick, gehorchte dann aber.

Nun ging alles sehr schnell und routiniert. Die Tür, die Beamten, die vorsichtig in die Wohnung eindrangen und dann, völlig problemlos, den Mann im Wohnzimmer überraschten. Der Fernseher lief tatsächlich, aber offenbar sollte die Weihnachtsrevue von Heißmann und Rassau nur dazu dienen, andere Geräusche zu übertönen. Der Mann saß auf dem Sofa und sprach leise und eindringlich in ein Telefon – das Haustelefon natürlich, das ihn nicht verraten würde, weil es scheinbar keine Verbindung zwischen dem Mann gab, der es gerade benutzte und dem, dem es gehörte.

»Jan-Hendrik Behringer, Sie sind verhaftet«, rief Eva laut, und die beiden uniformierten Beamten traten sofort in Aktion, als sie sahen, dass der Mann Anstalten machte, zu fliehen. Sie waren zu schnell für ihn, und er kämpfte noch vergeblich gegen ihren Griff an, als sein Blick auf Marie Berger fiel, die im Hintergrund stand.

»Du Schlampe, du verräterische! Ich hab dir gesagt, was passiert, wenn du dich nicht an die Abmachung hältst! Viel Spaß bei deiner Hochzeit morgen – ich hoffe, du findest den Bräutigam rechtzeitig wieder!«

Marie Berger stieß einen entsetzten Schrei aus und wäre gefallen, hätte Eva sie nicht rechtzeitig gestützt.

Behringer spuckte verächtlich auf den Wohnzimmerteppich. »Der ist nämlich gut versteckt, dein Schatzi ... Und ich glaub kaum, dass es ihm an dem Ort gefällt. Ich hab dir gesagt, ich lass mich von dir nicht übers Ohr hauen! Schlampe, verdammte!«

»Wo ist Thomas Fechtner?«, fragte Eva wütend. »Sagen Sie es uns besser gleich, Sie sitzen eh schon tief genug in der Scheiße, auch ohne eine Entführung.«

Aber aus Behringer war außer Gebrüll und Beleidigungen nichts mehr herauszuholen. Marie Berger rief immer wieder hilflos den Namen ihres Verlobten, und gerade, als die beiden Polizeibeamten sich mit ihrem Gefangenen in Bewegung setzten, ging gegenüber die Tür auf und ein verschlafen wirkender Mann kam heraus, sodass Eva zum zweiten Mal in dieser Nacht mit der Drohung konfrontiert wurde, wenn nicht sofort Ruhe einkehre, werde er die Polizei anrufen.

»Schon zur Stelle«, erklärte Rainer Sailer und grinste, als er sah, wie sich die Augen des wütenden Mannes beim Anblick der Uniformierten weiteten. »Das ist aber wer anders«, rief der Nachbar verwundert, als er Behringers Gesicht sah. »Wer ist denn das, und wo ist der Fechtner?«

Noch im Treppenhaus hatte Eva Schatz in der Zwischenzeit telefonisch die Suche nach Thomas Fechtner in Gang gesetzt.

Sandra Schneider, die in der Polizeiinspektion die Stellung gehalten hatte, hatte Weihnachtsplätzchen und alkoholfreien Glühwein für sie bereitgestellt, und während Marie Berger, die Anzeichen von Hysterie zeigte, von einem rasch herbeigerufenen Sanitäter behandelt wurde, besprachen die anderen die Lage. »Um fünf hat sie das letzte Mal vom Fechtner gehört«, murmelte Rainer besorgt. »Da hatte er ein paar Last-Minute-Hochzeitsangelegenheiten zu bereden. Danach nichts mehr ...«

»Die Frau hat völlig verantwortungslos gehandelt!«, rief Eva zum wiederholten Mal. »Klar, dass sie nicht gleich was

Schlimmes gedacht hat, als sie ihn nicht erreicht hat, aber um sieben hat der Behringer von Fechtners Wohnung aus angerufen und ihr gesagt, dass ihm was passiert, wenn sie nicht tut, was er will.«

»Was wollte er denn?« Rainer hatte von dem Fall Behringer, der die Ansbacher Kriminalpolizei seit Wochen beschäftigte, bislang noch nichts gehört.

»Untertauchen und dann verschwinden«, erklärte Eva. »Er muss einen Hinweis bekommen haben, dass seine Verhaftung bevorstand, und hat sich abgesetzt.«

»In Fechtners Wohnung? Wie kam er darauf?«

»Die Sache war geplant«, vermutete Eva grimmig. »Fechtner ist Anwalt, wahrscheinlich wusste Behringer über einen seiner vielen Gerichtstermine von ihm. Seine Strategie war genial: Ihm war klar, dass es zu gefährlich sein würde, in sein eigenes Haus oder das seiner Familie zurückzukehren – die haben wir ja auch überwacht. Aber es existiert keine offensichtliche Verbindung mit Fechtner, wir hätten da nie gesucht, und er hatte mit Fechtner ein Druckmittel gegen Marie Berger in der Hand, deren Hilfe er brauchte.«

»Warum hat sie uns nicht verständigt, statt seinen Anweisungen zu folgen?«, fragte Rainer kopfschüttelnd und nahm ein Vanillekipferl. »Das ist doch hochgradig bescheuert ... Und was sollte sie da in dem Haus?«

»Etwas abholen, was Behringer für seine Flucht brauchte«, sagte Eva. »Geld, Drogen, Papiere, keine Ahnung, was. Wir müssen das Haus durchsuchen, sie ist ja nicht reingekommen.« Ihre finstere Miene hellte sich ein wenig auf. »Wenigstens haben wir den Behringer! Wenn mir der durch die Lappen gegangen wäre, nachdem wir wochenlang Beweise gegen ihn zusammengetragen haben ... Jetzt müssen wir nur noch den Fechtner finden.«

»Am Vorabend der Hochzeit entführt zu werden ...« Rainer runzelte die Stirn: »Und das kann nicht nur eine leere Drohung gewesen sein vom Behringer? Ich meine, der ist selbst auf der Flucht, wie soll er da eine sorgfältig vorher gewählte Zielperson entführen können?«

»Ich hab doch schon gesagt, jemand muss ihm geholfen haben – ihn zumindest mit Informationen versorgt haben«, fauchte Eva wütend zurück. »Aber wenn er nicht entführt worden ist, wo ist der Fechtner dann?«

Rainer kicherte: »Absacken mit seinen Kumpels wahrscheinlich, das würde ich am Vorabend meiner Hochzeit jedenfalls machen. Oder er hat kalte Füße bekommen oder verabschiedet sich von seiner langjährigen Geliebten, mit der jetzt Schluss ist ...«

Evas Gesichtsausdruck ließ ihn verstummen. Sie trommelte nervös mit den Fingern auf die Tischplatte. »Wenn wir den Behringer bloß zum Reden kriegen. Ich weiß sonst echt nicht, wo anfangen mit der Suche.«

»Am Anfang«, meinte Rainer und fuhr rasch fort, ehe sie ihn unterbrechen konnte: »Was hat Fechtner am Nachmittag genau gemacht, wo hat er sich aufgehalten? Und wie kann der Behringer gewusst haben, wo er sein würde?«

Jürgen Halberger störte der eisige Nieselregen nicht, als er im Dunkeln den Hügel südlich von Ramsberg hinaufstieg. Es war spät, und Monika würde ihm wahrscheinlich eine Szene machen, wenn er zurückkam, aber er hatte die nächtliche Diskussion einfach nicht mehr weiterführen wollen. Überhaupt Weihnachten! Da gingen sie doch das ganze Jahr über nicht in die Kirche, aber an dem einen Tag musste es natürlich sein, und das Essen und die Geschenke für die Kinder und die Stimmung und die Harmonie in der Familie, all das musste bitteschön auch perfekt sein, ganz abgesehen von dem verflixten Kätzchen, das die Kleine zu Weihnachten bekommen sollte, und dann, zu allem Überfluss, wollte Monika auch noch ihre Mutter an Heiligabend einladen. Oder vielmehr fühlte sie sich verpflichtet dazu, obwohl sie genau wusste, dass sie das alle nur stressen würde. »Verdammt, dann lad sie halt ein!«, hatte er nach zweistündiger Diskussion entnervt ausgerufen. »Aber dann beschwer dich nicht, wenn es wieder Streit gibt, weil deine Mutter ihre ganz speziellen Vorstellungen davon hat, wie man Weihnachten feiern muss.«

Prompt war er natürlich wieder der herzlose Barbar gewesen, der überhaupt kein Feingefühl hatte, »du kannst meine Mutter ja eh nicht leiden, weiß ich schon!«, und jetzt hatte er sich auch noch der Diskussion entzogen und war in die Dunkelheit hinausgestapft. Auf dem Hügelkamm südlich des Dorfes stand seit einigen Jahren die ökumenische Bergkapelle St. Jakobus, die den Ort und den dahinterliegenden Brombachsee überragte. Im Sommer kamen gelegentlich Pilger hier herauf, aber auch die Einheimischen schätzten den Platz mit seiner schönen Aussicht und der Ruhe, die in wohltuendem Gegensatz zu dem Trubel unten am See mit seinen Badeplätzen, Gaststätten, dem Yachthafen und dem bunten Treiben der Touristen stand. Jetzt in der Dezembernacht war die Stille vollkommen, der See nur ein dunklerer, unförmiger Schatten und Ramsberg ein kleines Meer von Straßenlampen und adventlicher Beleuchtung. Halberger stieg die letzten Schritte zur Kapelle hinauf und setzte sich auf das überdachte Podest, im Rücken hinter sich den vergitterten Schrein mit dem lächelnden Christus, der lässig mit einem Arm das Kreuz umschlang, mit der anderen ein Siegeszeichen formte. »Hast du eine Ahnung«, murmelte Halberger halblaut vor sich hin. »Du und dein blöder Geburtstag. Friede auf Erden – schön wär's!«

Und dann bekam er fast einen Herzinfarkt vor Schreck, als eine Stimme hinter ihm antwortete.

Gegen fünf Uhr morgens entließen die Sanitäter Thomas Fechtner aus ihrer Obhut. Sie hatten eine Hypothermie festgestellt, was nach etlichen Stunden in der Dezembernacht auch nicht weiter verwunderlich war, aber er besaß eine gute Konstitution, und da sein Entführer ihm immerhin eine Decke zurückgelassen hatte, ehe er ihn an das Gitter vor dem Schrein gefesselt hatte, hatte er sich recht schnell wieder erholt.

»Das soll man ja nicht sagen, aber was für ein Glück, dass Sie sich mit Ihrer Frau gestritten haben«, bemerkte Rainer Sailer zu Jürgen Halberger, der mit einem Becher dampfenden Glühweins (echtem diesmal) im Besprechungsraum der Polizeiinspektion Weißenburg saß und seine Aussage zu Protokoll gab. »Wer weiß, wann wir den armen Mann sonst gefunden hätten. Er kann Ihnen wirklich dankbar sein ... Und seine Zukünftige auch«, fügte er mit einem schiefen Lächeln hinzu, als Marie Berger in den Raum trat und sich überschwänglich bedankte.

»Klingt nach ›Friede auf Erden und den Menschen ein Wohlgefallen‹«, sagte er, nachdem das Brautpaar und Halberger die Polizei verlassen hatten. »Bloß nicht für den Behringer, der wird Weihnachten im Gefängnis verbringen ...« Eva Schatz kippte den letzten Rest Glühwein hinunter. »Nicht nur dieses Weihnachten«, verkündigte sie grimmig.

»Aber sonst können wir zufrieden sein«, erwiderte er. »Uns wieder den wichtigen Dingen dieser Jahreszeit widmen. Weihnachtsgans, Geschenkejagd und natürlich dem Highlight, der Betriebsweihnachtsfeier.« Er schauderte. »Dann ist es ganz schnell wieder vorbei mit Friede auf Erden, wenn die Kollegen einen Abend lang zusammensitzen und nett zueinander sein sollen.«

»Ich trau dem Frieden jetzt schon nicht«, entgegnete Eva stirnrunzelnd.

Marie Berger fühlte immer noch Überreste von Hysterie, und auf dem ganzen Weg zurück zur Wohnung ihrer Eltern, wo ihre aufgeregte Mutter sie erwartete, redete sie ununterbrochen. Thomas hingegen steuerte den Wagen langsam und vorsichtig durch die morgendliche, noch immer dunkle Stadt und sagte kein Wort. Es hatte aufgehört zu regnen, aber als sie vor dem Haus angekommen waren, blieben sie beide noch sitzen. »Wie gut, dass du dich so schnell erholt hast«, sagte Marie ungefähr zum fünfzigsten Mal. »Dieser schreckliche Kerl, so ein Verbrecher ... ich ... ich hätte viel früher die Polizei rufen müssen, wenn dich dieser Mann nicht gefunden hätte ... und morgen ... heute ... die Hochzeit und alles. Meinst du, er wollte dich umbringen? Ich hoffe, sie schicken ihn jahrelang ins Gefängnis ... wie soll ich denn heute Nacht schlafen ... aber es ist ja auch schon bald Morgen ... und mein Hochzeitstag, und ich muss so früh zum Frisör ... außer ...« Sie zwang sich mit Mühe dazu, innezuhalten, verspürte den Drang, einfach weiterzureden. Unruhig sah sie in sein schattenhaftes Gesicht. »Außer – sollen wir die Hochzeit verschieben? Nach diesem Schock und allem? Dir geht es auch noch nicht gut, das sehe ich ja ... Aber die ganzen Einladungen und alles ... all die Leute, die extra anreisen ... aber natürlich, wenn so etwas passiert ... sollen wir alles verschieben?«

Thomas hielt noch immer das Lenkrad mit den Händen umfasst, obwohl sie längst standen. Er schaute hinaus in die Dunkelheit. »Nein«, antwortete er schließlich ruhig.

Marie atmete auf. »Gut, ich bin froh ... es klingt zwar so albern, aber nach all den Vorbereitungen ... die ganzen Kosten und alles ...«

»Warum hast du es ihm gesagt?«, fragte er auf einmal, noch immer sehr ruhig.

Marie wurde es eiskalt. »Ich ... was? Wem soll ich was gesagt haben?«

»Behringer«, erwiderte Thomas fest. »Warum hast du ihm verraten, dass seine Verhaftung bevorstand? Warum hast du ihm geholfen, sich abzusetzen?«

»Ich?«, wiederholte Marie. »Ich habe ... ich habe doch nichts mit ihm zu tun. Denkst du, ich würde einem Verbrecher helfen? Außerdem hat er dich entführt! Der Mann ist ein ... ein gemeiner Kerl, er verdient, im Gefängnis zu verrotten, und du – du bist so komisch, was hab ich denn ...?« Sie brach in Tränen aus.

»›Viel Spaß beim Fototermin‹, hat er gesagt«, erklärte Thomas ruhig. »Er wusste, wohin ich unterwegs war, und er wusste, dass wir morgen an der Jakobskapelle Hochzeitsbilder machen würden. Du und er, ihr habt meine Entführung unter euch ausgemacht. Niemand sonst wusste von der Sache mit den Fotos.«

Die Wut, die Marie seit Tagen mit sich herumgetragen hatte, brach bei diesen Worten plötzlich aus ihr heraus: »Niemand wusste davon? Nein, nur du und ich und diese kleine Schlampe von einer Fotografin, mit der du dich eingelassen hast! Vier Wochen vor der Hochzeit, und du fängst eine Affäre mit diesem Flittchen an, und dann soll sie auch noch unsere Hochzeitsbilder machen?«

»Also das ist es«, seufzte Thomas resigniert. Er schnallte sich ab und machte Anstalten, die Autotür zu öffnen.

»Was hast du vor?«, fragte Marie mit einem Anflug von Panik in der Stimme. Sie kannte Thomas seit einem halben Jahr, und plötzlich wurde ihr klar, dass sie keine Ahnung hatte, wie er unter Stress reagieren würde. Vielleicht mit Gewalt.

Er hielt inne und schaute sie an. »Ich steige jetzt aus«, erklärte er, noch immer tödlich ruhig. »Du hast vertrauliche Informationen aus meinem Beruf weitergegeben. Du hast einem Verbrecher geholfen, sich abzusetzen. Und du hast meinen Tod riskiert, um dich an mir zu rächen. Glaubst du wirklich, ich werde dich unter diesen Umständen noch heiraten?«

Und nach diesen Worten stieg er tatsächlich aus und ging langsam fort durch den kalten Dezembermorgen. Marie blieb wie betäubt auf ihrem Sitz zurück. Er war fort. Dabei hatte sie ihm doch nur einen Denkzettel verpassen wollen. Es war einfach gewesen, Behringer anonym vor seiner drohenden Verhaftung zu warnen und ihm dann unter dem Namen eines seiner Komplizen Informationen zukommen zu lassen, die ihn direkt zu seinem Opfer führten. Natürlich hatte Behringer nicht ahnen dürfen, dass die besorgte Braut selbst hinter dem Komplott stand. Dass sie einen guten Grund hatte, ihn auf Thomas' Spur zu bringen. Ein paar Stunden Angst als Strafe für seine Untreue. Rache ist süß. Nein, Behringer hatte felsenfest geglaubt, mit dem entführten Bräutigam ein Druckmittel gegen sie in der Hand zu haben und sich darauf verlassen, dass sie ihm brav den Umschlag mit dem Geld bringen würde. Marie zog eine wütende Grimasse. Wenn sie nur bei ihrer Flucht auf Behringers Grundstück den Umschlag nicht vorsichtshalber hätte fallen lassen. Sie hatte ihn schon in der Hand gehabt, aus dem Zeitungskasten gezogen, wo ihn Behringers Schwester deponiert hatte, damit sie gar nicht erst das Haus betreten musste. Aber sie hatte nicht riskieren können, dass er von der Polizei gefunden wurde. Er war irgendwo im Gras gelandet, unsichtbar in der Winternacht. Aber jetzt ... Behringer saß in Untersuchungshaft. Wenn sie zurückkehrte und ihn holte? Dann hätte die ganze Sache wenigstens ein Gutes. Ja, gleich morgen hole ich mir das Geld, beschloss sie. Wenigstens das. Alles andere war nicht gerade nach Plan gelaufen. Aber heiraten im Dezember, das war eh eine Schnapsidee gewesen.

Marie traute ihren Augen nicht, als sie aus ihren Gedanken auftauchte und durch die Fensterscheibe nach draußen blickte. Die Dämmerung war hereingebrochen, die grellen Farben der Weihnachtsdekorationen verblassten allmählich. Gleichzeitig war plötzlich Bewegung in der kalten Luft. Es hatte angefangen zu schneien.

Jan Beinßen

Der böse Weihnachtsmann

Das Wasser rauschte lang anhaltend, ging in ein Zischen über, dann folgten drei Gluckser, bevor wieder Ruhe einkehrte. Zwar hatte das Hotel schalldichte Fenster. Sie dämmten den Dauerlärm der stark frequentierten Durchfahrtsstraße am Nordwestring auf ein erträgliches Maß. Aber die Zimmerwände waren dünn, wahrscheinlich billiges Pressholz mit Gipsverkleidung, sodass die störenden Geräusche aus dem Nebenzimmer nahezu ungedämpft herüberschallten. Da hatte sein Auftraggeber wohl am Komfort gespart, mutmaßte er und verfiel ins Fatalistische: So lief das ja immer, wenn man ihn mal wieder ausnutzte und mit schäbigen Absteigen abspeiste!

Er hatte sich aufs Bett gelegt und starrte an die Decke. Er konnte nicht schlafen, und das lag nicht nur an seiner schlechten Laune. Obwohl sie wirklich verdammt schlecht war. Er war hier in einer Stadt, die er nicht mochte. Eine Stadt der vollendeten Weihnachtsidylle mit dem berühmtesten Christkindlesmarkt der Welt, mit der höchsten Dichte an Lebküchnern und Glühweinproduzenten und – das hatte gerade noch gefehlt – auch noch Schnee im Überfluss! Er hauste seit fast zwei Wochen in dieser Absteige, weil er für eine Zeitarbeitsfirma den Job als Santa Claus angenommen hatte und von hier aus täglich zu seinen Touren durch die Altstadt aufbrach. Er musste das tun, denn wenn er auch diese Arbeit verweigert hätte, wäre seine Arbeitslosenunterstützung dahin gewesen. Er wäre unvermeidlich zum Hartz-IV-Fall geworden. Na ja, dachte er verbittert, vielleicht wäre das immer noch besser, als sich als Weihnachtsmann wider Willen verdingen zu müssen.

Die Sache mit den verlorenen Jodpillen besserte seine Laune nicht gerade. Er litt an chronischer Schilddrüsenüberfunktion.

Und ohne die Pillen, sagte sein Arzt, würde er zur wandelnden Zeitbombe. Maßlos übertrieben! Denn was ihn tatsächlich am Einschlafen hinderte, waren seine Zimmernachbarn.

Da! Jetzt ging es wieder los: das Rauschen, gleichmäßig und lang. Dann das Zischen und gleich danach die drei Gluckser.

Er drehte sich zur Seite. Die verfluchte Zeitarbeitsfirma hatte ihn in diese Weihnachtskitschstadt geschickt und ließ ihn nun versauern. Er wäre lieber auf dem Land geblieben. Er war ausgebildeter Maschinenschlosser mit IHK-Abschlusszertifikat und kein blöder Nikolaus! Dieses Anbiedern bei den Passanten ging ihm gehörig auf die Nerven. Er hasste es, sich Morgen für Morgen den weißen Rauschebart anlegen zu müssen und in sein karminrotes Kostüm zu zwängen. Der Jutesack, den er mit sich herumschleppen musste, war viel zu schwer, denn er war mit Werbemitteln verschiedenster Firmen gefüllt. Die hatte er zu verteilen und erntete dafür von den meisten Empfängern nur unwillige Reaktionen, den Ausdruck herber Enttäuschung oder beißenden Spott. Vor allem Kinder beschwerten sich bitterlich bei ihm, wenn sie anstelle von Süßigkeiten oder kleinen Spielsachen bloß CD-Roms von Softwareherstellern, Probepackungen mit Shampoo oder Hustenbonbons bekamen. Er machte sich zum Gespött der Leute, wurde beschimpft und musste in der Fußgängerzone frieren, weil er in den Eingangsbereichen der großen Kaufhäuser und Ladenketten nicht geduldet wurde.

Er sah auf die Uhr, als das Rauschen von Neuem einsetzte. »Mein Gott, wie oft gehen diese Pisser denn aufs Klo?« Es waren gerade mal sieben oder acht Minuten vergangen, seit sie das letzte Mal an der Strippe gezogen hatten. Das Rauschen ging in das Zischen über. Dann folgten die drei satten Gluckser.

Ihm war klar, dass sein Mädchen zu Hause nicht auf ihn warten würde. Sie war eine Schlampe! Solange er sich in der Nähe aufhielt, wagte sie es nicht, ihren verwerflichen

Neigungen nachzukommen. Doch jetzt saß er in Nürnberg fest, und sie konnte in ihrem Kaff in der Oberpfalz so viel herumhuren, wie sie lustig war. Die Vorstellung, dass sich ihr Alter derweil zum Deppen machte und als Weihnachtskasper durch die Straßen tingelte, würde sie wahrscheinlich nur noch mehr antörnen! Er spuckte verächtlich auf den Boden.

Es rauschte. Genau acht Minuten waren dieses Mal verstrichen; er hatte auf die Uhr gesehen. Er spürte die schiere Wut in sich aufsteigen. »Habt ihr da drüben alle Konfirmandenblasen?« Er wartete das Zischen und die drei Gluckser ab und drehte sich wieder auf die Seite.

Er fluchte noch eine Weile still vor sich hin. Stieß Beleidigungen aus und hieb mit der Faust aufs Kopfkissen. Doch dann ließ der Druck, mit dem das Adrenalin durch seine Adern schoss, allmählich nach. Der permanente Ärger und Frust seiner Arbeitstage und der Groll auf seine Nachbarn hatten ihn schlichtweg ausgelaugt. »Ich würde diese Wichser am liebsten ...« Weiter gingen seine Gedanken nicht mehr, denn eine bleierne Müdigkeit blockierte seine Rachegelüste auf die Menschheit im Allgemeinen und seine Zimmernachbarn im Besonderen. »Gut, okay, wenn ihr die ganze Nacht aufs Klo rennt, soll es mir auch recht sein. Man gewöhnt sich schließlich an alles«, grummelte er vor sich hin und empfand sein Resignieren als Befreiung. Keine zehn Minuten später rauschte es wieder. Er lächelte. Auf seine Zimmernachbarn war wenigstens Verlass. Ganz anders als bei den undankbaren Rotznasen und ihren Eltern, die ihn als Weihnachtsmann nicht ernst nahmen. Das Zischen und Glucksen lullte ihn ein. Er zwinkerte, dann fielen seine Augen zu. Das nächste Rauschen hörte er nur noch im Halbschlaf. Der Ärger der letzten Tage war mit einem Mal verflogen.

Ein seltener Anflug von Sanftmut hatte ihn erfasst und milde gestimmt. Es war ein erstaunliches Phänomen, denn die Klospülung hatte ihm wider Erwarten sein inneres Gleichgewicht zurückgegeben. Die verletzenden Erfahrungen seiner

Auftritte als Weihnachtsmann waren mit einem Mal ohne jede Bedeutung. Ebenso schienen auf wundersame Weise die tiefen seelischen Kratzer zu verheilen, die sein Selbstwertgefühl durch die langjährige Arbeitslosigkeit und Perspektivlosigkeit erlitten hatte.

Das Paradoxe dieses plötzlichen Wandels seiner Wahrnehmung, das Umschlagen von Wut in schläfrigen Frieden, hätte ihm auffallen und ihn ahnen lassen müssen, dass die Ruhe trügerisch war. Doch so viel Selbstreflexion war nicht sein Ding, und deshalb gab er sich ganz dem befriedigenden Gefühl der sorgenfreien Ausgeglichenheit hin. Der sanfte Schleier des Schlafes machte vieles vergessen. Selbst seine Schilddrüsenüberfunktion, die ihn oftmals jähzornig und gewalttätig werden ließ, schien sich der Macht der Müdigkeit unterzuordnen. Er fühlte sich entspannt und zufrieden wie selten. Ein harmonischer Schlummer nahm von ihm Besitz, ließ ihn verzeihen, stimmte ihn gnädig gegenüber der Ungerechtigkeit der Welt, kehrte das Gute in ihm heraus, bereitete ihn auf einen tiefen erholsamen Schlaf vor ...

Nur noch sein Unterbewusstsein registrierte das nächste Abziehen der Toilettenspülung. Das heißt – es wollte es registrieren. Aber da war nichts. Es blieb still.

Er riss die Augen auf und knipste das Nachtlicht an. Ungläubig blickte er auf die Uhr. »Das gibt es doch nicht! Erst nerven die mich mit ihrer beschissenen Aufs-Klo-Rennerei, und jetzt können sie plötzlich nicht mehr?« Er wartete. Es verstrichen weitere fünf Minuten, dann zehn. Er rappelte sich auf. Die Nacht war gelaufen! Er presste sein Ohr fest an die Wand zum Nachbarzimmer. Nichts, absolute Ruhe. Er spürte, wie ein Adrenalinschub nach dem anderen durch seinen Körper jagte. »So kann ich nicht weiterschlafen!«

Er beugte sich zum Nachttisch hinunter, fingerte an der Schublade nach seinem vermissten Tablettenröhrchen, konnte es wieder nicht finden und versetzte dem Schränkchen einen kräftigen Schlag. Doch es war ohnehin zu spät für seine Pillen!

Der kurze Schlummer hatte neue Energiereserven in ihm freigesetzt. Starke Schübe schierer Aggressivität stiegen in ihm auf, füllten ihn aus und verdrängten die zarten Ansätze der inneren Ausgeglichenheit und Harmonie. Er mutierte binnen Minuten zur Kampfmaschine. Bereit, es mit der Menschheit aufzunehmen, die gegen ihn war, ihn zermürben und letztendlich zerstören wollte!

Er griff sich seinen Morgenmantel, stieß die Tür seines Hotelzimmers auf. Der Flur lag dunkel und still vor ihm. Er polterte gegen die Tür des Nebenzimmers. Wieder ließen sie ihn warten und steigerten damit seine Wut ins Unermessliche.

»So, jetzt reicht's!« Er trat gegen die Tür. Ihm gegenüber stand ein verschüchterter junger Mann im Pyjama.

»Warum, verdammt, wollt ihr mich nicht schlafen lassen?« Er hörte sich selbst brüllen, und wie ferngelenkt griff er dem jungen Mann an die Kehle. Der Mann schrie auf, doch sein Hilferuf wurde von der Wucht des Angriffs jäh erstickt. Ein hilfloses Zappeln, ein Röcheln – das war es auch schon mit der Gegenwehr.

Er schleifte sein Opfer durchs Zimmer, drängte es ins Bad. Der Mann strampelte, doch war er ihm kräftemäßig bei weitem unterlegen. Er drückte seinen Kopf in die Kloschüssel und zog ab. Der Mann schluchzte, schluckte Wasser, gab kehlige Laute von sich – doch da war dieses monotone Rauschen der Wasserspülung, das alle unangenehmen Gedanken vergessen machte. Der Mann, den er mit festem Griff in die Kloschüssel gepresst hielt, wehrte sich noch ein wenig, aber seine Proteste wurden bald schwächer. Er wartete das Zischen und die drei Gluckser ab, bevor er seinen Griff löste und den Toten liegen ließ.

Im Zimmer stand zitternd und mit bebendem Mund eine Nackte, die hilflos mit den Armen wedelte. »Was soll die alberne Zappelei? Weißt wohl nicht, was du dir zuerst zuhalten sollst, du erbärmliche kleine Nutte?« Er packte auch sie an der Kehle und stieß sie ins Bad. Warnend wies er auf den

Toten. Dann zeigte er ihr die Wasserspülung. »Hier musst du ziehen. Alle acht Minuten. Verstanden?« Und im Gehen fügte er hinzu: »Wenn du damit aufhörst, passiert dir das Gleiche.«

Als er sich wieder hinlegte, fühlte er sich müde. Es war eine natürliche, gesunde Müdigkeit, und er wusste, dass er jetzt ohne Probleme durchschlafen konnte. Genau acht Minuten, nachdem er das Nachbarzimmer verlassen hatte, hörte er das gleichmäßige Rauschen der Wasserspülung. Er wartete noch das Zischen ab. Die drei Gluckser waren schon Bestandteil seiner friedlichen Träume.

Er träumte vom Heiligen Abend. Wieder trat er als Weihnachtsmann auf. Aber diesmal war er willkommen. Die Kinder himmelten ihn an, die Erwachsenen goutierten seine Anwesenheit voll der dankbaren Anerkennung. Endlich hatte er sich mit seiner Rolle abgefunden, sie sogar liebgewonnen.

Im Schlaf grunzte er zufrieden und rollte sich zur Seite. Der böse Weihnachtsmann war im Reinen mit sich und der Welt.

Veit Bronnenmeyer

Der vierte König

Nein, Hinterhundsknobbernhofen muss man nicht kennen. Es liegt in einer eher abgelegenen Gegend im nördlichen Bayern und verfügt außer der Barockkirche St. Vitus und einem Wirtshaus noch über zehn Vollerwerbslandwirte und weitere 540 Einwohner. Eine Suche bei Google oder Wikipedia brächte wahrscheinlich überhaupt keine Ergebnisse, wenn da nicht das Krippenspiel wäre. Alle zwei Jahre führt eine Laienspieltruppe aus der örtlichen Kirchengemeinde, zu der auch Vorder- und Mittelhundsknobbernhofen gehören, die Weihnachtsgeschichte in der Barockkirche auf, die für die Ortsgröße unerwartet geräumig und prachtvoll ausfällt, wenngleich auch sie schon bessere Zeiten gesehen hat. Das Besondere an der Veranstaltung ist, dass es sich um eine Mischung aus Lesung, szenischem Spiel und Musik handelt. Die bekannte Geschichte aus dem Lukasevangelium wurde vom Hundsknobbernhofener Oberlehrer und Heimatdichter Julius Frömmler Ende des 19. Jahrhunderts in Reimform in den regionalen Dialekt übertragen. Und als der Ort im Jahre 1902 als einziger im Landkreis von einem verheerenden Hagelsturm verschont wurde, gelobte die Bevölkerung, fürderhin alle zwei Jahre zum Dank das besondere Krippenspiel aufzuführen. Bis der hier geschilderte Vorfall die Tradition vorübergehend beendete.

Dazu gehörte zum einen die szenische Darstellung der Geschichte, zum anderen die musikalische Umrahmung mittels Zither, Hackbrett, Gitarre, Flöten und Ziehharmonika durch die Hundsknobbernhofener Musikanten und zum Dritten die Rezitierung des Frömmlerschen Originaltextes. Lange wollte es der Brauch, dass die erstgeborenen männlichen Nachkommen des Dichters die Verse vortragen durften. Nun aber war der letzte Nachkomme, der Urenkel Johannes Frömmler, seit 20 Jahren verschollen, und daher fiel die ehrenvolle Aufgabe des Textvortrags seitdem dem ersten Bürgermeister zu. Karl Neuner hatte dieses Amt seit zwölf Jahren inne und war mittlerweile mit dem Text gut vertraut, auch leidliche dramatische Kompetenzen hatte er sich im Lauf der Zeit angeeignet, sodass die Eröffnung recht manierlich gelang:

Sellmols, wäi Rom had
Gherrschd auf der Weld
Had der Kaiser an jedn
In sei Heimatdorf bschdelld
Des Volk had mer zähld
Und gwissenhafd gschaud
Daß ja kanner Schdeuern
Sparn sich traud
Bressierd had's damit
Dem Kaiser gar sehr
Weil in Rom da warn
Grad die Kassn leer

Andächtig wogte die Stimme des Bürgermeisters durch das Kirchenschiff von St. Vitus, alsbald abgelöst durch die Hundsknobbernhofer Musikanten. Aus der dunklen Sakristei heraus traten nun Maria und Josef in den Altarraum und bewegten sich mühsam auf die Kulissen zu, die das Dorf Bethlehem darstellen sollten. Ein Stall aus rohen Holzbrettern, etwa sechs Quadratmeter groß, in der Mitte die Krippe, reichlich Stroh auf dem Boden. Links neben dem Stall war eine Häuserfassade auf eine große Leinwand gemalt, die über einen Holzrahmen gespannt war. Heute, zwei Tage vor der Premiere, fand die Generalprobe statt. Die Kirche war nahezu leer, lediglich vier Zuschauer saßen in den ersten zwei Reihen, ein Herr mit einem schwarzen Hund hatte sich in der vorletzten Reihe niedergelassen. Noch wussten sie nicht, dass sie in Kürze Zeugen eines raffinierten Mordes werden sollten.

Die Erzählung wechselte nach der ersten Musikeinlage die Perspektive und berichtete aus der Sicht der Hirten, die dem Heiland ihre bescheidenen Gaben darbrachten:

Mir sänn blouß arme Leud vom Feld
Mir ham kann Reichduhm und ka Geld
Wenn's ans ober wärgli nötich had
Dann wern aa drei Leud mehr no sadd

Und wieder setzte die Musik ein. Im Altarraum komplettierte sich nun langsam das Gesamtbild. Die Hirten stellten sich links und rechts von der Krippe hinter Maria und Josef auf und verharrten fortan bewegungslos.

Es war an der Zeit, dass der Erzähler die Heiligen Drei Könige ankündigte: *Kummer sän sie nach a baar Doch / Immer ner Schdern am Himmelszeld noch* und so weiter. Entsprechend traten nun die drei Weisen aus dem Morgenland auf. Kaspar, Melchior und Balthasar wurden traditionell von Honoratioren des Ortes dargestellt. Die Rolle des Kaspar gebührte dem »erfolgreichsten Oekonomen und Handeltreibenden« des Ortes, den Melchior spielte der amtierende Schützenkönig, und Balthasar war der erste Vorsitzende des Gesangsvereins. Vor allem die Rolle des Kaspar war bedeutend, da er die Schatulle mit den Goldstücken trug. Bei dem Schatz handelte es sich ebenfalls um ein Vermächtnis von Julius Frömmler, der just im Jahre der ausgebliebenen Hagelkatastrophe eine unerwartete Erbschaft gemacht und deren Gegenwert in Goldmark dem Krippenspiel gespendet hatte – mit der testamentarischen Auflage, dass der Schatz in einem Schrein der Kirche zu St. Vitus verbleiben solle, nur alle zwei Jahre zum Krippenspiel herausgeholt werden dürfe und solange nicht veräußert werden könne, bis Hundsknobbernhofen in eine Not gerate, die der Zerstörung im 30-jährigen Krieg und der

Pestepidemie von 1723 zusammen gleichkomme. Über den Eintritt so einer Katastrophe hatte nach dem Vermächtnis von Frömmler einstimmig ein Rat zu befinden, der aus dem ältesten männlichen Nachkommen des Dichters, dem Pfarrer, dem Bürgermeister sowie dem erfolgreichsten »Oekonomen und Handeltreibenden« der Gemeinde bestand. Offensichtlich hatte der berufene Dichter seinen Geschlechtsgenossen aber nicht gänzlich über den Weg getraut, sodass er auch die örtliche Vertreterin der Landfrauenschaft in das Kuratorium berief. Letztere hatte auch das Vorschlagsrecht für die Besetzung der Maria.

Mittlerweile hatten die Goldstücke in der Schatulle des Kaspar wegen des überhitzten Marktes einen Wert von über 200 000 Euro.

Bis hierher war das Ganze durchaus interessant, aber nicht unbedingt kriminell. Dies änderte sich in dem Moment, als die Heiligen Drei Könige vor der Krippe standen und der Bürgermeister die Worte *Kasbar, Melchior und Baldasar / Bränga voll Demud edz Gschenkla dar* sprach. In dem Moment nämlich rauschte der geschnitzte englische Gruß aus den Höhen des spätgotischen Bogens in der linken Hälfte des Altarraumes herab und streckte Kaspar nieder.

In einer ersten Schrecksekunde gingen alle Mitwirkenden des Krippenspiels in Deckung, doch dann kam es zu einem wüsten Durcheinander. Als Erster war der Pfarrer bei dem leblosen Kaspar und rief laut:

»Einen Notarzt, schnell, wir brauchen sofort einen Notarzt!«

»Da brauchen Sie keinen Notarzt mehr«, tönte es aus dem Kirchenschiff, »was Sie jetzt brauchen, ist Rainer Maul!«

»Also, Sie sind tatsächlich ein Kommissar von der Kriminalpolizei?«, fragte der Pfarrer, nachdem sich Maul vor versammelter Mannschaft ausgewiesen, und Josef, der in Wirklichkeit Thomas hieß, Sohn des Bürgermeisters und Medizinstudent im neunten Semester war, bestätigt hatte, dass bei dem armen Kaspar wirklich nichts mehr zu machen sei.

»Hauptkommissar«, verbesserte Maul und blickte in Richtung Empore, »und wenn ich noch beim Bund wäre, wäre ich mittlerweile nicht mehr Oberleutnant sondern Hauptmann, wissen Sie?«

»Tut mir leid, davon verstehe ich nichts«, der Pfarrer versuchte ein Lächeln und fragte sich, welche Prüfung ihm der Herr nun wieder auferlegt hatte. Eigentlich hätte ihm der Todesfall vollauf genügt.

»Na ja, wenn Sie sich anstrengen, werden Sie vielleicht auch einmal Oberpfarrer.« Maul gab Nero, seinem Deutsch-Kurzhaar, ein Leckerli und ging weiter in Richtung Altar. Die Belegschaft des Krippenspiels und die vier Zuschauer saßen teils aufgeregt, teils verängstigt in den ersten beiden Bankreihen. Maul hatte nämlich befohlen, dass niemand die Kirche verlassen durfte. Der Messner hatte die Türen zusperren müssen, und so harrten sie alle aus und froren. Alle außer Kaspar, der fror nicht mehr, weil er bäuchlings vor der rechten Stallwand im Stroh lag. Um seinen Kopf hatte sich eine Blutlache gebildet.

»Müssten wir nicht die zuständige Dienststelle benachrichtigen?«, fragte der Bürgermeister. »Da muss doch jetzt der Leichenbeschauer kommen und ein Bestatter ...«

»Tun Sie das«, kommentierte Maul, »aber bis die da sind, habe ich den Fall aufgeklärt! Wir haben es hier nämlich mit einem Mord zu tun. Die Sache stinkt, wenn Sie mich fragen!«

Jetzt muss man wissen, dass Hauptkommissar Maul regelmäßig strafversetzt wurde, weil er sein vorlautes Mundwerk nicht halten konnte. Gleichzeitig hatte er aber auch eine gute Menschenkenntnis sowie eine einzigartige Beobachtungsgabe und daher so manchen Erfolg zu verzeichnen, der ihm von bestimmten Personen geneidet wurde, egal ob Maul sie schon einmal angesprochen hatte oder nicht. Jedenfalls war

Rainer Maul nach eigenem Bekunden nicht teamfähig und arbeitete daher am liebsten alleine. Weil das im Staatsdienst nicht immer ging und Maul auch im Privatleben so manchen Gegenwind ertragen musste – seien es genötigte Verkehrsteilnehmer oder seine Exfrau –, schätzte er einsame Wanderungen mit seinem treuen Begleiter Nero und eine anschließende Einkehr, im gastronomischen Sinne, versteht sich, denn er war ein Feinschmecker mit hohen Ansprüchen. Gleichzeitig besaß er aber auch eine versteckte sentimentale Ader, die ihn bewog, in der Kirche bei der Generalprobe des Krippenspiels zu warten, bis sich die Pforten des benachbarten Gasthauses öffneten, in dem Maul bevorzugt seine Karpfen verspeiste.

»Wer ist der Tote?«, fragte Maul mit einem versteckten Blick auf seine Armbanduhr, die die verbleibende Karpfen-Wartezeit anzeigte.

»Eberhard Mork«, erwiderte der Pfarrer, »selbstständiger Kaufmann hier am Ort. Er ist erst seit zwei Jahren Mitglied unserer Gemeinde.«

»Feinde?«

»Was heißt hier Feinde?«, fragte der Bürgermeister.

»Ohne Motiv gibt's keinen Mord«, erklärte Maul, »also ... wer in dieser Kirche hat was gegen ihn gehabt?«

»Woher wollen Sie denn überhaupt wissen, dass es ein Mord war?«, meldete sich nun die Puchtlerin, die Obfrau der Hundsknobbernhofener Landfrauen, die bei den Musikanten die Zither spielt. »Das ist doch ein schlimmer Unfall!«

»Wenn Sie glauben, dass so ein Holztrumm zufällig genau in dem Moment runterfällt, wenn so ein Heiliger König drunter steht, dann fehlt es Ihnen an Lebensweisheit«, erklärte Maul.

»Die Kirche ist stark sanierungsbedürftig«, gab der Pfarrer zu bedenken.

»Ist schon recht«, brummte Maul, »ich werde das schon rauskriegen. Aber mit leerem Magen kann ich nicht denken!«

Gleichzeitig erinnerte ihn auch Nero mit schabenden Pfoten daran, dass es nun eigentlich Zeit für den Karpfen wäre.

Eine halbe Stunde später war dieses Problem gelöst, und Maul saß mit leuchtenden Augen am Vortragstisch des Bürgermeisters, vor sich einen goldgelb gebackenen Karpfen mit Kartoffelsalat. Die Wirtin des *Schwarzen Schwans* war telefonisch beauftragt worden, einen halben Fisch samt einer Extraportion Kartoffelsalat einzupacken und zur Kirchenpforte zu bringen, wo Maul die Lieferung in Empfang nahm und peinlich darauf achtete, dass niemand aus dem Gotteshaus entwischte.

»Ah, köstlich«, seufzte Maul. »Das ist der beste Karpfen. Kein Fett, kein Schlamm und nicht in dieselbe Fritteuse geworfen wie die Pommes und die Schnitzel! ... Also«, nahm der Hauptkommissar den Gedanken wieder auf, nachdem er den Fisch weitgehend vertilgt und dabei die Zeitung, in welche die Lieferung verpackt war, einer genauen Prüfung unterzogen hatte. »Welche Feinde hat er denn jetzt gehabt, der Heilige König?«

Und wie immer wollte keiner etwas wissen. Daher bediente sich Maul eines alten Tricks und rief die Anwesenden der Reihe nach auf, als ob sie in der Schule wären.

»Sie!«, begann Maul mit der Maria, einer jungen Frau um die zwanzig Jahre und Tochter der Oberlandfrau.

»Ich, äh, keine Ahnung ...«, sie sah sich hilfesuchend um. Als keiner etwas sagte und Maul scheinbar unbeeindruckt die dicken Gräten des Karpfens abnagte, meinte sie: »Na ja, der Mork war halt ein Versicherungsverkäufer.«

»Aha«, triumphierte Maul, »also hat der das halbe Dorf mit Versicherungen beschissen! Wen alles? Handheben!«

»So kann man das nicht sagen«, meldete sich Balthasar, »er hatte eben eine äußerst überzeugende Art. Er war ein Verkaufstalent. Das muss nichts mit unlauteren Geschäften zu tun haben!«

»Und wer sind Sie?«, fragte Maul.

»Engelhard ist meine Name«, erwiderte der König. »Ich bin erster Vorsitzender des Gesangsvereins und leite die hiesige Filiale der Raiffeisenbank.«

»Dann war er vielleicht so gut, dass er Ihnen das Wasser abgegraben hat«, antwortete Maul, »die haben ja mittlerweile nicht nur Versicherungen, sondern auch Bausparverträge und Kapitalanlagen im Programm!« Er hatte die geöffnete Brieftasche des Toten neben sich liegen und drehte dessen Visitenkarte zwischen den Fingern.

»Nun, da kann ich Ihnen versichern, dass Herr Mork für uns keine Konkurrenz war«, der Filialleiter ging ein paar Schritte zurück und lehnte sich gegen die Stallwand, die verdächtig knarzte.

»Irgendwie muss er ja zum erfolgreichsten Ökologen und Handeltreibenden ...«

»Ökonomen«, korrigierte der Pfarrer.

»Jaja, schon recht. Also irgendwie muss er das ja geworden sein, dafür reichen ein paar Hausratversicherungen nicht aus!«

»Bis letztes Jahr war ja auch noch mein Mann der Erfolgreichste«, meldete sich nun die Chefin der Landfrauen.

»Aha«, freute sich Maul, von dessen Karpfen mittlerweile nur noch ein paar Gräten und Teile des Kopfes übrig waren. »Sehr gut. Und Ihr Mann ist was, Großbauer?«

»Nein, wir haben ein Baugeschäft«, etwas verunsichert nahm die Frau wieder in der Kirchenbank Platz.

»Aha, und das läuft nicht mehr so, was? Europäische Union und so, überall Osteuropäer, stimmt's?«

»Sie sagen's!« Bitterkeit mischte sich in die Stimme der Frau.

»So, dann kommen wir der Lösung des Falls ja langsam näher.« Maul wischte sich die Hände am zum Karpfen gelieferten Erfrischungstuch ab und widmete sich wieder der Zeitung. Er machte ein paar Notizen auf seinem Block und lehnte sich dann zurück, wobei er die Anwesenden kritisch musterte.

»Ich habe Augen wie ein Adler und Ohren wie ein Luchs«, erklärte er. »Mir entgeht nichts. Außerdem besitze ich Lebensweisheit!«

»Bisher haben Sie aber noch nichts Bedeutendes zur Klärung dieses Mordes beigetragen«, gab nun der junge Josef zu bedenken, »wenn's einer war.«

»Doch, habe ich«, Maul erhob sich und ging ein paar Schritte auf Josef zu, »ich habe einen Karpfen gegessen!«

»Herr im Himmel«, stöhnte der Pfarrer.

»... und dieser Karpfen ist mir in einer Zeitung geliefert worden«, Maul hielt das von einem großen Fettflecken gezeichnete Papier hoch.

»Und in dieser Zeitung steht, dass die dringend notwendige Restaurierung der Kirche St. Vitus in Hundsknobbernhofen in weite Ferne gerückt ist, weil der Stiftungsrat des Frömmlerschen Schatzes sich nicht darauf einigen konnte, die 200.000 Euro dafür zu verwenden! Der Beschluss scheiterte am Einspruch eines erfolgreichen Kaufmanns. Nur eine kleine Notiz im Landkreisteil.«

»Was?«, der Bürgermeister lief auf Maul zu und versuchte, ihm die Zeitung zu entreißen.

»Vorsicht, die Sonderangebote vom ALDI brauche ich noch«, mahnte der Lebensweise, »da gibt's nächste Woche Zanderfilet!«

»Wie ist denn das in die Zeitung gekommen?«, fragte sich der Bürgermeister, der alsbald vom Pfarrer, dem Bankfilialleiter, der Landfrau, Josef, Maria und Melchior, dem Schützenkönig, umringt war.

»Und da hätten wir doch schon einen hübschen Kreis an Verdächtigen«, mittlerweile hatte Maul die Kanzel erklommen.

»Wen meinen Sie jetzt?«, fragte die Landfrau angriffslustig.

»Sie alle sieben«, Maul stützte die Unterarme auf den Rand der Kanzel und schielte auf seinen Notizblock.

»Wir haben eine baufällige Kirche, die dringend saniert werden muss«, begann er mit seiner Aufklärungspredigt, »dann haben wir einen Haufen Geld, das dafür verwendet werden könnte. Wird es aber nicht, weil der Stiftungsrat nicht einstimmig dafür ist. Und jetzt raten wir einmal, wer sich dagegen ausgesprochen hat ... genau, der erfolgreichste Versicherungsverkäufer im Ort. Somit haben Sie beide ein Mordmotiv«, er deutete auf den Pfarrer und den Bürgermeister.

»Richtet nicht, auf dass ihr nicht selbst gerichtet werdet«, meinte der Pfarrer.

»Wissen Sie überhaupt, was Sie hier reden?« Der Bürgermeister war empört. »Ich werde mich gleich morgen über Sie beschweren!«

»Machen Sie das«, antwortete Maul, »da sind aber noch 23 vor Ihnen dran ... jedenfalls haben Sie ohne das Geld bald keine Kirche mehr«, er blickte dem Geistlichen tief in die Augen und wechselte dann zum Dorfoberen. »Und Sie hätten kein Krippenspiel mehr, das einzige, was den Rest der Welt an Hinterhundsknobbernhofen interessiert ... macht sich schlecht bei der nächsten Wahl, oder?«

Das nun einsetzende, betretene Schweigen nutzte Maul, um im Reigen der Verdächtigen fortzufahren: »Dann haben wir die Frau des Bauunternehmers, dem die Osteuropäer immer mehr Arbeit wegnehmen. Der hätte wahrscheinlich an einer Kirchensanierung gut verdient, oder hätten Sie das auch die Tschechen machen lassen?«

»Die Gemeinde beauftragt bevorzugt regionale Betriebe, das machen nicht nur wir so«, erklärte der Bürgermeister entrüstet.

»Also«, nickte Maul, »Nummer drei. Dann haben wir hier noch den Chef einer Bankfiliale, die sicher bald dicht macht, wenn der Versicherungsökologe ihr weiter die Kunden wegnimmt ...«

»Lächerlich«, kommentierte der Angesprochene.

»Bleiben Maria, Josef und Melchior«, fuhr Maul unbeeindruckt fort. »Kann es sein, dass Sie beide die gleichen silbernen Ringe tragen?«, fragte er im strengen Kasernenhofton.

»Ähm«, stammelte Maria, während Josef hinter dem Rücken mit der linken Hand an seiner rechten herumfummelte.

»Geben Sie's zu«, mahnte Maul nun fast väterlich, »das spart uns allen Lebenszeit! Wie heißt das dann heutzutage, Verlobungsringe?«

»Das sind nur Freundschaftsringe«, rief Maria.

»Für Freundschaft hingen Sie aber ein bisschen arg eng aneinander in der letzten Stunde«, gab Maul zu bedenken. »Ich würde mal tippen, dass Sie bald heiraten wollen, aber nach 20 Jahren Ehe und einer Scheidung sage ich Ihnen: Lassen Sie's lieber bleiben!«

»Was soll das jetzt mit der Sache hier zu tun haben?«, fragte nun Josef.

»Zum Vögeln braucht man keine Ehe«, erläuterte Maul trocken, »und genau das hat sich unser Mordopfer gedacht, als er Ihre heilige Jungfrau verführt hat, die sicher keine mehr ist!«

»Was?«, nun richten sich alle Blicke auf Maria.

»Das reicht jetzt! Kommen Sie sofort von meiner Kanzel herunter«, rief der Pfarrer. »Sie entehren das Haus des Herrn!«

»Ist wahrscheinlich besser so«, brummte Maul, »das schwankt und knirscht mir hier so verdächtig!«. Unten angekommen, untermauerte er seinen Verdacht weiter mit Indizien.

»Sie sind ja ein rechtes Schneckerle«, wandte er sich an Maria, »noch nicht so träge und faul. Sie haben kein Pfund zu viel, außer hier«, er deutete auf ihren Bauch, »das sieht man, wenn sie hin und wieder das Kreuz durchdrücken ...«

»Das kann man doch noch gar nicht sehen«, schluchzte die junge Frau.

»Mit Adleraugen schon«, korrigierte Maul. »Und wenn man dann noch weiß, dass Ihr ... Verlobter Medizin studiert, kann man sich an einer Hand abzählen, dass er meistens nicht hier ist, sondern in ...«

»Würzburg«, flüsterte Maria.

»Genau, und dann muss er furchtbar viel lernen und hat kaum Zeit für sein Schneckerle. Und wenn dann so ein erfolgreicher Ökostrom daherkommt mit einem Mercedes Cabrio ...«

»BMW«, warf Maria ein.

»Auch schön ... aber schwarz!«, fuhr Maul fort.

»Jaha ...«, brachte Maria noch heraus, bevor sie in Tränen ausbrach.

»Und nachdem er Sie im Bett gehabt und auch noch geschwängert hat, wollte er nichts mehr von Ihnen wissen, so läuft's im Leben«, schloss Maul die Beweisaufnahme vorläufig ab.

»Das ist doch ein Irrsinn«, meinte der Pfarrer, nachdem sich Maul wieder an den Tisch gesetzt hatte und auf seinem Handy herumtippte.

»Jetzt wird's aber langsam Zeit, dass die zuständigen Kollegen kommen. Ich muss morgen schon um halb neun aufstehen, können Sie sich das vorstellen?«, Maul empfand das als Zumutung. »Immer müssen diese Besprechungen in der Früh sein, da kriege ich jedes Mal einen Schwächeanfall!«

»Ihre Verdächtigungen sind auch schwach«, der Bürgermeister hantierte mit einer Thermosflasche. »Mag ja sein, dass hier einige nicht gut auf den Mork zu sprechen waren, aber keiner von uns hat den englischen Gruß auf ihn fallen lassen. Das war ein tragischer Unfall, nichts weiter. Der Sanierungsbedarf kommt ja nicht von ungefähr!«

»Sie!«, Maul deutete auf einen der vier Besucher, die seit der Unterbrechung der Probe ebenfalls die Kirche nicht hatten verlassen dürfen. Zwei liefen gerade im Kirchenschiff auf und ab, um sich aufzuwärmen, die zwei anderen waren auf der Kirchenbank eingeschlafen, nun jedoch aufgewacht.

»Kommen Sie einmal her da«, befahl Maul, »und bringen Sie Ihre Videokamera mit!«

Einer der interessierten Besucher hatte bis zum tragischen Zwischenfall das ganze Geschehen gefilmt. Klar, dass das dem verbeamteten Adlerauge nicht entgangen war. Und Maul ahnte, wie hilfreich die Aufnahmen sein würden, um die noch offene Frage zu klären: Wie war es möglich, dass der englische Gruß genau in dem Moment runterfiel, als der Versicherungen verkaufende Heilige König unter ihm stand? Nun konnte man Rainer Maul sicher viele Untugenden bescheinigen, aber was er einmal anfing, brachte er auch zu Ende. Auf den Stufen des Altars sitzend betrachtete er das kleine Display der Kamera, deren Besitzer ihm verschiedene Funktionen erklären musste. Und Nero musterte über die Schulter seines Herren ebenfalls das bewegte Bild.

»Größer machen!«, ordnete Maul immer wieder an, aber auch »Vor!«, »Zurück!«, »Weiter zurück!« und »Stopp!«. Schließlich huschte ein Lächeln über sein Gesicht, während Nero zustimmend japste.

»Sie und Sie«, er deutete auf die verbliebenen zwei Könige, »stellen Sie sich einmal nebeneinander auf!«

»Wir sind hier aber nicht auf dem Kasernenhof«, protestierte der Filialleiter, nachdem er in Stellung gegangen war.

»Stimmt«, sagte Maul, »auf dem Kasernenhof müssen Sie nur marschieren und strammstehen, hier müssen Sie sich auch noch hinknien! Aber darum geht's jetzt nicht, es geht um unseren Neger hier«, er deutete auf Melchior.

»Ich hatte nichts gegen den Mork«, der dritte König schüttelte abwehrend die Hand.

»Das spielt jetzt keine Rolle, von denen haben wir ja schon genug«, Maul lief einmal im Kreis um das Duo und musterte es von unten bis oben. »Aber wir brauchen noch jemanden, der sich darum kümmert, dass dieses Holzdingsda zur richtigen Zeit runterfällt!«

»Und das soll ich gewesen sein?«, lachte Melchior hämisch.

»Exakt!«, bestätigte Maul.

»Wuff«, machte Nero.

»Aber ich war doch auf der Bühne, ich bin neben ihm gestanden. Es war pures Glück, dass das Trumm nicht mich erschlagen hat!«

»Aber Sie sind der Schützenkönig«, gab Maul zu bedenken. »Und mir fällt nur eine Methode ein, wie man diesen Griechischen Engel ...«

»Englischen Gruß«, korrigierte der Pfarrer nervös.

»... egal, jedenfalls ist das Drahtseil ungefähr in der Mitte zertrennt und zwar nicht durch einen sauberen Schnitt. Wäre auch unmöglich, das während der Probe durchzusäbeln, oder? Also würde ich in der Nacht vorher oder einem anderen ungefährlichen Moment das Ding zur Hälfte durchschneiden oder feilen und den Rest dann durchschießen lassen. Und zwar von einem, der ganz sicher trifft!« Maul klopfte dem heiligen Schützenkönig auf die Schulter.

»Sind Sie irre?«, fragte Melchior mit sich überschlagender Stimme.

»Es kann doch Ihrem Expertenblick nicht entgangen sein, dass er im fraglichen Moment auf der Bühne war«, mischte sich nun der Bürgermeister ein.

»Sind Sie sicher, dass er es war?«, Mauls Augen blitzten listig. »Wissen Sie, was mich wundert? Wenn die zwei jetzt nebeneinander stehen, sind sie fast gleich groß. Auf der Videoaufnahme geht der Neger dem anderen aber nur bis zum Ohr!«

»Zeigen Sie her«, rief der Bürgermeister und griff nach der Kamera.

»Nix da!«, polterte Maul. »Das ist Beweismaterial!«

»Das wird sicher am Winkel oder der Einstellung liegen«, versuchte sich der Bürgermeister an einer Erklärung.

»Entschuldigen Sie«, meldete sich nun der Besitzer der Kamera zu Wort, »aber Herr Maul hat recht, der Größenunterschied ist deutlich.«

»Ich habe immer recht«, warf Maul ein.

»Und ich denke, es ist klar, dass die Rolle des Melchior dafür prädestiniert ist«, fuhr der Kameramann fort. »Immerhin ist er schwarz geschminkt, dadurch lassen sich zwei unterschiedliche Gesichter sehr gut tarnen. Dann hat er noch das Tuch über dem Kopf.«

»Ganz genau«, nickte Maul und wandte sich an den Schützenkönig: »Sie haben aus einem Versteck heraus geschossen, wahrscheinlich mit einem Kleinkalibergewehr, das hört man kaum. Und dann, als alle durcheinandergelaufen sind, haben Sie mit Ihrem Ersatzneger wieder die Rollen getauscht. So einfach ist das.«

»Und wo ist der dann jetzt, der zweite Melchior?«, fragte wieder der Bürgermeister.

»Hat sich irgendwo versteckt«, Maul zuckte mit den Achseln. »Den finden wir auch noch, aber zuerst finden wir einmal die Tatwaffe ... Nero!«

»Jetzt bin ich aber gespannt«, entfuhr es dem Kameramann.

»Jeder Schuss hinterlässt Schmauchspuren«, erklärte Maul, während er die rechte Hand von Melchior packte, »kann man kriminaltechnisch nachweisen, aber ein guter Hund tut's auch. Nero, riech!«. Er hielt dem Hund die Hand des Schützenkönigs vor die Nase. Nero schnupperte artig und setzte sich dann mit erwartungsvollem Blick vor sein Herrchen.

»Und jetzt such!«, befahl der Hauptkommissar, und Nero sprang auf.

Keine fünf Minuten später hielt Maul das Gewehr in Händen, das sein treuer Gefährte im Beichtstuhl aufgespürt hatte. Maul saß zwischenzeitlich wieder an dem Tisch, an dem der Bürgermeister ursprünglich die Weihnachtsgeschichte vorgetragen hatte. Neben ihm hatte der Kameramann Platz genommen. Um die Gruppe der Verdächtigen war es still geworden. Auch die übrigen Darsteller und die Musikanten hüllten sich in düsteres Schweigen. Lediglich die anderen drei Besucher umringten nun den Kommissar und versuchten, auch einen Blick auf das Display der Kamera zu werfen. Denn ein letztes Rätsel galt es noch zu klären: Da der scharfschießende Melchior sein Opfer vom Beichtstuhl aus gar nicht sehen konnte, musste er ein Signal erhalten haben, als Kaspar genau an der richtigen Stelle angekommen war.

»Der Gruß kam herunter, als der Bürgermeister die Worte *Kasbar, Melchior und Baldasar / Bränga voll Demud edz Gschen-*

kla dar gesprochen hat«, sagte der Kameramann. »Vielleicht war klar, dass Kaspar in diesem Moment genau an der Stelle steht?«

»Das ist zu ungenau«, erwiderte Maul. »Wenn der mal etwas langsamer oder schneller geht, trifft's den Falschen oder gar keinen. Da muss es ein ganz bestimmtes Signal geben ...«

Sie ließen die Aufnahme noch einmal laufen. Und als der Bürgermeister abermals die Worte sprach: *Kasbar, Melchior und Baldasar / Bränga voll Demud edz Gschenkla dar,* rief Maul plötzlich:

»Stopp! Das ist es!«

»Was?« Nun kamen auch einige der Darsteller wieder näher.

»Hier liegt der Text«, Maul hielt die Blätter hoch, von denen der Bürgermeister abgelesen hatte. »Und da steht: *Kasbar, Melchior und Baldasar / Bränga voll Demud ihr Gschenkla dar.*«

»Das hat er doch vorgelesen«, meinte die oberste Landfrau.

»Das glauben Sie«, lächelte Maul wissend, »weil Sie halb blind und taub durch die Welt laufen. Aber mir entgeht nichts!«

»Ja, was denn?«, fragte nun der Kameramann ungeduldig.

»Edz!«, rief Maul triumphierend.

»Was ist jetzt?«

»Er hat gesagt: *edz Gschenkla*«, erklärte Maul. »Das *edz* steht hier aber nicht, sondern *ihr*. Und genau in dem Moment, in dem er *edz* sagt, kommt der Holzkram da nach unten. Das war sein Signal, stimmt's oder habe ich recht?«, fragte Maul den Bürgermeister.

»Ich sage nichts mehr ohne Anwalt«, antwortete dieser.

In diesem Moment klopfte es donnernd gegen das Haupttor, durch die bemalten Fenster drang blau blinkendes Licht. Daher verwunderte es niemanden, dass kein Anwalt das Kirchenschiff betrat, nachdem der Pfarrer aufgeschlossen hatte, sondern zwei Polizisten in Zivil und zwei in Uniform. Die letzteren hatten einen orientalisch gekleideten Mann im Schwitzkasten, dessen Gesicht noch von Resten schwarzer Schminke gezeichnet war.

»Ja, wen haben wir denn da«, lachte Maul.

»Den haben wir vom Kirchturm gepflückt«, erklärte einer der Beamten in Zivil, »wollte sich aus dem obersten Fenster abseilen, leider hat das Seil nicht ganz gereicht!«

»Name?«, fragte Maul.

»Keine Ahnung, er hat keine Papiere bei sich.«

»Ich habe ja auch ihn gefragt«, gab Maul mit spürbarer Ungeduld zurück. »Also, wird's bald!«

»Ich sage gar nichts«, erklärte der zweite Melchior.

»Entschuldigung«, meldete sich der Kameramann, der ein Programmheft des Krippenspiels in Händen hielt. »Aber der Herr hat eine verblüffende Ähnlichkeit mit Julius Frömmler. Sehen Sie!« Er reichte Maul das Heft.

»Tatsächlich«, bestätigte dieser, »unverkennbar. Gut, dann hätten wir das also auch, und Sie sind der Enkel von dem Dichter da!«

»Urenkel«, knirschte Johannes Frömmler. Offenbar litt er schon länger unter der Ähnlichkeit, denn sein Vorfahre war weiß Gott keine Augenweide gewesen.

»Aber es heißt doch, dass Sie seit 20 Jahren verschollen sind«, hakte der Kameramann nach. »Warum haben Sie denn nicht Ihren Platz eingenommen in dieser großartigen Tradition?«

»Alle zwei Jahre dieser Zirkus«, brummte Frömmler. »Dabei hasse ich Weihnachten, und ich hasse diesen Dialekt! Ich wollte nur ein Reihenhaus und meine Ruhe, aber ...«

»... als die Kirche und damit das Krippenspiel auf dem Spiel stand, haben Sie Gewissensbisse bekommen«, ergänzte der Kameramann.

»Es wäre genau in seinem Sinne gewesen, die Kirche damit zu retten«, seufzte Frömmler. »Aber als er sich das alles vor 100 Jahren ausgedacht hat, gab es eben hier noch keine verbrecherischen Kaufleute wie diesen Mork!«

»Das macht nichts«, warf Maul befriedigt ein. »Dafür gibt es heute Rainer Maul!«

»Die Wege des Herrn sind unergründlich«, stöhnte der Pfarrer.

Peter Freudenberger

Gegenüber

»Nein, sagen Sie nichts. Ich kenne Sie, glaube ich. Ganz bestimmt sogar, auch wenn ich Sie nie aus der Nähe gesehen habe. Diese aufrechte Haltung, schmale Figur, schwarze Locken, ich habe mich oft gefragt, ob die wohl echt sind? Der lange Hals, der Schwung der Hüften ... Sie wohnen im Häuserblock auf der anderen Seite des Hofs, stimmt's?

Wusst ich's doch. Um genau zu sein: Sie wohnen im ersten Stock, wie ich, schräg gegenüber. Aber was mache ich da? Ich lasse Sie einfach im Regen stehen bei dieser Kälte. Noch ein paar Grad weniger, und wir hätten dieses Jahr weiße Weihnachten. Kommen Sie herein, sonst holen Sie sich den Tod.

Hat Sie das jetzt erschreckt? Richtig blass sind Sie geworden. Den Tod holen – das ist doch nur eine Redewendung. Bitte, ich beiße nicht. Hier ist die Garderobe. Nehmen Sie diesen Bügel, der ist frei. Warten Sie, ich helfe Ihnen aus dem Mantel. Der steht Ihnen gut, übrigens. Das macht der Gürtel. Sie mit Ihrer schmalen Taille können sich das erlauben, ich verstehe etwas davon. Ich bin Mode-Designerin.

Ich weiß mehr von Ihnen, als Sie ahnen. Zum Beispiel, dass Sie oft kurze Röcke tragen, wie jetzt, sogar bei diesem Dezemberwetter. Na ja, mit den Leggins heutzutage, da ist das kein Problem. Als ich so alt war wie Sie, und das dürfte jetzt, hm, vorsichtig geschätzt, bestimmt fünfzehn Jahre her sein, da waren Leggins eher für die Frau vom Lande, wir in der Stadt haben uns darüber ausgeschüttet vor Lachen. Die Mode ändert sich eben, zum Glück, schließlich muss ich davon leben. Ich weiß noch so einiges über Sie. Sie ziehen gerne figurbetonte T-Shirts an, eine gute Wahl. Sie rauchen, aber nie drinnen, sondern auf dem Balkon, der zum Hof geht. Ihren Namen kenne ich allerdings nicht.

Gut. Dann darf ich bestimmt Anna zu Ihnen sagen. Ich bevorzuge Vornamen. Ich heiße Karin. Aber das haben Sie wahrscheinlich schon gewusst, es steht ja auf dem Türschild.

Liebe Güte, ich darf Sie auf keinen Fall ins Wohnzimmer lassen. Es ist schrecklich unaufgeräumt bei mir. Ich arbeite seit Wochen von früh bis spät. Hinterher bin ich schlagkaputt, völlig leer. Da bleibt einfach keine Zeit, um aufzuräumen, obwohl ich sonst eine ordentliche Person bin. Es gibt hier sowieso niemanden, den es stört. Achim, mein Mann, ist beruflich viel unterwegs und kaum zu Hause. Und Kinder haben wir keine.

Wir gehen am besten in mein Arbeitszimmer. Das interessiert Sie vielleicht. Auf jeden Fall sehen Sie dann, warum ich Sie kenne, zumindest entfernt. Das ist gleich hier, die zweite Tür im Flur. Ich setze rasch einen Tee auf, Sie möchten sicher einen bei dieser Kälte. Nein, das macht mir nichts aus, ganz bestimmt nicht. Wenn ich ehrlich bin: Es freut mich, dass Sie bei mir vorbeikommen. Ist mir angenehmer als umgekehrt. Gehen Sie ruhig schon mal rein, schauen Sie sich ein wenig um, ich bin gleich bei Ihnen.

So, das war's schon. Ich habe einen Wasserkocher, das geht schneller. Wenn ich arbeite, trinke ich ständig Tee. Das sind solche Angewohnheiten. Wenn ich mich hier an meinen Zeichentisch setze, muss alles stimmen, sonst läuft es nicht. Alles muss an Ort und Stelle sein, ich habe Ihnen ja schon gesagt, ich bin eine ordentliche Person. Und ein Gewohnheitstier. Zum Beispiel die Teetasse, die hat ihren bestimmten Platz, ziemlich weit nach hinten geschoben, damit ich sie nicht aus Versehen umstoße. Die Tischplatte hat einen richtigen Rand, wo die Tasse immer steht.

Wie ich sehe, genießen Sie schon meine bescheidene Aussicht. Ja, schauen Sie ruhig aus dem Fenster. Leider habe ich keinen Balkon wie Sie, aber von dieser Stelle aus können Sie den gesamten Hof überblicken. Und den Häuserblock gegenüber.

Jetzt am Nachmittag sehen die Fenster drüben schwarz aus, wie die Augen eines Toten, finden Sie nicht auch? Die Zimmer dahinter wirken unbelebt, wie ausgestorben. Meine Güte, Sie werden ja schon wieder blass. Keine Sorge, das ändert sich, wenn es Abend wird. Dann geht plötzlich Licht an hinter den Scheiben, dann schälen sich die Schemen von Menschen aus der Dunkelheit.

Ich hoffe nicht, dass Sie mich für eine Spannerin halten oder etwas in der Art. Ich stehe nie so am Fenster, wie Sie es gerade tun. Aber setzen Sie sich einmal an meinen Zeichentisch. Doch, ich bitte Sie, hier, ich rücke Ihnen den Stuhl zurecht. Exakt an dieser Stelle sitze ich immer.

Eigentlich ist es Zufall, dass der Tisch neben dem Fenster steht. Ursprünglich war dieser Raum als Kinderzimmer gedacht, aber wie gesagt ... Im Sommer habe ich mich entschieden, dass ich genauso gut hier zeichnen könnte. Achim hat sofort zugestimmt, es hat ihn sowieso genervt, wenn er heimkam und ich meinen Zeichenkram auf dem Esstisch ausgebreitet hatte.

Den Zeichentisch habe ich mir eigens für dieses Zimmer ausgesucht. Er ist schlicht, aber ich liebe ihn. Nur die schräge Holzplatte auf dem Alugestell. Am Fuß der Platte, hier, die Rille, damit die Stifte nicht hinunterrollen. Die Tasse bleibt stehen. Dagegen müssen Sie höllisch aufpassen, wenn Sie einen Stift ablegen, das ist ein Nachteil bei einer schrägen Platte. Und noch einen gibt es. Der Tisch passt nicht unters Fenster. Also habe ich ihn rechts daneben an die Wand geschoben. Inzwischen habe ich mich daran gewöhnt, ich will es gar nicht mehr anders. Wenn der Tisch neben dem Fenster steht, bin ich nicht dauernd abgelenkt und kann trotzdem von Zeit zu Zeit hinausschauen.

Tun Sie's mal. Ja, genau so. Wir haben beinahe die gleiche Größe. Ich sage Ihnen, was Sie sehen: Fast den gesamten Häuserblock gegenüber. Von den Kellerabgängen im Hof bis hinauf zu den roten Ziegeln, die sich bei Regen immer dunkel färben. Von der Hofeinfahrt rechts bis ... Links, das ist Ihr Balkon, dahinter das breite Wohnzimmerfenster. Erkennen Sie's? Liegt vom Schreibtisch aus genau im Blickfeld, ich kann nichts dagegen machen, ob ich will oder nicht. Vielleicht glauben Sie mir jetzt, dass ich keine Spannerin bin. Aber noch etwas müsste Ihnen auffallen. Schauen Sie mal genau hin.

Richtig, der Baum. Die Kastanie in der Mitte des Hofs. Es ist ein großer Baum, nicht wahr? Ich schätze, die Stadt hat ihn pflanzen lassen, als sie die Häuserblocks hier hochgezogen hat. Das ganze Viertel in diesem Stadtteil, Damm, ist nach dem Krieg entstanden. Damals haben die Leute noch Wert gelegt auf Grün. Angeblich gibt es den Hof, wie wir ihn kennen, erst seit anderthalb oder zwei Jahrzehnten. Zuvor soll zwischen den Häusern nur Rasen gewesen sein mit Büschen, Sitzbänken und Wäschetrockenplätzen. Erst als immer mehr Autos kamen, hat die Stadt alles platt gemacht und asphaltiert. Zum Parken. Sogar der Spielplatz, den es mal gab, ist verschwunden. Was soll's, ich brauch sowieso keinen.

Nur der Baum ist geblieben. Er ist so groß, dass ich im Sommer auf eine grüne Wand blicke. Aber im Herbst wirft die Kastanie ihr Laub ab, und jetzt im Winter ist sie kahl. Das ist Natur. Die einzige Veränderung, gegen die ich nichts machen kann, die ich akzeptieren muss. Ohne die Kastanie hätte ich Sie viel früher kennengelernt. So waren Sie mir bis vor drei Monaten völlig unbekannt. Leider, wenn ich das sagen darf.

Es ist interessant, was eine Kastanie alles über die Natur verrät. Wussten Sie zum Beispiel, dass Bäume ihre Blätter immer zuerst an den Rändern abwerfen? Die an den Zweigen ganz außen, die fallen als erste ab. Bestimmt erinnern Sie sich noch an das Herbstgewitter Ende September. Am Abend hatte die Kastanie an den Rändern fast alle Blätter verloren. Vorher hatte ich den Häuserblock gegenüber überhaupt nicht wahrgenommen. Mit einem Mal schienen links die Fenster durch. Aber ich will Sie nicht langweilen.

Warum ich Sie nicht gefragt habe, was Sie von mir wollen? Aber Anna, das kann ich mir doch denken! Es ist etwas passiert bei Ihnen! Heute Morgen hatten Sie Besuch von der Polizei. Zwei Beamte standen auf dem Balkon, einer hat auf den Häuserblock hier gedeutet. Jetzt wollen Sie vielleicht herausfinden, ob ich etwas gesehen habe.

Bitte, nein, Sie müssen nicht reden. Lassen Sie mich erst sagen, was ich denke. Es ist etwas mit Ihrem Mann passiert, hab ich recht? Ich habe ihn heute morgen nämlich noch nicht gesehen. Obwohl das nichts heißen muss. Er ist manchmal tagelang fort, wie meiner. Sie merken, ich kriege hier so einiges mit.

Sorry, ich habe vergessen zu fragen, ob Sie Zucker möchten. Nein? Dann haben wir etwas gemeinsam. Noch etwas, um genau zu sein. Bitte, werden Sie doch nicht rot. Das ist meine komische Art von Humor.

Ich weiß nicht, wieso mir gerade Ihr Balkon ins Auge gestochen ist. Vielleicht liegt es daran, dass die meisten anderen Mieter die Rollläden herunterlassen, wenn sie das Licht einschalten. Als hätten sie etwas zu verbergen. Als könnte ihnen jemand etwas wegschauen. Aber Sie nicht. Ihre Silhouette war das erste, was ich von Ihnen gesehen habe. Sie standen auf dem Balkon vor dem beleuchteten Wohnzimmerfenster. Ihre Locken sind mir aufgefallen, Ihre Haarfarbe konnte ich damals nicht gleich erraten. Auch Ihr Alter nicht, ich sah nur einen schwarzen Schattenriss. Sie hielten die Arme verschränkt, von Zeit zu Zeit hoben Sie die Hand mit der Zigarette zum Mund.

An zwei Details erinnere ich mich genau. Das eine ist Ihr Hals. Nachdem Sie die Zigarette ausgedrückt hatten, haben Sie die Ellbogen abgespreizt, sich ins Haar gegriffen, es zurückgestreift und angehoben. So einen langen Hals habe ich nie zuvor gesehen, ich hielt regelrecht den Atem an. Da kommt keine Audrey Hepburn mit, keine Keira Knightley, glauben Sie mir, da wird jede Frau neidisch.

Das andere? Ihr Kinn! Beim Reingehen waren Sie kurz im Profil zu sehen. Sie haben ein markantes Kinn, wissen Sie? Und wie Sie es heben, das gibt Ihnen etwas Selbstbewusstes. Sogar aus der Ferne wirken Sie wie eine Frau, die ihrer selbst sicher ist. Ich bewundere das. Es hat mir immer gefehlt.

Ehrlich, diese kleine Szene hat mich sehr fasziniert. Wenn Sie so wollen, ist sie an allem schuld. Ich saß ja gerade beim Zeichnen. Aus dem Gedächtnis heraus habe ich Ihre Silhouette auf dem Papier festgehalten. Mit wenigen Strichen nur, aber jede einzelne Phase. Ihre aufrechte Gestalt mit den verschränkten Armen. Mit den abgespreizten Ellbogen, um das Haar anzuheben. Das Kinn und die schwingenden Locken beim Umdrehen.

Ohne nachzudenken habe ich begonnen, Kleider für Ihren Schatten zu entwerfen. Wie in Trance. Die Ideen flogen mir zu, flossen ohne Umweg auf das Papier. Meine Hand kam mit dem Zeichnen kaum nach. Wenn Sie wüssten, wie ich mich all die Jahre gequält habe. Trotzdem war ich mit den Ergebnissen nie zufrieden. Mit einem Mal ging alles ganz leicht, und ich war plötzlich überzeugt von meiner Arbeit.

Nicht nur ich. Auch mein Agent. Ich habe ihm am nächsten Morgen die Zeichnungen gebracht. Er saß eine Weile schweigend davor, fassungslos, als könne er gar nicht glauben, dass sie von mir stammten. In seinem Büro herrschte völlige Stille. Ich lauschte dem Rauschen in meinen Ohren, während ich wartete. Als er aufsah, hatte er Tränen in den Augen, wirklich, ich erfinde das nicht. Das ist der Durchbruch, das war alles, was er gesagt hat. Und dass ich ihm rasch noch weitere Entwürfe liefern solle.

Aber an diesem Abend blieb Ihr Zimmer dunkel. Der Mond schien, und einmal hatte ich gemeint, eine Bewegung auf Ihrem Balkon zu erkennen. Es kann auch eine Täuschung gewesen sein, es hingen ja noch immer einige Blätter an den Zweigen der Kastanie. Ich hätte heulen können. Alles war wie früher. Ich habe mich bemüht, doch nichts wollte gelingen.

Können Sie sich das vorstellen? Sie waren wie ein Geschenk für mich. Wenn ich Sie an den nächsten Abenden gesehen habe, wie Sie im Wohnzimmer auf und ab liefen, wie Sie mit der Zigarette auf dem Balkon standen, dann war ich wie ausgewechselt. Ich zeichnete ein Blatt ums andere. Ich entwarf Kleider, die niemand zuvor gesehen hatte. Mein Agent war begeistert. Er jubelte ins Telefon. Die Modehäuser begannen, sich für meine Arbeit zu interessieren. Innerhalb von zwei, drei Wochen konnte ich mich vor Aufträgen kaum noch retten.

Glauben Sie nicht, dass ich Sie belauert hätte! Nach und nach genügte es mir, das Licht in Ihrem Wohnzimmer zu sehen. Zu wissen, dass Sie zu Hause sind, auch wenn ich Sie nicht sehen konnte. Ich stellte Sie mir dann in Ihrer Küche vor. Im Bad. Im Schlafzimmer. Vielleicht auch nur in einem Sessel sitzend fernsehen oder lesen. Ich nannte Sie meine Muse. Wenn das Licht brannte, war das ein gutes Omen. Sie waren ein Teil meiner Gewohnheiten geworden, Sie mussten an Ihrem Platz sein, damit die Arbeit lief. Blieb Ihr Zimmer dunkel, nahm ich mir lieber Zeit für die Hausarbeit.

Sie sind, wenn Sie so wollen, der erste Mensch, der mir etwas geschenkt hat, für mich getan hat, ohne etwas dafür zu verlangen. Ich habe am Anfang oft überlegt, ob ich mich Ihnen offenbaren, Sie an meinem Erfolg teilhaben lassen sollte. Aber ich hatte Angst, wie Sie reagieren würden, und habe es gelassen. Das war am Ende auch richtig, oder?

Natürlich blieb es nicht aus, dass ich einiges von Ihnen mitbekommen habe. Es war keine Absicht. Aber der eine oder andere Einblick in Ihr Leben ließ sich leider nicht vermeiden.

Sie zittern ja plötzlich. Ist Ihnen kalt? Warten Sie, ich drehe die Heizung etwas höher. Soll ich Ihnen noch einen Tee nachschenken? Wirklich nicht? Dann nehme ich mir den letzten Schluck.

Wie? Nein, ich habe Sie nicht ausspioniert. So ist das nicht. Ehrlich nicht. Schauen Sie doch selbst, Sie sitzen ja an meinem

Platz. Der Balkon und das breite Wohnzimmerfenster, das ist alles, was von Ihrer Wohnung zu sehen ist.

Das Dumme ist: Um arbeiten zu können, brauchte ich Sie ja nicht nur abends. Ich brauchte Sie bei Tage ebenso. Also suchte ich auch tagsüber nach Indizien für Ihre Anwesenheit. Die offene Balkontür. Eine Bewegung hinter dem Fenster. So etwas in der Art genügte. Zu meiner Freude fand ich bald heraus, dass Sie nur vormittags regelmäßig weg sind. Ich weiß bis heute nicht, was Sie arbeiten. Sie sind bestimmt Lehrerin oder haben einen Halbtagsjob.

Teilzeitkraft in einem Steuerberaterbüro, aha. O je, das wäre nichts für mich, mit Zahlen habe ich es nicht so.

Egal, jedenfalls habe ich Sie nach und nach etwas besser kennengelernt. Zumindest wenn Sie auf den Balkon traten und rauchten. Ihr schwarzes Haar. Ihre Vorliebe für kurze Röcke und leuchtende Farben. Ja, und dann die Sache mit Ihrem Mann. Wobei ich zuerst noch nicht wusste, dass Sie verheiratet sind.

Da war ich ein bisschen indiskret. Ich habe länger und genauer hingesehen, wenn Sie zusammen waren. Das soll keine Entschuldigung sein, aber ich will Ihnen sagen, woran das lag. Sie haben ihn so unterschiedlich behandelt. Jedenfalls wirkte das aus der Ferne so. Manchmal schienen Sie beide kühl, fast abweisend. Sie haben einander regelrecht gemieden. Wenn er zu Ihnen auf den Balkon trat, sind Sie rasch hineingegangen, nur so zum Beispiel. Einmal hatte ich den Eindruck, Sie streiten sich. Er bedrohte Sie. Ein andermal wieder – pure Leidenschaft, wie Sie sich in den Arm genommen und geküsst haben. Kaum zu trennen. Oder das, was man traute Zweisamkeit nennt. Sie lehnten nebeneinander am Balkongeländer und rauchten, haben sich lange unterhalten und sind dann zusammen wieder hinein ...

Es hat eine Weile gedauert, bis ich gemerkt habe, dass es zwei Männer sind. Bitte, werden Sie nicht wieder rot. Ich verurteile das doch nicht. Das passiert nun mal, und wenn, gehören immer zwei dazu, oder?

Was Sie betrifft: Ich kann Ihnen das gut nachfühlen. In meiner Ehe sieht es ähnlich aus, das muss ich Ihnen doch nicht sagen. Mein Mann und ich – wir gehen uns seit Jahren aus dem Weg. Er ist beruflich viel im Ausland, da höre ich tagelang nichts von ihm. Sonst ist er von früh bis spät in der Firma. Sagt er jedenfalls. Manchmal bleibt er die ganze Nacht im Büro.

Sie nicken? Dabei muss man schön blöd sein, um das zu glauben. Irgendwann war sogar mir klar, dass er eine andere hat. Ebenfalls verheiratet wahrscheinlich, sonst wäre er sicher schon längst weg.

Wieso ich das toleriert habe ... Hm, vielleicht war es die Gewöhnung. Ich hab Ihnen ja schon gesagt, ich bin ein Gewohnheitstier. Lange habe ich die Schuld auch bei mir selbst gesucht. Es gehören nun mal zwei dazu. Die Zeichnerei hat mich ständig im Griff. Sie ist mein Lebensinhalt, und vor dem Durchbruch musste ich mich wirklich quälen. Ich hätte so gerne Erfolg gehabt. Nicht um der Anerkennung willen. Sondern um auch etwas beizutragen zu unserem gemeinsamen Leben. Stattdessen habe ich ihn vernachlässigt.

Die Zeichnerei brachte mir weder Anerkennung, noch Geld, noch Selbstständigkeit. Achim war es, der uns mit seiner Arbeit über Wasser gehalten hat. Das hat er mich auch zunehmend spüren lassen. Wenn ich beispielsweise mit der Hausarbeit nicht nachkam. Das gehörte für ihn zu meinen Pflichten, weil ich ja sonst nichts leisten musste, wie er es sah. Dann kamen solche Sprüche wie: Kannst du nicht einmal das Klo ordentlich putzen? Bist du zu blöd, meine Hemden zu bügeln? – Sie haben so etwas sicher nie gehört.

Nein, ich habe nichts geschenkt bekommen. Jedenfalls nicht ohne Gegenleistung. Und dann ist es kein Geschenk mehr.

Eine Zeit lang habe ich selbst daran gedacht, mir einen Liebhaber zu suchen. Aber ich hatte gar keine Gelegenheit.

Mit Ende vierzig kriegt eine Frau auch nicht mehr die wirklich große Chance. Und dann: Wenn er unterwegs war, hatte ich wenigstens Zeit für meine Arbeit. Warum sollte ich das für einen anderen opfern? Sie sehen, ich kann Sie gut verstehen. Sie sind noch jung.

Irgendwie hat mich Ihr Liebhaber an meinen Mann erinnert. Sie müssen die Entfernung zwischen unseren Häuserblocks berücksichtigen und das Laub, das im Oktober noch in der Kastanie hing. Nicht mehr viele Blätter, aber richtig gut konnte ich ihn zunächst nicht sehen.

Ich weiß nicht, woran das lag. Die Größe kam hin. Die Statur. Aber das ist im Grunde Durchschnitt. Mein Mann ist einer von vielen. Er war bestimmt kein Trostpreis, aber auch nie der Superschuss. Sonst hätte ich ihn wohl kaum bekommen. Oder er wäre nicht so lange bei mir geblieben, da mache ich mir nichts vor. Da waren noch ein paar andere Sachen. Dass Ihr Liebhaber zu Ihnen kam, wenn Ihr Mann nicht zu Hause war, das ist logisch. Das geht nicht anders. Aber wissen Sie was? Wenn er zu Ihnen kam, war mein Mann auch nicht zu Hause. Nie. Zufall?

Möglicherweise habe ich mir einfach vorgestellt, dass Achim Ihr Liebhaber sein könnte. Oder mir die Ähnlichkeit nur eingebildet, weil ich Sie um diesen anderen beneidet habe. Diese Leidenschaft, wie gesagt. Wenn Sie sich umarmten, küssten – es wirkte aus der Ferne wie ein Tanz. Wie Ekstase. Einmal kam er zu Ihnen ins Wohnzimmer. Es brannte Licht. Sie standen direkt an der Scheibe. Sie warfen sich in die Arme, sie wirbelten um sich selbst. Rissen sich die Kleider vom Leib. Dann sanken Sie zu Boden. Ende der Show. Eine Leidenschaft, nach der ich mich immer gesehnt und die ich nie erfahren habe.

Ja. Mit der Zeit konnte ich auch in Ihrem Wohnzimmer etwas erkennen. Die Tage wurden kürzer. Sie schalteten das Licht an, sobald es dunkelte. Zudem warf die Kastanie ihr Laub ab, die kahlen Stellen wuchsen.

Da ließen sich immer mehr Ähnlichkeiten feststellen. Es blieb nicht bei Größe und Statur oder beim Zufall, dass Ihr Liebhaber kam, wenn mein Mann unterwegs war. Er rauchte, mein Mann auch. Zufall? Die Hälfte aller Männer raucht. Das braune kurze Haar passte ebenfalls. Zufall? Er trug sogar Achims Hemden. Das lässt sich auf die Entfernung nicht sicher sagen, außerdem kann auch so etwas Zufall sein. Aber einmal kreuzte der andere bei Ihnen in einem orangefarbenen Hemd auf. Leuchtendes Orange. Sie müssen zugeben, das ist selten. Genau so ein Hemd hatte mein Mann getragen, als er eine Viertelstunde zuvor gegangen war. Angeblich, um noch einmal in die Firma zu fahren. Soll ich ehrlich sein? Als ich Ihren Liebhaber in diesem Hemd sah, habe ich im Büro angerufen. Achim ging nicht ran. Vielleicht war er zufällig nicht im Zimmer.

Nach und nach habe ich ein paar Tests gemacht. Wenn mein Mann in die Firma fuhr und Ihr Liebhaber auftauchte, habe ich im Büro angerufen. Umsonst. Oder auf dem Handy. Abgeschaltet. Wenn er im Ausland war und Sie auf dem Balkon telefonierten, habe ich zwei-, dreimal sein Handy angewählt. Besetzt. Das waren einfach zu viele Zufälle. Ich musste nur eins und eins zusammenzählen: Ihr Liebhaber ist mein Mann.

Bitte, nicht wieder rot werden, das ist kindisch. Ich bin diejenige, die sich schämen muss. Weil ich spioniert habe, um sicher zu gehen. Ich habe in der Nähe des Hauseingangs gewartet, bis er herauskam. Ich brauche vielleicht länger als andere Frauen, um etwas zu merken. Dabei wäre es Achim vermutlich egal gewesen, ich meine, wenn er sich so offen auf den Balkon gegenüber stellt …

Ob ich Sie gehasst habe? Wieso sollte ich? Zum dritten Mal: Es gehören immer zwei dazu. Nein, ich hasse niemanden, weder ihn noch Sie. Es war ein Schlag, das stimmt. Nicht, weil Sie es waren. Sie oder eine andere, das spielt keine Rolle. Aber es hat das Geschenk entwertet. Ich habe wieder nichts ohne

Gegenleistung bekommen. Sie haben mir Erfolg und Selbstachtung geschenkt – und sich meinen Mann genommen.

Sie verstehen, was ich meine? Seit Jahren bin ich zum ersten Mal wieder glücklich gewesen. Bin ich es noch. Dafür habe ich Ihnen meinen Mann sogar gegönnt. Zwischen ihm und mir, das war längst aus. Ich habe nie nachgerechnet, wie viele Meter zwischen unseren Häuserblocks liegen. Aber selbst auf die Ferne habe ich gespürt, wie glücklich Sie mit ihm sind. Dass er Sie glücklich macht.

Eigentlich war es ein gutes Arrangement. Ich konnte gut damit leben, meinetwegen hätte alles so bleiben können. Solange Sie da sind. Aber dann kam Ihr Entschluss, Ihren Mann zu verlassen und aus der Wohnung auszuziehen.

Schauen Sie nicht so erschrocken drein. Ich kann nichts dafür, ich habe Ihnen nie nachspioniert. Ich hatte auch nicht vor, meinen Mann zu belauschen. Ich wollte mir nur einen neuen Tee aufsetzen. Als ich an seinem Zimmer vorbeikam, stand die Tür einen Spalt offen. Achim saß drin, mit dem Rücken zur Tür, und telefonierte. Instinktiv bin ich stehen geblieben. Ja, ich habe gelauscht, wenn Sie so wollen. Er hat ganz offen mit Ihnen darüber geredet. Sie wollten nur noch Weihnachten abwarten und sich dann eine gemeinsame Wohnung suchen.

Das durfte ich doch nicht zulassen, oder? Mit einem Schlag würde ich alles verlieren. Ich meine nicht meinen Mann, meine Ehe, die keine mehr ist. Ich meine Sie. Die Muse. Mit Ihnen den Erfolg, die Anerkennung. Das bisschen Selbstständigkeit, das ich mir mit Ihrer Hilfe erarbeitet habe. Das neue Leben, das ich mir aufbauen wollte. Nichts wäre mir geblieben.

Natürlich habe ich mir gedacht, das Beste wäre, Ihr Mann würde ausziehen, und Sie und Achim könnten die Wohnung gegenüber behalten. Das wäre wirklich für alle das Beste gewesen. Ich hatte mir auch schon einen Plan zurechtgelegt. Ich wollte mich Ihrem Mann anvertrauen, ihn überzeugen, dass er Sie verlassen müsste. Verloren hatte er Sie ja schon.

Das war mein Plan. Es hat einige Mühe gekostet, herauszufinden, wo er arbeitet, wie ich ihn erreichen kann. Ich wollte ihn treffen, hatte schon den Hörer in der Hand, um ihn anzurufen.

Aber wissen Sie, da gibt es letztlich keine Gewissheit. Wie würde er reagieren? Ihnen eine Szene machen? Sie hinauswerfen, statt selbst das Feld zu räumen? Ihnen etwas antun? Dann würde ich Sie ja doch verlieren. Und wenn er Sie verlassen wollte: Vielleicht hätten Sie sein Angebot sogar abgelehnt. Wären Sie lieber weit weggezogen – von ihm, von der Frau Ihres Liebhabers, von allem.

Also habe ich mich anders entschieden. Ich wollte Ihnen ein Geschenk machen. Noch eines. Eines, nach dem Sie nicht mehr ablehnen würden.

Es war kinderleicht, in Ihre Wohnung zu gelangen. Ich wartete, bis Achim wieder von einer Auslandsreise zurückkehrte. Trotz des Jetlags war er übrigens erst noch bei Ihnen. Am nächsten Tag schlief er dann in seinem Zimmer durch. Ich musste nur hineinschleichen, den Schlüsselbund an mich nehmen und später wieder zurücklegen. Von allen Schlüsseln, die ich nicht kannte, habe ich Duplikate machen lassen.

Am Vormittag darauf habe ich sie ausprobiert. Der dritte passte an Ihrer Wohnungstür. Ich habe mir nicht die Zeit genommen, mich bei Ihnen genauer umzusehen. Das, was ich von meinem Fenster aus erblicke, genügt mir. Ich brauche Ihre Anwesenheit, ich wollte nicht in Ihr Leben eindringen. Jedenfalls nicht tiefer, als es sein musste. Ich bin in Ihre Küche und habe aus dem Messerblock das größte und schärfste herausgezogen. Es war mir klar, dass Sie es über kurz oder lang vermissen würden. Das störte mich nicht weiter, ich hatte nicht vor, allzu viel Zeit verstreichen zu lassen.

Irgendwie merkwürdig, dass es dann Heiligabend passierte. Der richtige Zeitpunkt für ein großes Geschenk, nicht wahr? Ich verrate Ihnen sicher kein Geheimnis, wenn ich

Ihnen sage, dass mir Achim nichts geschenkt hat. Ich ihm auch nicht. Das Geschenk, das ich Ihnen machen wollte, galt in gewisser Weise auch ihm.

Er schob wie üblich die Firma vor. Männer sind ja so phantasielos, finden Sie nicht auch? Da wusste ich, dass es passieren würde. Als Achim etwa eine Stunde bei Ihnen war, erschien mir der Zeitpunkt günstig. In unseren Häuserblocks saßen alle in ihren Wohnungen und feierten Bescherung. Niemand würde mir oder Ihnen in die Quere kommen.

Ich rief Ihren Mann an, sagte ihm, dass er Sie mit einem anderen, mit meinem Mann ertappen würde, wenn er sofort nach Hause käme. Er brauchte exakt vierundzwanzig Minuten. Zwei mehr, als ich für die Fahrt von seiner Arbeitsstelle im Hafen nach Damm errechnet hatte. Ich erwartete ihn auf dem Treppenabsatz vor Ihrer Tür. Er kam nicht mehr dazu, etwas zu sagen.

Der erste Stich saß. Ich hatte drei Tage Zeit gehabt, mich kundig zu machen. Es gibt nichts, was Sie im Internet nicht erfahren. Anschließend bin ich die Treppe hinunter, habe unten an der Haustür bei Ihnen geläutet und mich im Hof versteckt.

Schauen Sie mich nicht an, als wäre ich ein Monster. Sie wollten ihn doch auch loswerden, oder? Sie haben ihn hintergangen. Monatelang. Sie wollten ihn verlassen, doch offensichtlich ließ er es nicht zu, sonst hätten Sie es längst getan. Nein, bleiben Sie sitzen! Tun Sie jetzt nichts Unüberlegtes, Sie würden es vielleicht bereuen. Ich bin noch nicht am Ende. Ganz ruhig. So ist es gut.

Wissen Sie, Sie können es in Gedanken immer und immer wieder durchspielen. Die Pläne so oft ändern, wie Sie wollen, sich auf alle Möglichkeiten und Zufälle einrichten. Wie Schachspieler, wenn sie die Züge ihrer Gegner vorausberechnen. Dennoch können Sie nie sicher sein, dass Sie nicht ein Detail übersehen haben. Eine Reaktion, ein Zögern, eine Wendung, die alles durchkreuzt. Aber als ich durch das Fenster im

Treppenhaus den Wagen Ihres Mannes vorfahren sah, wusste ich plötzlich, dass alles klappen würde. Genau so, wie ich es mir ausgedacht hatte.

Ich war mir so sicher, dass ich wartete, bis ich ihn schon an der Haustür hörte, bevor ich mit einem Schwung die Plastikfolie auf dem Treppenabsatz ausbreitete. Ich hatte sie aus dem Baumarkt an der Würzburger Straße, Massenware, keine Sorge, meine Fingerabdrücke sind nicht drauf. Auf dem Messer auch nicht, um das zu erwähnen. Die Folie war billig, aber wichtig. Von Polizeiarbeit verstehe ich weniger als von Zahlen. Aber ich kann mir vorstellen, dass sich Blutspuren auf den Fliesen noch Tage danach sichtbar machen lassen, da können Sie schrubben, so viel Sie wollen.

Ich wusste, Sie würden das Messer sofort erkennen, sicher hatten Sie es ja schon vermisst. Eine intelligente Frau würde auch sofort daran denken, dass ihre Fingerabdrücke am Griff sind. So hatte ich mir das jedenfalls vorgestellt.

Alles lief nach meinem Plan. Sie und Achim hatten Ihre Entscheidung sogar schneller getroffen, als ich es angenommen hatte. Sieben Minuten später fuhr Achim seinen Wagen in den Hof, parkte ihn rechts, da sehen Sie, am Kellerabgang. Ich hatte erwartet, dass Sie seinen Wagen nehmen würden. Das Auto der lustigen Witwe, das dürfte ziemlich das erste sein, was die Polizei untersuchen lässt, wenn der erstochene Gatte aus dem Main gefischt wird.

Achim verschwand durch den Keller im Haus. Wenig später kamen Sie beide zurück. Den Toten hatten Sie kurzerhand in die Folie geschlagen. Das bot sich an, ich hatte eine extra große gekauft. Sie schafften ihn ins Auto, Achim fuhr davon. Ich nehme an, er hat ihn in den Hafen gebracht. In der Nähe der Spedition, für die er arbeitet – arbeitete –, in den Main geworfen.

Sie gingen zurück ins Haus, vielleicht um trotz der Folie noch einmal den Treppenabsatz zu putzen. Um sicherzugehen, ich kenne das. Ich an Ihrer Stelle hätte auch das Messer separat verschwinden lassen, bei den Polizeimethoden heute kann man nie wissen, ob es genügt, die Fingerabdrücke abzuwischen.

Sehen Sie? Wie ich es mir dachte. Keine Blutspuren im Umfeld der Wohnung. Keine Tatwaffe, die sich direkt mit Ihnen in Verbindung bringen lässt. Ihr Auto ist clean. Perfekt. Bleiben nur die Bilder.

Ja, es war stockdunkel im Hof, als Sie die Leiche vom Keller ins Auto trugen. Blitzen durfte ich auch nicht. Das Nachtsichtobjektiv war entsprechend teuer, aber es hat ganze Arbeit geleistet. Der Platz hinter der alten Kastanie war zum Fotografieren ideal. Soll ich Ihnen eines der Fotos zeigen? Nein? Das kann ich verstehen.

Sie müssen die Bilder auch nicht sehen. Niemand muss sie sehen. Sie behalten einfach meinen Mann – und Ihre Wohnung. Was Achim betrifft, Sie kriegen ihn geschenkt. Ich schenke Ihnen die Freiheit dazu. Die Polizei hat nichts gegen Sie in der Hand, jedenfalls solange sie die Bilder nicht sieht. Aber ich erwarte auch ein Geschenk von Ihnen. Ich erwarte, dass Sie bleiben. In der Wohnung bleiben, meine Muse bleiben.

Senken Sie nur den Kopf! Sie hätten mir alles genommen. Ohne mit der Wimper zu zucken. Da werde ich mich wohl wehren dürfen. Ich habe nie etwas geschenkt bekommen ohne Gegenleistung. Mehr erwarte ich jetzt auch nicht.

Was ... was tun Sie da? Was suchen Sie in Ihrer Tasche? Sie werden doch ... keine Waffe ... Nein, das ist ... ein Diktiergerät! Sie haben aufgenommen, was ich gesagt habe? Sie ...

Ja, jetzt können Sie grinsen. Sie haben mich überlistet. Ich hätte Ihnen fast vertraut. Nie vertrauen dürfen. Ich muss verrückt gewesen sein. Zu glauben, dass ich einmal nicht leer ausgehen würde. Wie haben Sie das überhaupt gewusst? Wissen können? Würde mich nicht wundern, wenn Sie das von Anfang an geplant hätten. Sie haben mich beobachtet, wenn Sie auf dem Balkon standen. Sie haben sich das ausgedacht, mich manipuliert. Deshalb ist Achim so offen bei Ihnen aufgetreten. Im orangefarbenen Hemd. Deshalb hat er so unvorsichtig telefoniert. Die Schlüssel so herumliegen lassen, dass ich sie im Dunkeln finden konnte. Sie haben mich reingelegt. Sie und Achim. Sie wollen mir alles nehmen.

Wie? Was heißt das, wir sind quitt? Sie wollen nicht zur Polizei gehen? Nicht, wenn ich die Bilder ... Keine Sorge, niemand wird die Bilder finden, solange mir nichts passiert. Trotzdem vernichten? Und Sie wollen dafür in der Wohnung bleiben ...

Entschuldigen Sie, dass ich heule. Ich heule sonst nie. Aber es ist Weihnachten, und solch ein Geschenk. Ich dachte, ich kenne Sie. Trotzdem haben Sie mich überrascht. Ich muss in die Küche. Ich brauche ein Taschentuch.

Bitte? Ja, hab ich. Ich habe Sekt im Kühlschrank, ich bringe ihn mit. Lassen Sie uns anstoßen. Auf ein gutes Gegenüber.«

Uwe Gardein

Die Silbertanne

Oskar Bunzlauer wusste absolut nicht, was an diesem 24. Dezember in ihm vorging, so eigenartig war ihm zumute. Seine innere Unruhe war dermaßen intensiv, dass er nicht einmal stehen bleiben und die weihnachtliche Atmosphäre genießen konnte. Lag es daran, dass die Zeit immer weiter fortschritt, und er noch keinen Baum in den Händen hielt? Nun stand er schon wieder am Hugenottenplatz, und deshalb lief er schnell weiter. Wohin sollte er sich wenden? Inzwischen hatte er bereits dreimal die Stelle passiert, wo sich der Baum befand. Das war eindeutig ›sein‹ Weihnachtsbaum. Er hatte ihn gleich entdeckt, als er an dem Blumenladen vorbeigegangen war und die neben dem Gebäude aufgereihten Christbäume hatte stehen sehen. Sofort war er in das abgezäunte Areal eingetreten, hatte zur Tarnung einige Bäume in die Hände genommen, sie gleich wieder zurückgestellt und dann die Silbertanne, als wäre er weihnachtlich zerstreut und abgelenkt, im hinteren Bereich zwischen anderen Bäumen versteckt. Darin war er geübt, denn seit Jahren war es ihm eine Pflicht geworden, sich den Wucherpreisen der Händler nicht zu beugen und so lange zu warten, bis ihnen nichts mehr anderes blieb, als die Bäume günstig abzugeben. Es war ja klar, dass am ersten Feiertag keiner der Weihnachtsbäume mehr etwas wert war. So dachte er auch an diesem Weihnachtsnachmittag.

Oskar Bunzlauer lief, seit er den Baum quasi unsichtbar hatte werden lassen, ziellos umher und kehrte immer wieder zu dem Händler zurück, um zu prüfen, ob sich an der von ihm präparierten Stelle etwas verändert hatte. Beim vorletzten Rundgang hatte er einen Mann mit Hut entdeckt, der von der Außenseite durch den Zaun auf den Baum gestarrt und ihn, welche Unverschämtheit, sogar berührt hatte, wobei er sich tatsächlich seiner Handschuhe entledigte. Oskar Bunzlauer wäre am liebsten neben ihn getreten und hätte ihm eine kräftige Ohrfeige verpasst. Jetzt lief er erneut hinüber, blieb an der Frontscheibe des Blumenladens kurz stehen, lugte nach drüben und entdeckte den Kerl mit Hut, als der sich zwischen den aufgestellten Bäumen bewegte und zu der Silbertanne hinstarrte. Dieser Mann wollte augenscheinlich das gleiche wie er selbst. Nämlich so lange warten, bis der Verkauf um siebzehn Uhr eingestellt wurde und dann mit einem Geldschein in der Hand das Geschäft tätigen. Er würde das verhindern müssen, schließlich konnte er nicht ohne Baum nach Hause kommen. Aber wie sollte er das anstellen? Wieder schaute er auf den Mann, an dessen Seite nun der Händler getreten war; nach einem kurzen Wortwechsel lüftete der Mann seinen Hut und ging wieder. Oskar Bunzlauer folgte ihm. Der Mann steckte den Geldschein in seine Brieftasche und wechselte von der Engelstraße hinüber zur Kirchenstraße. Dort stieg er in ein Auto und fuhr davon. Oskar Bunzlauer war darin geübt, misstrauisch zu sein. Er glaubte nicht, dass der Mann so einfach aufgab und sich nicht weiter um die Silbertanne bemühen würde. Er wird bemerkt haben, dass ich ihm folgte, und darum hat er so getan, als würde er die Flucht ergreifen, dachte er. Der Mann fuhr eine luxuriöse Limousine, und deshalb empörte sich Oskar Bunzlauer. Nicht wegen des Wagens, sondern weil dieser Mann sich überall eine teure Tanne kaufen konnte und nicht sparsam zu sein hatte, wie *er* es sein musste. Sein ganzes Leben war auf Sparsamkeit ausgerichtet, weil er nun einmal nur ein kleiner Angestellter mit einem bescheidenen Einkommen war. Nichts störte ihn daran, denn er war nie ehrgeizig gewesen und hatte sich auch niemals in den Vordergrund schieben wollen. Er fühlte sich aufgehoben in der großen Familie, die ihn bezahlte und der er sich verpflichtet fühlte, denn bereits der Großvater und der Vater waren Angestellte dieses Weltkonzerns gewesen. Aber seine Stellung war eben nicht die eines Mannes, der sich ein luxuriöses Auto leisten und sich überteuerte Weihnachtsbäume kaufen konnte. Der Mann mit Hut hatte das zu akzeptieren und nicht um eine Silbertanne zu feilschen, die Bunzlauer sich für seine kleine Familie auserkoren hatte.

Inzwischen war er wieder weit vom Weihnachtsmarkt beim Schloss entfernt. Das konnte er nun gar nicht vertragen. Überall dort zeigte sich für ihn der verschwenderische Luxus und die Pervertierung des Anlasses der Geburt Jesu Christi. Bescheidenheit hieß für ihn das Gebot dieser Tage, aber die Menschen wollten prassen und ihre Sinneslust befriedigen. Er war gar nicht religiös, sondern sah sich als Freund der Wissenschaften, aber dennoch galt es seiner Ansicht nach, den Anlässen gegenüber den nötigen Respekt zu zeigen. Das taten die Menschen nicht, und deshalb vermied er es, ihnen zu begegnen. Inzwischen bewegte er sich auf der Höhe der Brauerei an der Vierzigmannstraße. Er lief weiter in Richtung Universität, denn nun wollte er doch wieder nachsehen, was sich beim Weihnachtsbaumverkauf tat, seine innere Unruhe verlangte das. Dann blieb er an der gegenüberliegenden Häuserfront stehen und schaute abermals hinüber zu den eingezäunten Bäumen. Der Mann mit Hut war nicht zu sehen. Bunzlauer wollte den Baum auf jeden Fall haben, das war er sich schuldig. Wie in jedem Jahr hatte es auch diesmal mit der Frau Streit gegeben, weil er eigentlich keinen Baum wollte. Der Junge war inzwischen sechzehn Jahre alt, und dem war das auch egal. Er selbst hatte seiner Frau, auch wie in jedem Jahr, die Frage gestellt, was wohl ein europäischer Tannenbaum an der Jesuswiege verloren habe, zumal seine Einführung erst ab dem 16. Jahrhundert belegt sei und die Kirche das Aufstellen eines Tannenbaumes als heidnischen Brauch verdammt habe? Sie hatte ihm geantwortet, auch wie in jedem Jahr, das sei nun einmal üblich und alle würden es so halten, außerdem sei ein Baum schön und gehöre nun einmal zur Weihnachtsfreude dazu. Auch seine Antwort, im Jahre 1810 sei das Aufstellen von

Tannenbäumen bei fünf Talern Strafe für ganz Erlangen verboten worden, führte zu keinerlei Einsicht. Also wiederholte er noch einmal, wie unsinnig es sei, einen grünen Baum mit der Geburt von Jesus im Nahen Osten in Verbindung zu bringen, worauf ihm seine Frau antwortete, man wisse doch allgemein, dass Jesus an diesem Datum gar nicht geboren wurde, also handele es sich um ein Familienfest, und das lasse sie sich nicht von ihm verderben. Ohne einen Baum möchte sie nicht feiern, da verzichte sie lieber auf jedes Geschenk, erklärte seine Frau, und das nahm er dann wirklich ernst.

Oskar Bunzlauer hielt es für ungerecht, dass man ihn fast überall für geizig hielt, denn er wusste es besser. Schließlich hatten in der Firma in den letzten Jahren Tausende ihre Arbeit verloren, also sorgte er durch seine Sparsamkeit vor, und das war recht so. Es kam nicht selten vor, dass er in der Nacht schweißnass erwachte, weil er von seiner Arbeitslosigkeit geträumt hatte. Er fühlte sich bedroht und wollte dieser Gefährdung dadurch begegnen, dass er jeden zu erübrigenden Cent auf die hohe Kante legte. Wer das nicht verstand, der konnte entweder nicht denken, oder er war ein Bruder Leichtfuß. Im Übrigen fehlte es der Familie doch an nichts. Man hatte eine beschauliche Wohnung, genug zu essen, saubere Kleidung, und einmal im Jahr fuhren sie gemeinsam in den Bayerischen Wald in den Urlaub. Oh ja, er wusste durchaus, dass sein Sohn Flausen im Kopf hatte, aber der ging noch zur Schule und kannte die täglichen Lebensängste noch nicht. Oskar Bunzlauer würde seinen unzufriedenen Sohn an diesem Weihnachtsabend mit einem Rennrad überraschen. Es war nicht präzise jenes, das er sich schon so lange wünschte, aber dem Wunschtraum doch sehr ähnlich. Er hatte es bereits Ende September während einer Versteigerung bei der Polizei erstanden und es gut getarnt im Keller versteckt, in den der Sohn sich sowieso nie verirrte.

Er war wieder da. Der Mann mit Hut stand an der Straßenecke und musterte den Zaun, hinter dem sich das Objekt der

Begierde befand. Zwei Männer verließen das Areal soeben mit geschulterten Tannenbäumen. Bunzlauer lief die Straße entlang, überquerte sie und musste nicht lange suchen, um das Auto seines Gegners zu sichten. Von der Straßenseite kommend ging er darauf zu und trat mit Wucht gegen das linke Vorderrad, sodass die Warnhupe ausgelöst wurde. Schnell verschwand er in der Seitenstraße und wartete. Schon eilte der Mann mit Hut herbei, untersuchte den Wagen an allen Seiten und stieg dann ein, um davonzufahren. Mit diesem kleinen Triumph kehrte Bunzlauer auf seinen Beobachtungsposten zurück. Die Silbertanne stand unberührt an ihrem Platz. Er überlegte, wie weit der Händler mit dem Preis zu dieser Uhrzeit wohl noch gehen würde, kam jedoch zu keinem Ergebnis. Noch war die Frist nicht abgelaufen an diesem schmutziggrauen Nachmittag. Oskar Bunzlauer war froh, dass er sich sehr warm angekleidet und zudem, aus gegebenem Anlass, auch seinen teuren Lodenmantel angezogen hatte. Eigentlich wollte er an die Herkunft des Mantels nicht mehr denken, denn er hatte ihn irrtümlich in einem Lokal in Nürnberg angezogen, weil er ihn mit seinem Gewand verwechselt hatte. Das war über ein Jahr her, und seine Frau hatte ihn, als er ihr den Irrtum schilderte, wortlos und spöttisch angesehen. Er schwor, dass es ein Versehen war und als er den Irrtum bemerkt hatte, da war er bereits am Bahnhof gewesen und einen späteren Zug hatte er nicht nehmen wollen. Zudem wäre ihm eine Rückkehr in das Lokal peinlich gewesen, und dann war die Frage, ob sein Mantel noch am Haken hing, ungeklärt, und ohne Mantel hätte er die Heimfahrt nicht antreten wollen. Nein, an die Herkunft seines Mantels wollte er nicht denken. Er hatte seiner Frau auch vorenthalten, dass er im Internet den Preis des Lodenmantels eruiert hatte und es ihm peinlich gewesen war, dass der Mantel fast vierhundert Euro kostete. Schluss damit.

Erneut betrat der Mann mit Hut die Szenerie. Diesmal ging er gleich frech auf das Areal und griff nach der Silbertanne.

Doch er hatte die Rechnung ohne den Händler gemacht, der sie ihm aus den Händen nahm und den Mann laut schimpfend des Platzes verwies. ›Lassen Sie sich hier nicht mehr blicken‹, rief er, und Oskar Bunzlauer strahlte über das ganze Gesicht. Er ging einige Schritte weiter und stellte sich in die tarnende Dunkelheit eines Hauseingangs, um von dort ›seinen‹ Baum besser beobachten zu können. Doch der Mann mit Hut blieb auch an der Ecke gegenüber stehen, und nun bekam er immer mehr das Gefühl, dass der Mann ihn beobachtete. Da sich inzwischen eine Traube aus Menschen um die Weihnachtsbäume geschart hatte, konnte er seinen Beobachtungsposten nicht so einfach verlassen. Aber ihm kam eine Idee. Schnell lief er hinüber, beobachtete den Verkäufer bei dessen Verkaufsverhandlungen, betrat zügig das Areal, schrieb mit seinem Kugelschreiber das Wort *Reserviert* auf einen Zettel und steckte diesen in Augenhöhe an einen Ast der Silbertanne. Sofort verließ er den Ort wieder und stellte sich neben den Zaun zu einer Gruppe Männer, die über die Preise der Bäume diskutierten. Es waren ausschließlich Männer wie er, die sich auf einen günstigen Kauf vorbereiteten und keine Minute zu früh bezahlen wollten. Am Gesicht des Händlers konnte man unschwer erkennen, was er von diesen Leuten hielt. Denen war das so egal, wie es auch Oskar Bunzlauer gleichgültig war. Niemand hatte so viel Geld, dass er es einfach aus dem Fenster werfen konnte.

Der Mann mit Hut stand weiterhin an der Ecke, und nun gab es keinen Zweifel mehr, dass er die Szenerie beobachtete. Natürlich konnte sich Bunzlauer nicht sicher sein, dass der Hinweis am Baum irgendwen davon abhielt, sich die Tanne unter den Nagel zu reißen, doch andererseits musste er dringend wissen, ob der Mann ihn oder ausschließlich die Silbertanne im Auge hatte. Also lief er los und achtete zunächst nicht so sehr darauf, wohin er lief. Das war auch nicht notwendig, denn er war ein geübter Fußgänger, und außerdem war Erlangen planvoll sortiert und gut aufgeräumt. Deshalb konnte er sich gar nicht verlaufen.

Als er anhielt, um wieder normal atmen zu können, befand er sich an einem Ort, der ihn an die erste Zeit mit seiner Frau erinnerte. Sie arbeitete damals in der Kantine, und deshalb sah man sich täglich, ohne aber weiter zu gehen, als es ein kurzer Gruß zuließ, so wie es eben die allgemeine Höflichkeit vorschrieb. Sie war es dann, die ihn vor dem Verwaltungsgebäude angesprochen und darum gebeten hatte, sie nicht mit ›diesen Augen‹ anzustarren, weil die Kollegenschaft sich schon das Maul zerreiße. Er war sich irgendwelcher anzüglichen Blicke gar nicht bewusst gewesen und hatte danach die Kantine gemieden. Lieber nahm er sich Wurstbrote von zu Hause mit und aß einen Apfel dazu, als sich noch einmal einer solchen Demütigung auszusetzen. Dann hörte er das Gerede über den Abteilungsleiter Stierle, der nach München versetzt worden war und sein Verhältnis zu ihr deshalb abrupt beendet hatte. Also ging er wieder in die Kantine, und sie ließ sich von ihm auf einen Kaffee einladen. Oskar Bunzlauer kannte seine Grenzen gegenüber der Weiblichkeit sehr genau. Sein kühner Versuch, eine der Sekretärinnen einzuladen, endete mit einer Katastrophe. ›Wann haben Sie sich zuletzt im Spiegel angesehen?‹, hatte sie zu ihm gesagt. Das hatte ihm genügt. Man muss wissen, wo man hingehört und wo nicht. Dabei zählten die Sekretärinnen nicht einmal zur ersten Garde der Weiblichkeit, auch wenn sie das vielleicht von sich glaubten. Jedenfalls hatten sie beide dann geheiratet und ein Jahr später den Sohn bekommen.

Wo befand er sich jetzt? Er blieb bei einem der kleinen Häuser stehen und schaute auf das Straßenschild. Die Bayreuther Straße hatte er also erreicht. Oskar Bunzlauer versteckte sich zwischen Bäumen und beobachtete die Gegend. Der Mann mit Hut war nirgendwo zu sehen. Und wenn die ganze Inszenierung nichts weiter als ein Trick gewesen war, um ihn zu einer Dummheit zu verleiten? Die darin bestand, ihn zur Flucht zu bewegen, während der Mann mit Hut den Händler überredete, ihm nun doch die Silbertanne zu verkaufen. So ein hinterhältiger Schurke, dachte Oskar Bunzlauer und begann zu rennen. Er schaute nicht nach links und nicht nach rechts, sah nur den Baum vor sich und dachte an die Zeit. Um achtzehn Uhr war er zu Hause angesagt, wie in jedem Jahr, denn um neunzehn Uhr wurde unter dem geschmückten Baum gegessen. Kartoffelsalat und Wiener Würstchen. Dazu trank er eine Flasche Bier und seine Frau ein Gläschen Weißwein. Eine halbe Stunde später wurden dann die Geschenke überreicht. Seine Frau kleidete den Sohn winterlich neu ein, dann gab es das Fahrrad und eine Woche Skiurlaub von den Großeltern. Kurz danach würde der Sohn dann in die winterliche Nacht verschwinden, während er mit seiner Frau auf der Couch sitzen würde, um Nüsse zu essen.

Als er wieder an der Straße mit den Weihnachtsbäumen ankam, schmerzte ihn die Lunge. Er hatte zu viel kalte Luft eingeatmet. Doch eine Pause gönnte er sich nicht, weil er den Mann mit Hut nicht entdecken konnte. Die Silbertanne stand an ihrem Platz, aber um sie herum hatte der Kahlschlag gewütet. Noch eine Stunde musste er durchhalten. Oskar Bunzlauer lief in die Nebenstraßen, aber das Auto seines Feindes ließ sich nirgendwo ausfindig machen. Der Mann konnte sich problemlos einen Baum um jeden noch so hohen Preis kaufen, aber er wollte ja unbedingt einem kleinen Angestellten das Weihnachtsfest verderben. Da war sich Oskar Bunzlauer ganz sicher, und deshalb schnaufte er wütend. Ob sich der Kerl auf ein Gespräch einlassen würde? Vielleicht könnte er ihm seine Situation erklären und klarmachen, dass seine Ersparnisse maximal für sechs Jahre reichen würden, falls auch er von den kommenden Entlassungen betroffen wäre. Da ging es nun um jeden Cent, den man sparen konnte. Er blickte in eine Schaufensterscheibe, in der sich die Weihnachtsbäume spiegelten.

›Lass das lieber, das hat doch keinen Sinn‹, hörte er sich sagen. ›Dieser Mensch ist bösartig und will dich demütigen. Er wird Argumenten daher nicht zugänglich sein.‹ Er schnaufte erneut. ›Ja, es hat keinen Sinn‹, bestätigte er sich selbst. ›Der

Fall ist erledigt.‹ Er wollte diesen Kerl nicht mehr sehen. Nie mehr. Es war genug.

Oskar Bunzlauer kam aus der Deckung der Dunkelheit und schob einen Finger durch den Maschendrahtzaun, um ›seine‹ Silbertanne zu berühren. Der Händler sprach soeben mit einer Frau, während er einen Tannenbaum hochhob und ihn schüttelte. Oskar Bunzlauer empfand das als unangemessen. Dieser Mensch hat absolut keinen Respekt vor den Bäumen. Bei diesem Gedanken kam ihm sein Sohn in den Sinn. Kartoffelsalat mochte er nicht, und die Würstchen hasste er sogar, also aß er nichts und starrte nur vor sich hin, während seine Mutter verzückt den Weihnachtsliedern lauschte, die von einer CD abgespielt wurden. So ging das seit zwei Jahren. Ihn langweilte Weihnachten. Aber wo ging er hin? Wo hielt er sich überhaupt auf? Wohin konnte denn ein Jugendlicher am Weihnachtsabend in Erlangen gehen? Irgendwann kam er zurück, denn am nächsten Tag besuchte er mit ihnen zusammen die väterlichen Großeltern zum Mittagessen und dann anschließend die Großeltern mütterlicherseits zu Kaffee und Kuchen. Den Besuch am nächsten Tag beim Bruder seiner Mutter und dessen Familie mied er dagegen. Oskar Bunzlauer musste gestehen, dass er dort auch erst hinging, seit die Kinder des Bruders seiner Frau nicht mehr im Haus lebten. Jetzt genügte eine schöne Flasche Wein, um der Höflichkeit des Gastes Genüge zu tun.

Der Mann mit Hut war wieder da. Langsam stieg in ihm das Gefühl hoch, er müsse diesem Menschen einen Schmerz zufügen. Oskar Bunzlauer konnte sich Gewalttätigkeit gar nicht leisten, dazu war er nicht kräftig genug, und geübt darin war er auch nicht. Er ließ den Kopf sinken und verließ langsam den Zaun, um sich aus dem hellen Licht zu entfernen. Tollkühne Gedanken schossen ihm durch den Kopf, aber deren Umsetzung war so realistisch wie eine Prügelei in einem Hollywoodfilm. Doch was wollte er tun, wenn er selbst zum Opfer würde? Er wäre doch einem Angriff hilflos ausgeliefert, mit dem Baum auf der Schulter, falls dieser Kerl versuchen sollte, ihm die Silbertanne zu entreißen. Vielleicht wartete dieser Unmensch nur darauf, dass er seinen Geldbeutel zückte, um ihn dann in der nächsten Gasse niederzuschlagen. Der Händler würde ihm bestimmt nicht helfen, der wollte nur sein Geld zählen und kümmerte sich sonst um nichts und niemanden, dieser Halsabschneider. Oskar Bunzlauer spürte Hass in sich, und das war ihm peinlich. An diesem Tag sollte er sich solche Emotionen nicht erlauben, auch wenn er dieses Fest durchaus angemessen einzuschätzen wusste. Die Menschen würde es auch in diesem Jahr nicht bessern, da könnten gleich ein Dutzend Jesuskinder geboren werden, das würde an der Einstellung der Leute auch nichts ändern. Das war so wie mit dem Finanzamt, das in dieser Zeit nicht vollstrecken durfte, aber das änderte grundsätzlich nichts an dessen Tun. Ähnlich verhielt es sich sicherlich bei diesem Herrn Regler, den er zutiefst verachtete. Regler stellte die Listen der zu kündigenden Mitarbeiter zusammen. Wie feierte so einer Weihnachten? Vielleicht überlegte der sich gerade in seinem gemütlichen Haus, dass er dem Oskar Bunzlauer noch ein Jahr gab, nur noch ein Jahr. Bei diesem Gedanken wurde ihm heiß und kalt. Seine Frau hatte nun zwei Monate in einem Vierhundert-Euro-Arbeitsverhältnis gelebt, und er hatte das schweigend hingenommen. Sie sollte sich um den Sohn kümmern und nicht Geld verdienen, damit der junge Herr sich mit unsinnigen Klamotten schmücken konnte. Aber sie hatte das unbedingt machen wollen und ihm gesagt, eigentlich habe ihr das richtig Spaß gemacht. Arbeit, die Spaß macht, ist etwas für Luftikusse, hatte sein Vater immer gesagt. Unsereiner hat zu arbeiten, damit etwas zu essen auf den Tisch kommt, das war sein Appell gewesen. Nun war er alt und schwieg nur noch. Oskar Bunzlauer hatte nie so werden wollen wie sein Vater, und sein Sohn wollte nicht so werden, wie er es war. Der würde das Gegenteil von ihm werden und das Geld mit Begeisterung ausgeben. Manchmal fand er die Ansichten seines Filius zum

Fürchten. Eine Gesellschaft, die nur hinter dem Geld her war, die würde nicht überleben können. Geld war doch auch nur eine Zwischenlösung, weil der Warentausch zu kompliziert geworden war. Mehr steckte nicht dahinter. Aber der Sohn wollte Wirtschaft studieren und an der Börse andere Menschen, oder sogar Länder, so manipulieren, dass es zu seinem Vorteil sein würde. Das war doch zutiefst unanständig, dachte Oskar Bunzlauer. Aber der Sohn hörte ihm nicht zu. Eigentlich hörte ihm niemand zu. Seine Frau war natürlich auf der Seite ihres Sohnes. »Er weiß, was er will«, sagte sie. Gemeinsam hatten sie wieder lange Gesichter gezogen, als er Anfang November das Auto abgemeldet hatte, so wie er es jedes Jahr tat. Bis Ende April des kommenden Jahres parkte es im Hof seiner Eltern. Eigentlich benötigten sie gar keinen Wagen. Nur wenn sie im Urlaub in den Bayerischen Wald fuhren, war das Fahrzeug nützlich. Ansonsten hielt er es für puren Unsinn, in Erlangen mit dem Auto herumzufahren. Ihre Einkäufe konnten sie mit dem Fahrrad erledigen, und das gleiche galt für den Weg zur Arbeit.

Der Kerl hatte eine schwere Limousine mit Erlanger Kennzeichen. Oskar Bunzlauer lief am Gehsteig auf und ab und ließ den Mann mit Hut dabei nicht aus den Augen. Wahrscheinlich dachte der Kerl, diese Silbertanne wäre nur etwas für Schwerreiche und nichts für armselige Bürofurzer. Oskar Bunzlauer versuchte, gegen die Kälte anzulaufen. In ihm war wieder diese Wut, die er in solchem Maß von sich gar nicht kannte. An und für sich war er eher ein beherrschter Mensch, der seine Gefühle kontrollieren konnte. Heute war das anders, er hatte es satt, alles zu schlucken, die Ungerechtigkeit tatenlos hinzunehmen, die ihm geschah. Und auf keinen Fall würde er sich von einem reichen Schnösel sein Weihnachtsfest verderben lassen. Er musste sich dringend etwas überlegen. Was hast du nur? Warum bist du denn so nervös? Oskar Bunzlauer wischte sich mit der behandschuhten Hand über das Gesicht. Vielleicht, weil die Zeit unaufhörlich voranschritt, und er noch keine Lösung für den Fall der Fälle hatte? Er würde einen Angriff dieses Mannes nicht abwehren können, das stand fest. Ihm blieb nur die Aussicht und Hoffnung, dass er der bessere Läufer war, und auf jeden Fall war er mit dem Terrain in der Stadt besser vertraut. Autofahrer kannten nur Straßen und nicht die Ecken und Kanten der Wege, Gassen und Boulevards. Könnte ich doch nur den Kerl fortlocken, dachte er. Aber jetzt musste er wohl oder übel auf seinem Posten bleiben, weil der Händler bald schließen würde. Gut dann, dachte Oskar Bunzlauer, machen wir den entscheidenden Schritt. Es wurde Zeit, den Baum nun zu kaufen, und er setzte sich langsam in Bewegung. Im selben Augenblick betrat der Mann mit Hut die Straße, um sie zu überqueren. Oskar Bunzlauer zögerte. Der andere würde schneller sein. Er dachte nur noch den immer selben Gedanken. Wenn es auch ein Verbrechen sein mochte, aber der Mann mit Hut ließ ihm absolut keine andere Wahl. Jetzt musste er sich zurücknehmen und einen kühlen Kopf bewahren, so schwer ihm das fiel. Er würde nun so tun, als wollte er sich auf die Silbertanne stürzen und damit die entsprechende Reaktion des Mannes mit Hut provozieren. Der würde glauben, dass er sich beeilen müsse, um den Baum in seinen Besitz zu bringen, und würde damit den gewünschten und entscheidenden Fehler machen. Oskar Bunzlauer hatte sich nämlich die Umkehrung seiner Befürchtung zu eigen gemacht. Nicht er würde es sein, der angegriffen wurde. Nein, er würde derjenige sein, der dem Mann mit Hut auflauerte, um ihm das kostbare Gut zu entreißen. Denn du oder ich, das war die Frage. Schon erreichte der Mann mit Hut die Straßenseite, auf der sich das abgezäunte Areal mit den Bäumen befand. Dort machte sich der Händler soeben daran, die übriggebliebenen Koniferen zu ordnen. Oskar Bunzlauer verringerte sein Lauftempo und blieb dann stehen, um nicht direkt in den Strahlenkranz einer Laterne zu geraten. Trotz seiner inneren Erregung war ihm kalt. Eigentlich begann er immer zu schwitzen, wenn er aufgeregt war. Wie peinlich war ihm das immer, wenn er so vor seinem Vorgesetzten stand. Aber hier war das etwas anderes.

Blitzartig schlug ein Gedanke bei ihm ein, den er bisher nicht berücksichtigt hatte. Warum sollte der Mann mit Hut den Baum kaufen? Vielleicht war alles ganz anders. Er könnte ihn dabei beobachtet haben, wie er sich um die Silbertanne bewegt hatte, und nun machte er sich einen Spaß daraus, ihn zu foppen. Es war doch möglich, dass er den Baum gar nicht haben wollte, sondern dieses miese Spiel solange mit ihm trieb, bis der Händler das Tor verschloss und er ohne einen Weihnachtsbaum dastand. Dann könnte er sich vergnügt die Hände reiben und seinen Gästen selbstgefällig davon erzählen, wie er einen kleinen armseligen Deppen hereingelegt hatte.

Fakt war, dass der Mann mit Hut den Gehsteig auf und ab ging, die umzäunte Verkaufsfläche aber nicht betrat. Viel Zeit blieb nicht mehr. Oskar Bunzlauer musste sich entscheiden, und das war ihm schon immer schwergefallen. Zu groß war seiner Meinung nach die Gefahr, dass man irrte und sich zu etwas verhängnisvoll Falschem hinbewegte. Deshalb hatte er sich auch nie um einen höheren Posten innerhalb der Firma bemüht. Niemand konnte ihm garantieren, dass er sich wirklich verbessern würde. Und wegen der paar Scheine mehr wollte er sich auf keinen Fall in Risiken verstricken. Seine Frau sagte immer, man müsse auch einmal etwas wagen, aber das war nun einmal nicht sein Fall. Er war schon schrecklich ins Grübeln geraten, als sie an einem Freitagabend statt des üblichen Spiegeleis mit Spinat und Salzkartoffeln plötzlich Pellkartoffeln mit Quark und dazu einen Brathering serviert hatte. Was sollte das? Warum konnte nicht alles so bleiben, wie es war und ihm seine innere Ordnung erhalten? Er hasste Veränderungen. Jeden Abend gegen einundzwanzig Uhr dreißig ging er an seinen kleinen Beistelltisch und sortierte die Münzen, die er von seinem Vater geerbt hatte. Er nahm sie aus ihren Plastiktaschen, schaute sie mit der Lupe an, polierte sie mit einem guten Tuch und legte sie wieder zurück.

Währenddessen saß seine Frau vor dem Fernsehapparat und schlief. Um zweiundzwanzig Uhr ging sie dann zu Bett, und er folgte ihr eine halbe Stunde später nach. Das ersparte ihm irgendwelche unangenehmen Kontakte, denn sie schlief dann bereits. So war das, seit sie zusammen waren, und so sollte es für den Rest seines Lebens auch bleiben. Nichts sollte sich ändern, auch nicht der beschauliche Weihnachtsabend, an den er sich nun einmal gewöhnt hatte. Es gab nicht viele Tage im Jahr, an denen seine Frau vergnügt war. Und wenn ein Weihnachtsbaum zu den Wichtigkeiten gehörte, dann sollte sie einen bekommen. Obwohl er sich insgeheim bereits gefragt hatte, wie er den großen Baum in seinem kleinen Wohnraum platzieren sollte, war es keine Frage für ihn, dass es eben genau diese Silbertanne sein musste, die sein Feind ebenfalls ins Visier genommen hatte.

Dieser bewegte sich nun auf den Händler zu. Oskar Bunzlauer überkam ein Gefühl der Hilflosigkeit. Würde der Mann mit Hut den Baum in sein Auto verfrachten und davonbrausen, dann blieb ihm nichts anderes übrig, als irgendeinen Baum zu nehmen, den sonst niemand hatte haben wollen. Nein, dachte er, so darf es nicht kommen. Er hatte sich nun einmal für die Silbertanne entschieden, und außerdem war das Fahrzeug dieses Kerls weit und breit nirgends zu sehen.

Oskar Bunzlauer blinzelte, weil er direkt in das Licht der Straßenlaterne geschaut hatte. Dann trat er entschlossen vor und stellte sich unmittelbar an den Zaun, und führte seine Hand an einen Ast des Baumes, um ihn festzuhalten. Wo war sein Zettel am Ast geblieben? Der Mann mit Hut debattierte mit dem Händler. Der stand neben einer Blechtonne, in der er Äste und Baumreste verbrannte. Es duftete herrlich, aber Oskar Bunzlauer wollte sich nicht ablenken lassen. Er musste sich konzentrieren. Sollte der Kerl sich an der Silbertanne vergehen wollen, stand er bereit. Doch würde er tatsächlich etwas gegen ihn ausrichten können? Die Debatte zwischen dem Händler und dem Mann mit Hut setzte sich fort. Konnten sie sich nicht auf einen Preis einigen? Hören konnte er von dem Gespräch keine Silbe.

Nur noch zehn Minuten, dann wird das Geschäft geschlossen und die Sache ist erledigt. Es gab lediglich die eine Möglichkeit, dass er sich entschlossen zeigte, sich in das Areal begab und die Silbertanne an sich nahm. Oskar Bunzlauer gab sich einen Ruck und trat vor. Als er um die Umzäunung herumging, verließ ihn wieder der Mut. Der Händler würde doch sofort merken, dass sich zwei Männer um einen Baum stritten, und den Preis sogleich wieder in die Höhe treiben. Er musste eine Entscheidung treffen, die verstreichende Zeit setzte ihm unausweichlich die Pistole auf die Brust. Schon sah er vor seinem inneren Auge, wie er ohne den Baum in seine Wohnung trat, in das entsetzte Gesicht seiner Frau und das spöttische Antlitz seines Sohnes blickte, nur noch flüstern konnte, ein anderer war vor mir, und sich anschließend gedemütigt in seinen Fernsehsessel verkroch. Da war es wieder, das schrecklich vertraute, quälende Gefühl ständiger Demütigungen, unter dem er so oft während seiner Schulzeit gelitten hatte. Einsamkeit und Bedrohung. Die Angst. Er hatte sich nicht wehren können, weder verbal noch physisch. Jetzt musste das anders werden.

Ein Ruck ging durch Oskar Bunzlauer, und er kam zu einem Entschluss. Er zog seine Handschuhe aus und steckte sie in die Manteltaschen. Mit geballten Fäusten betrat er die nach Tannen duftende Verkaufsfläche. Aber was war da zu sehen? Der Mann mit Hut hielt einen anderen Baum in Händen, nicht die Silbertanne, während der Händler immer wieder eine Geldsumme nannte und mit einer Handaxt Äste kürzte, sie zu einem Gesteck zusammenfügte und einer älteren Dame verkaufte. Oskar Bunzlauer ging die paar Schritte nach hinten, trat zwischen zwei Bäume, schaute sich um, doch die Silbertanne war nicht mehr da. Ihm wurde heiß und kalt. Wie konnte das passieren? Er hatte doch die ganze Zeit konzentriert aufgepasst. Es waren gerade einmal ein Dutzend Tannen übrig geblieben, und die Silbertanne war nicht mehr dabei. Er hatte also wieder einmal versagt. Nun würde er einen dieser mickrigen Bäume mitnehmen müssen, die sonst niemand haben wollte, damit er nicht mit leeren Händen heimkehren musste. Das kam für ihn auf keinen Fall in Betracht. Er konnte nicht anders, als richtig wütend zu werden. Oskar Bunzlauer nannte das für sich seine geheimen Untiefen, weil er diese Seite seiner inneren dunklen Mächte weder sehr schätzte, noch sie auch nur ansatzweise ausleben wollte und sie bisher auch gut unterdrücken konnte. Heute wollte er sich nicht dagegen wehren. Soeben sagte der Händler einem alten Mann, er sollte doch endlich nach Hause gehen, denn nicht einmal die am Boden liegenden Tannenreste würde er ihm schenken. Der alte Mann stand da in seinem dünnen Mantel, der abgetragenen Cordhose und den zittrigen Händen, sprach kein Wort, aber seine Augen erzählten von seinem Leid, der Altersarmut, der bitteren Kälte, der Unmenschlichkeit, und Oskar Bunzlauer spürte seinen Zorn wachsen. Es dauerte nur wenige Sekunden, und aus Wut und Zorn wurde abgrundtiefer Hass. Oskar Bunzlauer hasste sie alle, die sich in ihrer feisten Blödheit suhlten und Feste feierten, von denen sie absolut keine Ahnung hatten und in ihrer Schwachsinnigkeit alles besudelten, was an Anstand und Ehre zu diesem Fest gehörte. Es war Weihnachten, und das bedeutete nicht, elende Geschäfte zu machen.

»Sie schenken dem alten Herrn jetzt sofort einen kleinen Baum. Haben wir uns verstanden?«

Oskar Bunzlauer hörte sich sprechen, aber er erkannte seine Stimme nicht. Wie kam die kleine Handaxt so plötzlich zwischen seine Finger? Die lag doch eben noch am Boden neben der Tonne mit den brennenden Ästen. Der Händler sah ihn arrogant an und tat erst, wie ihm befohlen, als er sah, dass sein Gegenüber die Axt langsam anhob.

»Gehen Sie. So gehen Sie schon«, herrschte Oskar Bunzlauer den alten Herrn an, als der stocksteif stehen blieb, mit einem Tannenbäumchen im Arm.

Für diesen Moment hatte er nicht genug auf den Mann mit Hut aufgepasst, denn der bückte sich plötzlich und zog die am Boden liegende Silbertanne unter den anderen Bäumen hervor und rannte damit davon. Ein abgekartetes Spiel also, denn die Silbertanne war von einem Netz umhüllt und also längst zum Transport bereit gelegen. Sofort wendete sich Oskar Bunzlauer dem Flüchtenden zu und nahm die Verfolgung auf. Erst an der Bayreuther Straße stoppte er ab und schaute sich um. Sein Herz schlug ihm bis zum Hals. Wo war der Lumpenhund abgeblieben? Kein normaler Mensch konnte doch mit einem Baum unter dem Arm dermaßen schnell laufen. Oskar Bunzlauer lief weiter, kehrte um, atmete durch, dann sah er das kleine Handbeil in seiner Hand. Sollte der Mann mit Hut mich so gesehen haben, dann wird er sich aus Angst versteckt haben, dachte er. Das war ihm nicht fremd. Wie oft hatte er sich als Kind und Jugendlicher aus Furcht vor der Meute verborgen. Auch hier ganz in der Nähe. Nach kurzer Zeit erreichte er die kleine Kapelle. Er stand vor dem Eisengitter und lugte hinein. Auch in der Nähe rührte sich nichts. Was hätte er getan, wenn er mit der Silbertanne unter seinem Arm geflüchtet wäre? Von der Burgbergkapelle aus lief er weiter. Er hätte die Silbertanne im Burgberggarten verborgen und wäre dann langsam weitergelaufen, um seinen Verfolger in die Irre zu führen. So wie es Bodenbrüter taten, die mit hängenden Flügeln einen Feind von ihrem Gelege wegführten. Aber es war dunkel geworden, und er konnte nur schlecht etwas sehen. Doch hören konnte er gut, und so war ihm dieses gewisse Geräusch von Schuhen, die durch das Laub gingen, nicht entgangen. Da versteckte er sich also, der Mann mit Hut. Oskar Bunzlauer hastete ihm nach und rief in den Park hinein: »Lassen Sie die Silbertanne fallen, dann geschieht Ihnen nichts.«

Hatte sein Feind gelacht? Ihn ausgelacht? Das hat Konsequenzen, dachte er. Oskar Bunzlauer rannte weiter. Er kannte sich aus, wusste an jeder Ecke, wo er war, da musste er gar nicht nachdenken. Hier war er schließlich zu Hause. Das war seine Heimat. Er wünschte sich Schnee. Im Schnee könnte er den Spuren des Feindes besser folgen. Aber auch unter diesen Bedingungen, im kalten Wind und bei Dunkelheit, war er dem Mann mit Hut überlegen. Seit seiner Kindheit hatte er ein ausgeklügeltes Fluchtverhalten entwickelt, und sein Instinkt sagte ihm, dass der Feind immer tiefer in die einsame Nacht geflüchtet war, so wie er selbst als Bursche Friedhöfe aufgesucht hatte, um den Schlägen seiner Peiniger zu entgehen. Man musste sich Orte auswählen, an die ein Verfolger nur ungern vordringen würde. Oskar Bunzlauer blieb hinter einem Baum stehen und lehnte seine Stirn an die raue Baumrinde. Er lauschte. Hier draußen war um diese Zeit niemand, der am Weihnachtsabend ein Dach über dem Kopf besaß. Oskar Bunzlauer atmete still und konzentrierte sich. Ganz in der Nähe führten die Eisenbahnschienen nach Bamberg, und dort floss die Schwabach. Er war am Burgberg, und das war zu jeder Jahreszeit seine Gegend. Die Schwabach war sein Gewässer und die alte Eisenbahn mit der Brücke von 1844 ein häufiges Ziel seiner einsamen Spaziergänge. Dort postierte er sich und wartete. Oskar Bunzlauer fühlte sich wie in einem Traum und auch wieder nicht. Er fühlte sich in der Wirklichkeit und auch wieder nicht. Furcht empfand er keine. Diesmal würde er obsiegen und es seinem Vater zeigen, der immer wieder zu ihm gesagt hatte, was führst du nur für ein erbärmliches Leben. Aber der Vater war tot, und er lebte noch.

Die Schrittgeräusche teurer Ledersohlen kamen näher. Oskar Bunzlauer verharrte in seinem Versteck und drückte sich an die eiskalten Steine der Brücke. Das Geräusch war nun deutlich wahrnehmbar, denn der Mann trat heftig mit dem Absatz auf, und für Oskar Bunzlauer klang das nach seinem Chef und dem Chef des Chefs und auch nach dem höchsten Chef. Diese Herren traten anders auf als Menschen wie er, die vorsichtig auftraten, um auffällige Geräusche zu vermeiden. Auch der Mann mit Hut zählte sich offenbar zur Herrschaft. Seine Schritte kamen unaufhaltsam näher. Oskar Bunzlauer war sicher, dass er es war, auch wenn er fast nichts sehen konnte. Der Mann mit Hut rechnete an dieser einsamen Stelle nicht mit einem Angriff, der ihn plötzlich von der Seite überraschte. Oskar Bunzlauer stieß ihn mit beiden Händen und aller Kraft, sodass sein Opfer über eine Barriere stürzte und direkt in die Schwabach fiel. Nur nicht weiter darüber nachdenken, sagte er sich, hob die Silbertanne vom Boden auf und ging mit schnellen Schritten davon. Die Stimmen, die ihn beschuldigen wollten, in seinem Kopf. Immerhin habe ich die kleine Axt nicht benutzt, verteidigte Oskar Bunzlauer seine Handlung, aber er war doch so durcheinander, dass er zunächst in die Irre lief. Erst vor dem Stadtmuseum kam er zu sich und wandte sich sofort um, denn er musste eine weite Strecke zurücklaufen, um nach Hause zu kommen. Aus einigen Häusern war weihnachtliche Musik zu hören, untermalt von Kinderstimmen, die sich bemühten, den Ton zu treffen.

Oskar Bunzlauer schloss die Wohnungstür auf. Es war still. Er war zu spät, natürlich. Schnell schlüpfte er aus den beschmutzten Schuhen und schob sie in eine Plastiktüte, so wie er es immer tat, damit kein Schmutz zu Boden fiel. Dann hängte er seinen guten Mantel an die Garderobe und nahm das kleine Beil an sich. Er würde es gut gebrauchen können, denn in der Regel passte der Stamm nicht in den Baumständer, den er von seiner Großmutter geerbt hatte. Unwillkürlich dachte er an den Mann mit Hut, der die Schwabach hinabtrieb. Doch er wollte jetzt nicht denken, nahm die Silbertanne und die Axt, um in das Wohnzimmer zu gehen. Die Tür zum Zimmer seines Sohnes war verschlossen, also war er anwesend. Seine Frau hockte auf der Couch und starrte in die vier brennenden Kerzen des Adventskranzes. Auf dem Tisch stand die große Schüssel mit dem Kartoffelsalat, über den sie ein feuchtes Küchentuch gebreitet hatte. Warum sagte sie nichts? Oskar Bunzlauer wurde ärgerlich. Sie könnte wenigstens den Baum bewundern und ihm für seine Anstrengung dankbar sein. Aber nein, sie saß da und hielt Maulaffen feil. Glaubte sie, er hätte die Silbertanne geschenkt bekommen? Kämpfen hatte er müssen, bis an die Grenzen der Moral und darüber hinaus. Er schaute auf das Lametta und die elektrische Beleuchtung, die neben dem Fernsehgerät lagen. Warum erhob sie sich nicht und machte sich nützlich? Sollte er alles alleine machen? Es war doch ihr Baum. Er brauchte das nicht – und der Sohn sowieso nicht. Oskar Bunzlauer kniete sich auf den Boden und begann, mit der Axt den Stamm zu malträtieren. Abermals stieg Wut in ihm hoch. Irgendetwas Fremdes, Gefährliches war da in ihm. Eigentlich wollte er nur seine Ruhe haben. Sich einfach vor seine Münzen setzen und sie mit diesem herrlich weichen Tuch säubern. War das zu viel verlangt? Warum half sie ihm nicht? Sie hockte nur da und glotzte blöd, während er sich mit dem Baum und der Axt abmühen musste. Mit Kraft hieb er auf den Stamm ein, schlug die unteren Äste ab und hieb und schlug und schlug und hieb. Er spürte einen stechenden Blick in seinem Rücken und drehte sich um. In der Tür stand der Mann mit Hut. Vom Kopf bis zu den Füßen lief das Wasser an ihm herunter, tropfte auf den guten Teppichboden. Moos schien an ihm zu wachsen und grüne Algen hingen an seinem Mantel. Oskar Bunzlauer wollte ihn nicht sehen. Wo war sein Gesicht? Er hatte es vorher auch nicht gesehen. Er schaute auf die Schuhe, aber auch sie waren nicht mehr da. Was will er hier? Der Mann mit Hut hob langsam seinen rechten Arm und zeigte auf die Silbertanne, die noch etwas schief im Christbaumständer stand. Aus der Nachbarwohnung klang *Stille Nacht, heilige Nacht* durch die Wand. Oskar Bunzlauer überlegte, ob er angesichts der abendlichen Feierlichkeiten nicht Frieden anbieten musste, aber die Wut war übermächtig, und er nahm die Axt wieder fest in die Hand. Mühsam erhob er sich aus seiner knienden Haltung. Plötzlich kam er sich völlig alleingelassen vor. Aber war das nicht schon immer so gewesen? War er nicht zeit seines Lebens allein? Nie hatte sich jemand an seine Seite gestellt, und Freunde hatte er auch nicht gehabt. Aber echte Freunde gab es in Wahrheit auch gar nicht.

Nur in guten Zeiten klebten sie wie Schmeißfliegen an einem, aber in schlechten Zeiten suchen sie sich andere Wirtstiere, dachte er. Nein, er musste nun diese Situation wieder einmal allein bereinigen und den Eindringling vertreiben. Wie konnte der es überhaupt wagen, seine Wohnung zu betreten und alles zu verschmutzen. Oskar Bunzlauer war nun zu allem entschlossen und wollte sein Heim verteidigen. ›My Home is my Castle‹, stand auf einem Brettchen, das früher im Flur der Wohnung der Großeltern hing. Es war an der Zeit, zur Tat zu schreiten. Aber es fiel ihm schwer, einen Schritt vor den anderen zu setzen. Ihm war, als trüge er Blei an den Füßen. Ihm wurde schwindelig, es wurde kalt um ihn, und dann stürzte die tiefschwarze Nacht herab.

Der Polizist schaute abwechselnd auf die zitternde Frau und das fassungslose Gesicht des Jungen. Ein Teil der Wohnzimmereinrichtung lag zertrümmert am Boden. Was sollte er sagen? Einen dermaßen verwirrten Mann hatte er auch noch nie vor sich gehabt. Von was für einer Silbertanne hatte er gefaselt? Einen Weihnachtsbaum konnte er nirgends entdecken. Ein Fall für die Klinik an der Schwabachanlage. Er schrieb den Namen noch einmal deutlich in sein Notizbuch: Oskar Bunzlauer.

Einen Tag vor Silvester stand Frau Bunzlauer in der Nähe des alten Universitätsgebäudes und wartete. Der Sohn war zum Skifahren unterwegs und sie dachte daran, sich für den kommenden Abend eine gute Flasche Sekt zu gönnen. Da sah sie ihn stehen auf der anderen Straßenseite, den Mann mit Hut. Er machte eine leichte Verbeugung, und Frau Bunzlauer setzte ihr nettestes Lächeln auf.

Tommie Goerz

Verbrannte Beweise

Das könnte ein schöner, ruhiger Tag werden, dachte sich Kommissar Behütuns. Um acht Uhr früh war er ins Büro gekommen, seine Kollegen ›P.A.‹ Peter Abend und Peter Dick waren schon im Weihnachtsurlaub und Jaczek, der dritte Peter des Teams, würde ohnehin wieder zu spät kommen. Er kam immer zu spät. Es war Montag, der 21. Dezember. Weihnachten lag gut dieses Mal, mit vielen freien Tagen, und am Wochenende hatte es geschneit. »Polarer Nordwind gibt ein Intermezzo«, hatte der Wetterochs geschrieben, »und kollidiert mit der feuchten Weströmung, was bedeutet: Schnee. Zu Weihnachten aber setzt sich wieder warmer Westwind durch. Nichts wird es also mit weißer Pracht an den Feiertagen. Wieder mal nichts. Dafür aber vielleicht an Ostern?« Freitagnacht war der Schnee gekommen und durch die Kälte auch liegen geblieben. Doch heute schon sollte es wieder wärmer werden. Egal. Ein kleiner Vorgeschmack auf den Winter war schon da – und Behütuns beschlich langsam ein Vorgefühl der ruhigen Zeit, eine tiefe, feierliche Ruhe. So ein schönes Weihnachtsgefühl, tief verankert in der Kindheit. Die Ruhe war es, die er an Weihnachten liebte – das ganze christliche Getue jedoch ging ihm auf den Senkel. Damit konnte er rein gar nichts anfangen.

Behütuns war kein Weihnachtsmensch. Ging nicht in die Kirche, sang keine Lieder und hatte auch keinen Weihnachtsbaum. Oder doch: einen kleinen chinesischen aus Plastik, im Topf und mit Batterie. Einen ›Gegenbaum‹. Mit wechselnden bunten Lichtern, Glasfaserkabeln. Grün, gelb, rot, blau, so richtig schön kitschig. Das passte für ihn zu Weihnachten, und er hatte ihn sich sofort gekauft vor ... ja, wann war das wohl gewesen? Sicher schon vor zehn, zwölf Jahren. Hatte ihn am

Christkindlesmarkt gesehen und sofort mitgenommen. Zwölf Mark hatte der nur gekostet damals, und jetzt lag er irgendwo auf dem Dachboden. Wahrscheinlich grässlich verstaubt. Den würde er sich vielleicht noch in die Küche stellen. Für Weihnachten. Und gleichzeitig dagegen.

Draußen wurde es gerade erst hell, jetzt waren die kürzesten Tage. Behütuns nahm sich die Zeitung. Er konnte, ja wollte sich Zeit lassen heute, es lag nichts Wichtiges an. Ein bisschen Bürokram, Verwaltung, lauter Dinge, die im Alltag so liegen blieben. Jetzt war dafür die richtige Zeit. Ein wenig aufräumen, Vorgänge beenden, Vorbereitungen treffen für die ruhigen Tage. Ein angenehm befreiendes Gefühl war das. Fast ein wenig wie Frühjahrsputz. Aufräumarbeiten, innerlich.

»Schneller Tod«, las Kommissar Behütuns in der Zeitung, und als Unterzeile »Bewusste Handlung ist langsamer als der Reflex.« Das stand unter ›Vermischtes‹ und interessierte ihn. Es ging um Duelle und darum, dass dort die, die zuerst zogen, meist verloren. Nils Bohr, Nobelpreisträger der Physik von anno dunnemal, stand dort, hätte dies schon damals vermutet, und Forscher aus Birmingham hatten es jetzt bewiesen. Was hieß: Reaktion ist schneller als Aktion. Interessanter Befund. Er trennte die Seite mit dem Zeitungsartikel heraus, um ihn in seine Sammlung zu geben. Die könnte er ja an den Feiertagen endlich einmal ordnen! Ein guter Plan.

Beim Schneetreiben, blätterte er weiter in der Zeitung, hatten sich wieder etliche Unfälle ereignet, die Leute fuhren ja noch mit Sommerreifen. Die Aktienkurse waren stabil, doch davon verstand er nichts, vor einer Disco hatten sie sich geprügelt, und der Club suchte schon wieder einmal einen neuen Trainer. Alles normal. Die üblichen Nachrichten. Da ging die Tür auf, und Jaczek kam herein. Behütuns blätterte um und sah auf die Uhr.

»Respekt! Noch nicht mal halb neun!« Jaczek kam sonst nie vor neun. Was war los? Auch wirkte er nicht sehr ausgeschlafen – aber ausgeschlafen wirkte er eigentlich nie.

»Moin Chef«, war alles, was Jaczek von sich gab, und setzte sich gegenüber an den Schreibtisch, ging dann hinüber, holte sich einen Kaffee. Wie kann man nur so etwas trinken, dachte sich Behütuns, als Jaczek die Thermoskanne röcheln ließ und seinen Kaffee abpumpte. Behütuns las weiter in der Zeitung. Jaczek räusperte sich.

»Was gibt's?« Behütuns sah auf und rekapitulierte kurz. Was war am Freitag gewesen? Am Samstag? Am Wochenende? Nichts Ungewöhnliches eigentlich. Wann hatten sie sich zum letzten Mal gesehen? Ja richtig, am Samstag. Sie waren zu einem Haus gerufen worden, das gebrannt hatte. Ein Holzhaus. Nürnberg Mögeldorf, schönes Villenviertel. Lauter frei stehende Häuser, viel Grund außenrum. Wohngegend der Reichen. Oder der Besseren. Denen ging's gut. Zwei Menschen waren darin verbrannt, ein älteres Ehepaar. Hatten wohl, so hatte es ausgesehen, ihren Weihnachtsbaum angezündet. Zu retten war nichts mehr gewesen. Die Sache schien relativ klar, die Spezialisten stocherten noch in der Asche. Behütuns war heimgefahren, Jaczek war geblieben, hatte sich darum gekümmert. Routine eigentlich. Bis auf die Grundmauern war das Holzhaus weggebrannt, und gestunken hatte es elendiglich: Es war mit Schafwolle gedämmt gewesen. Grässlich, wenn so was verbrennt – aber immer noch besser als Plastik.

»Also, was ist?«

»Ich war mit den Brandspezialisten draußen, hab mit Nachbarn gesprochen, mir das Terrain angeschaut – irgendwie scheint da etwas nicht ganz sauber zu sein.«

»Warum?«

Jaczek schwieg einen Moment.

»In der einen Leiche steckte ein Messer.«

»Wie meinst du das?«

»So, wie ich es sage. Die Brandspezialisten haben zweifelsfrei festgestellt: Im Bauch des Mannes, also in dem, was von ihm übrig war, steckte ein langes Küchenmesser.«

»Also haben wir es mit einem Mord zu tun?«

»Schwer zu sagen. In der Pathologie sind sie noch dran, aber eines scheint schon gesichert: Das Messer, oder besser der Einstich, war zwar circa fünf bis sechs Zentimeter tief, aber so, wie sie es einschätzen, ziemlich sicher nicht tödlich. Aber wie gesagt, das ist alles nur vorläufig.«

Behütuns dachte einen Moment nach. Dann nahm er eine Nadel vom Zweig des Tischschmuckes, zückte sein Feuerzeug und hielt sie in die Flamme. »Tschsch …« machte es, und die Nadel spuckte Feuer. Eine Stichflamme, wie eine Tischexplosion. Dann roch es sehr angenehm.

»Wenn so ein Baum brennt, passiert genau das bei jeder einzelnen Nadel. Fünfhundert an jedem Zweig, mal zweihundert Zweige. Da hast du keine Chance. Einhunderttausendmal Pffft.«

Er dachte nach. Jedes Jahr fackelten zahlreiche Bäume ab. Und nicht selten mit ihnen die Häuser. Manchmal dann auch die Menschen. Denn die wollen noch etwas retten, wollen löschen – aber sie atmen dann noch zwei, drei Mal ein – das wars. Bei so einem Baum hat man keine Chance, und die Hitze schafft den Rest. Das einzige, was man tun kann, ist fliehen. Sofort. Rumdrehen, abhauen, weg. Und alles, was man hat, verbrennen lassen. Haus, Möbel, Erinnerungen, Werte. Doch das überreißt niemand in diesem Moment. Die Menschen machen drei Sekunden etwas falsch – und sind weg. Tot. Das war's.

»So ein Baum explodiert regelrecht. Und wenn du dann ein Holzhaus hast, das Holzhaus gleich mit.«

»Richtig«, pflichtete ihm Jaczek bei.

»Aber«, überlegte Behütuns laut, «wir haben den 21. Dezember.«

»Ja und?« Jaczek verstand nicht richtig, was sein Chef sagen wollte.

»Damit so ein Baum explodiert, muss er trocken sein. Ein nasser Baum brennt nicht so schnell. Und wann kauft man seinen Baum? Kurz vor Weihnachten erst – und dann ist er noch nass. Explodiert also nicht so einfach. Oder nicht gleich.«

Jaczek schüttelte den Kopf. Behütuns sah ihn fragend an.

Jaczek hatte am Wochenende gearbeitet und legte nun die Fakten auf den Tisch. Das Paar war ein Rentnerehepaar, recht gut gestellte Pensionäre. Er Mitte, sie Anfang siebzig. Er schon etwas gebrechlich, tatterig hatte die Nachbarin gesagt, aber klar im Kopf. Hatte im Sommer erst einen Unfall gehabt, einen Sturz, und sich den Arm gebrochen. Den rechten. Sei aber alles wieder gut verheilt. Er habe schon wieder die Straße kehren können, im Spätherbst auch schon wieder im Garten gewurstelt. Die beiden hatten eine Tochter gehabt, diese aber war schon vor Jahren bei einem Verkehrsunfall tödlich verunglückt. Die letzten Jahre bis zu seinem Ruhestand hatte er in Bad Neustadt an der Saale gearbeitet, sie war allein daheim. Werkschef oder so etwas sei er gewesen, das wusste die Nachbarin nicht so genau. Und den Baum hatte sie ihnen besorgt, schon Anfang Dezember. Denn sie wollten im Januar fort, eine Weltreise machen, die letzte wahrscheinlich, und davor noch ein wenig Weihnachtsstimmung haben.

»Also, der Baum, davon können wir ausgehen, war sicherlich trocken, denn er war alt. Nach drei Wochen im Warmen sind die Nadeln trocken.«

Jaczek nahm sich ein Blatt Papier, beugte sich vor auf den Tisch und skizzierte den Tatort.

»Das ist das Haus, das brannte,« erläuterte er.

»Hier die Straße, da das Haus gegenüber. Die Frau von gegenüber hat den Brand bemerkt. Spät erst, weil zur Straße hin eine Mauer ist. Sie war in der Küche und hat den Feuerschein gesehen, aber sich erst einmal nichts dabei gedacht. Dachte, es wäre im Vorgarten, der Wegmann verbrenne etwas. Erst als die Scheiben barsten, hat sie's gerafft. Ist dann hinausgerannt, panisch, wie sie sagte – und hat danach doch noch die Feuerwehr informiert. Aber bis die kamen, brannte's schon lichterloh.«

Jaczek malte weiter.

»Der Gartenzaun. Das Nachbarhaus hintenraus. Die Leute sind im Urlaub. Kreuzfahrt Antarktis. Was man so macht, wenn man Geld hat. Und hier dann wieder 'ne Straße.«

»Und?«

Jaczek wollte auf etwas Bestimmtes hinaus.

»Hier um den Brandherd war alles zertrampelt. Kannst du dir vorstellen, bei so einem Brand.«

Er nahm seinen Stift als Zeigestab.

»Hier« und er zeigte auf die Straße davor, »stand die Feuerwehr. Und hier«, das war fast direkt vor dem Haus der Nachbarin gegenüber, »ist der Hydrant.«

Behütuns sah ihn fragend an.

»Es war also keiner auf dem Nachbargrundstück.« Er zeigte auf das Haus dahinter. »Es gab keinen Grund dafür. Das Wasser kam von vorne, das Grundstück ist groß genug, immerhin über dreitausend Quadratmeter, es war Platz genug zum Löschen. Hat mir die Feuerwehr auch bestätigt. Nur hier« – und er deutete etwas seitlich neben das rückwärtig liegende Nachbarhaus – »sind ein paar von den Feuerwehrleuten langgelaufen, also waren da Spuren im Schnee. Weil das der Swimmingpool ist. Den haben sie ganz am Anfang kurz gecheckt, wegen dem Löschwasser.« Klar, dachte Behütuns, wenn Jaczek so etwas sagt, hat er's geprüft.

Und jetzt malte Jaczek eine gestrichelte Linie quer durch das Grundstück dahinter, seitlich am Haus vorbei geradewegs hin zur Straße.

»Der Zaun zwischen den Grundstücken ist ein einfacher Maschendrahtzaun. Vielleicht einen Meter hoch, also einfach zu übersteigen. Und das hier«, er zeigte auf die gestrichelte Linie, »waren Fußspuren. Fußspuren hinein und hinaus. Herrlich zu sehen, quer durch den Schnee, und in der Nacht auch noch festgefroren. Die Abdrücke liegen vor.«

Behütuns schwieg.

»Es scheint also jemand von hinten zum Haus gegangen zu sein und auch hinten wieder hinaus?«

»Das ist es, was ich meine.«

Behütuns saß vor dem Zettel. War sprachlos.

Jaczek sah auf seine Uhr. »Oh shit! Ich muss los! Muss noch einmal in die Pathologie. Bin Mittag wieder da!« Nahm seine Jacke und war draußen.

Behütuns fühlte sich, als wäre knapp neben ihm ein ICE vorbeigerauscht. Alles war plötzlich anders. Das Messer ... die Spuren zum Haus ... also doch ein Mord? Er ging hinaus, einen Kaffee holen. Frau Klaus saß an ihrem Platz, hatte einen Spiegel vor sich stehen und drückte Pickel aus. Ließ sich auch nicht dabei stören. Schlug nur die Augen hoch, sah ihn mit beiden Händen an der Nase an und deutete mit dem Kopf zur Kaffemaschine. »Im Fax liegt auch etwas«, sprach sie unter den Händen hindurch, weiterhin vorgebeugt zu ihrem Spiegel.

»Und? Erfolgreich?«, frozzelte Behütuns.

»Und wie. Unglaublich, was da immer alles rauskommt. Wo ich doch vorgestern erst ...« Frau Klaus hatte da keine Hemmungen.

Mit dem Fax in der einen, dem Kaffee in der anderen Hand ging Behütuns zurück. Filterkaffee. Grässliches Gebräu. Nur frisch gebrüht einigermaßen zu ertragen Der hier roch grenzwertig, stand wohl schon eine Stunde. Aber wenigstens war er noch heiß.

Das Fax kam von den Brandspezialisten. Wie und wo die Personen gelegen hatten, stand darin. Dass bei dem Mann seitlich in der Lende ein Messer gesteckt hatte. Dass die rückwärtige Türe, die zur Küche hin, abgeschlossen gewesen war und Weiteres. Behütuns überflog es, warf dann das Fax auf den Tisch, streifte sich die Jacke über und verließ das Büro. Er musste noch einmal hinaus, sich ein Bild machen. Er konnte unmöglich jetzt hier sitzen und auf Jaczek warten.

»Ich bin noch mal draußen in Mögeldorf«, warf er Frau Klaus durch die Tür noch zu. Sie war inzwischen fertig mit der Ernte und richtete sich gerade das Haar.

In der Siedlung in Mögeldorf bog Behütuns in eine Seitenstraße ein und stellte das Auto ab. Dort vorne, vielleicht fünf oder sechs Häuser weiter, musste das Grundstück sein, das der Täter verlassen hatte. Durch das die Spuren führten, von denen Jaczek erzählt hatte. Besser: geführt hatten.

»Sie machen mir aber keinen Ölfleck da her!«

Von der Seite hatte ihn einer angebellt. Ein fetter Alter im Unterhemd. War dem nicht kalt? Stand am Zaun und schaute bös.

»Ölfleck?« Behütuns verstand ihn nicht. Unwillkürlich beugte er sich vor und sah unter sein Auto.

»Nee, nee, keine Sorge, der ölt nicht.«

»Jaja, das sagen sie alle«, bellte der Alte. »Aber schauen Sie sich das an: Solche Flecken machen die hier her.« Und deutete auf einen verwaschenen Ölfleck. »Auf dem Schnee hat er noch viel besser ausgesehen«, schob der Alte nach. »Kommen von irgendwoher, stellen ihre Karre ab, haben hier nichts zu suchen und sauen die Straße ein. So geht das doch nicht, oder?«

Behütuns war hellhörig geworden. Irgendetwas klingelte in seinem Kopf.

»Wer ... wie ... von irgendwoher? Woher? Und wann?«

»Das geht Sie nichts an«, bellte der Alte, »machen Sie mir keinen Ölfleck und fahren's Ihr Auto weg. Dann passt's.« Der Alte war wirklich eklig.

Behütuns zog seinen Ausweis, zeigte ihn vor.

»Da habe ich ja mal den Richtigen erwischt«, gab der Alte zurück und grinste, war dabei aber kein bisschen freundlicher. »Am Samstag, irgendwann abends. Ein roter Ford, so ein rostiger.«

»Haben Sie den Mann gesehen?«

»Hätte ich gern, das kann ich Ihnen sagen. Dem hätte ich was erzählt. Nein, leider nein. Ich hab mir den Brand angeschaut, und dann war der weg.«

»Und vor dem Brand stand er da?«

»Am Nachmittag irgendwann, ja, sag ich doch. Wie's schon dunkel wurde.«

»Und den Ölfleck haben Sie gleich gesehen?«

»Wie denn, der ist doch unter dem Auto. Denken Sie, ich krabbel da drunter? Nee, der war dann da im Schnee, aber das Auto war weg.«

»Roter, rostiger Ford.«, wiederholte Behütuns. »Wissen Sie, was für ein Modell?«

»Nee, interessiert mich nicht.«

»Und die Nummer? Wissen Sie natürlich auch nicht, oder? Vielleicht doch eine Erinnerung?«

»Nest 42.«

»Wie?« Behütuns verstand ihn nicht.

»Nest 42.«

»Was Nest! Verarschen kann ich mich selbst.«

»Nicht Nest. 42! Das ist das Entscheidende.«

»Also dann jetzt mal auf Deutsch. Was soll das heißen?«

»42. Ist doch ganz einfach. Deswegen hab ich's mir ja auch gemerkt. 42, der Sinn des Lebens. The sense of life, the universe and everything. Nie gehört? Und den, Absurdität getoppt, in ein Nest gelegt. Das kann man sich doch leicht merken.«

»Nest 42? Sinn des Lebens? Entschuldigen Sie, ich verstehe kein Wort.«

»Meine Güte! Keine Ahnung? Lesen wir auch mal ein Buch zwischendurch? Sollten Sie mal tun. Per Anhalter durch die Galaxis! Da steht drin, was der Sinn des Lebens ist: 42. So hab ich mir das gemerkt.«

Irgendwie schien der Alte doch Humor zu haben, zumindest auf seine eigene, schrullige Art.

»Und Nest?«, fragte Behütuns nach?

»Na Nest halt. N, E, S, Strich, T. Heißt doch Nest, oder?«

»Sie wohnen hier?«

»Sehe ich aus, als ob ich spazieren geh?«

Der Alte war wirklich drollig. Als Nachbar vielleicht schwierig, aber irgendwie doch zu haben. Mit solchen Leuten muss man sich nur arrangieren können.

»Ich komm vielleicht noch mal vorbei.« Behütuns tippte sich an die Stirn und ging Richtung des Hauses, das hinter dem Brandherd lag.

Die Gartentüre war offen, zwei von der Spurensicherung standen am rückwärtigen Zaun.

»Kommen Sie ruhig rein«, rief der eine, der Behütuns erkannte. »Wir sind grad fertig. Schauen Sie.« Er hielt ihm ein Foto hin. Darauf der Zaun von der anderen Seite, viel Schnee, und Spuren im Schnee. »Hat der Kollege gemacht. An dieser Stelle« und er zeigte erst auf das Foto, dann auf den Zaun, »ist der, von dem die Spuren sind, über den Zaun gestiegen und hat vielleicht etwas dran zurückgelassen.« Er deutete wieder auf den Zaun. »Man kann ja kaum darübersteigen, ohne auch dranzukommen und vielleicht ein wenig hängenzubleiben. Wir bringen das jetzt ins Labor.«

»Schade, dass der Schnee wieder weg ist«, sagte Behütuns. Wenn schon Weihnachten, dann wären doch weiße Weihnachten einmal wirklich schön.

»Für uns nicht, wir haben ihn ja«, erwidert der Kollege von der Spurensicherung und deutet wieder auf das Foto. »Und die Spuren, die drin waren, auch. Waren ziemlich gut erhalten.«

Der Brand, berichteten ihm die Spezialisten, war tatsächlich durch den Baum entstanden. Echte Kerzen daran. Könnte auch sein, dass der Baum umgefallen war, der Christbaumständer habe auf jeden Fall auf der Seite gelegen. Die Leiche der Frau lag gleich neben dem Baum, die des Mannes davor. Und – Hier liegt doch nur Asche und Dreck, wie können die da überhaupt etwas feststellen?, dachte Behütuns kopfschüttelnd, als er diese Einzelheiten hörte – der Teppich zum Eingang des Wohnzimmers – Da liegt doch gar nichts! – sei hochgeschlagen gewesen. Das könnte auf einen Kampf hindeuten, zumindest auf eine ungewöhnliche Beanspruchung. »Sie kriegen das alles noch schriftlich. Ansonsten sind wir hier erst einmal fertig. Aber der Tatort bleibt noch gesperrt.«

Damit verabschiedeten sich die Spezialisten.

Behütuns ging zurück zum Auto. Der Alte stand immer noch da.

»Und? Öl?« fragte Behütuns.

»Nee, da haben Sie Glück gehabt.«

»Sagte ich doch. Die Karre ist zwar alt, ölt aber nicht.«

»Verbrennt's wahrscheinlich«, knurrte der Alte.

»Sagen Sie,« hob Behütuns an, »Sie können sich nicht zufällig erinnern, wann der Wagen genau kam oder wieder wegfuhr?«

»Haben Sie mich schon mal gefragt!«, knurrte der Alte. »Der Wagen stand hier, bevor der Brand ausbrach, also bevor ich ihn bemerkt habe. Später, als dann die Feuerwehr hier war, war er irgendwann weg. Hey, hier hat es lichterloh gebrannt, da schaut man doch nicht woanders hin, oder? Nee, da kann ich Ihnen nicht mehr dazu sagen.« Und damit war für den Alten das Gespräch beendet. Als Behütuns dann losfuhr, hob der Kauz am Zaun die Hand. Ganz langsam, wie gelangweilt, zum Gruß. Und nickte gönnerhaft. Auch Behütuns hob seine Hand.

Noch auf der Fahrt zum Präsidium gab Behütuns die Nummer durch, bat um Ermittlung des Halters.

Bis zum 22. Dezember abends fügte sich alles zusammen, ergab ein geschlossenes Bild. Die Ermittlungen der Brandspezialisten, die Ergebnisse aus der Pathologie, neuerliche Befragungen von Nachbarn, Recherchen im Hintergrund, Gespräche mit der Polizei aus Bad Neustadt. – Wie viel die Polizei in so einer kleinen Stadt über einzelne Bürger wusste und sagen konnte, war schon sehr erstaunlich und machte Behütuns fast ein wenig neidisch. Dazu kamen ganz einfache logische Folgerungen, sodass sich niemand der Erkenntnis ernsthaft erwehren konnte. Der Schluss, den erst Behütuns und Jaczek zogen, dann auch der Staatsanwalt, war einfach zwingend. Die Puzzleteile erschienen zwar ziemlich grob, aber sie passten nahtlos aneinander.

Das Rentnerehepaar, das bei dem Brand ums Leben gekommen war, hieß Wegmann. Günter und Irene. Renate Wegmann, die vor etlichen Jahren verunglückte Tochter der beiden, war zu Lebzeiten lange mit einem Horst Laaber liiert gewesen, sehr zum Leidwesen ihrer Eltern. Horst Laaber, und hier wurde die Sache prekär und bekam etwas Zwingendes, war der einzige Sohn von Ludwig und Ilona Laaber. Diese beiden wiederum waren die Nachbarn des Ehepaares Wegmann – des Ehepaares, das derzeit in der Antarktis auf Kreuzfahrt war und dessen Haus dementsprechend vorübergehend unbewohnt war. Horst Laaber aber, der Sohn, lebte in Unfrieden mit seinen Eltern. Eigentlich, so wurde es von der Nachbarschaft geschildert, hatten sie keinen Kontakt mehr, und die Eltern wünschten das auch nicht. Irgendetwas musste da einmal vorgefallen sein. Horst Laaber wurde als sehr unzuverlässig beschrieben, als unstet, als unwillig, einen ›richtigen‹ Beruf zu erlernen und auszuüben, als völlig ungeeignet für den Umgang mit Geld und als ständig klamm. »Er gilt als permanent verschuldet«, war die vorläufige ›Unter-der-Hand‹-Auskunft der Kollegen aus Bad Neustadt. Man würde das noch überprüfen. Ein wenn nicht zwielichtiger, so doch zumindest nicht sehr vertrauenerweckender Zeitgenosse. Und: Er war der Halter des Wagens NES-T 42 – er war also zur Tatzeit am Tatort gewesen. Wollte er in das Haus seiner Eltern und sich Geld besorgen? War vielleicht dabei von den Nachbarn überrascht worden? Oder hatte er seine Ortskenntnis genutzt und die Nachbarn aufgesucht, um seine klammen Kassen aufzufüllen? Fest stand, Horst Laaber könnte ein Motiv gehabt haben, er galt als hochverdächtig. Also wollte man ihn festnehmen und befragen.

»Komm Jaczek, wir fahren mal da hin, wo der Wagen herkommt. Ausflug nach Bad Neustadt.«

Frau Klaus war nicht im Vorzimmer. Sie würden sie von unterwegs anrufen, ihr Bescheid geben, wo sie waren.

Auf der Höhe von Bamberg klingelte das Telefon. Links sah man im Dunst die Hügel liegen und die zahlreichen Kirchtürme der alten Stadt. Behütuns stellte auf laut.

»Kommissar Behütuns? Kommissar Schober hier, Polizeiinspektion Bad Neustadt an der Saale. Sie sind auf dem Weg zu uns?«

»Ja, und wir brauchen Ihre Hilfe.«

»Das wird nicht nötig sein.«

Die zwei im Auto sahen sich fragend an.

»Zumindest nicht so, wie Sie sich das vorstellen, denke ich. Sie suchen doch den Halter von NES-T 42, richtig?«

»Ja, unter dringendem Mordverdacht.«

»Er sitzt bei uns im Präsidium.«

Der Rest der Fahrt verlief schweigend.

In Bad Neustadt lag noch Schnee. Hier oben war es immer ein paar Grad kälter. Das Polizeipräsidium sah aus wie ein altes Kasernengebäude. Klobig, einstöckig, massiv. Mit schrägem Dach und Erkern – Kammern müssen das sein, da oben, dachte Behütuns – und einem Glockenturm auf dem Dach. Oder war das ein Ausguck gegen den Feind? Das Türmchen war rundum verglast.

»Die Nürnberger Kollegen?«, wurden sie am Eingang gefragt. »Sie werden schon erwartet. Kommen Sie hier entlang.« Man führte sie in den ersten Stock, in eines der hinteren Zimmer. Wie altes Schulhaus roch es hier. Oder eben so richtig schön nach Landpolizei. Es fehlten nur noch die Ölöfen.

»Schober.« Der Kollege war hemdsärmelig, stand von seinem Schreibtisch auf und gab ihnen die Hand. Draußen wurde es schon wieder dunkel.

»Kommen Sie.« Er führte sie in ein rückwärtiges Zimmer. Am Tisch ein verunsichert wirkender Mann, vielleicht Ende dreißig. Er stand auf, als die Beamten eintraten, bot seine Hand an und stellte sich vor. »Horst Laaber.«

Eineinhalb Stunden später saßen sie wieder im Auto. Es regnete, es war dunkel, und die Sicht beim Überholen war schlecht. Trotzdem fuhr Behütuns schnell. Neue Scheibenwischer bräuchte er einmal wieder. Wenn die Dinger nur nicht immer so teuer wären.

»Hast du Lust auf ein Bier?« Behütuns dachte, sie könnten bei Bamberg abbiegen und beim *Mahr*, beim *Greifenklau* oder der *Spezial* eins trinken. In die warme Wirtschaft setzen ...

Jaczek hatte keine Lust.

»Das machen wir mal im Sommer auf dem *Spezi-Keller*«, sagte er. Und damit war die Idee gestorben. Denn aus dem Sommer würde bestimmt nichts werden. Das war so bei ins Irgendwann verschobenen Sachen. Aber mit einem Griesgram im Wirtshaus sitzen, dazu hatte Behütuns dann auch keine Lust. Und Jaczek wirkte jetzt griesgrämig. Also donnerte er den Frankenschnellweg durch bis Nürnberg. Besser gesagt, bis in den Stau am alten *Quelle*-Turm. Da standen sie dann mit Hunderten anderen und es ging nur im Schritttempo vorwärts, wenn überhaupt.

Behütuns sah auf die Uhr. Halb acht. Und schon seit Stunden dunkel. Der Winter war eine fürchterliche Jahreszeit.

»Ich wäre ja am Kreuz Richtung München abgebogen und dann in Tennenlohe raus und über die B4«, moserte Jaczek.

»Klugscheißer«, frozzelte Behütuns zurück, »Machen wir's halt so.« Nahm sein Blaulicht aus dem Handschuhfach, magnetete es aufs Dach – und wie durch Geisterhand tat sich eine Gasse auf. »Die Polizei im Einsatz. Geht doch!«, lachte er. Jaczek schüttelte nur missbilligend den Kopf.

»Korrektix«, gab Behütuns zurück.

»Genau deswegen hab ich früher die Bullerei immer gehasst.«

»Und ich beneidet, das ist der Unterschied.«

In Gostenhof bog er einmal kurz links ab – untertauchen – nahm in der Bärenschanzstraße das Blaulicht vom Dach und bog dann wieder in die Fürther Straße ein. Sollte doch besser kein Kollege sehen, was er hier für ein Spiel trieb.

Vor dem Präsidium am Jakobsplatz ließ er Jaczek raus.

»Gehst du noch mal hoch?«

»Ich schau noch mal, ja.«

»Ich lass es für heute gut sein. Der Fall scheint mir klar. Bis morgen.«

Jaczek stieg aus.

»Halb neun!«, rief ihm Behütuns hinterher. »Und: pünktlich! Wie immer halt.«

Er wusste, dass das überflüssig war, aber es gehörte zum Ritual. Man nannte Jaczek schon den ›Halberzehner-Peter‹. Bis auf heute, das war eine Ausnahme gewesen. Ein seltener Fall. Die anderen würden ihm das gar nicht glauben.

Behütuns fuhr los. Es war dunkel. Es regnete. Es war kalt. Die Lichter der Stadt spiegelten sich im nassen Asphalt, das Wasser in den Pfützen spritzte. Japaner waren auf den Straßen. Der Christkindlesmarkt. Na ja, in zwei Tagen ist auch das wieder vorbei. Jetzt eine Sauna, dachte er. Dann war er daheim bei seinem Kasten Weizen.

Doch bevor er sich genüsslich eins aufmachen konnte, klingelte das Telefon.

Horst Laaber hatte sich selber der Polizei gestellt. Weil er fürchtete, vielleicht unter Verdacht zu geraten. Er hatte erfahren, dass das Ehepaar verbrannt war. Und wenn man jetzt herausbekäme, dass er dort gewesen war ... Die Geschichte, die er erzählt hatte, ging so: Er war verschuldet und brauchte seinen Job. Das Werk jedoch, in dem er derzeit arbeitete, plante die Schließung und den Umzug nach Tschechien, weil dort die Arbeit günstiger sei. Herr Wegmann aber, den er aus alten Zeiten kenne, sei dort einmal der Chef gewesen. Er habe ihm mit seinen alten Beziehungen auch den Job dort verschafft. Doch jetzt drohe ihm, Laaber, wie vielen anderen auch, die Kündigung. Und die wäre endgültig sein Ruin. Deshalb hatte er ihn besuchen wollen, um ihn zu bitten, ob er nicht etwas tun könne. Ein hilfloser Versuch, das wisse er auch, aber er sehe sonst keine Chance. »Was sollte ich denn tun? Schauen Sie sich doch um hier in Bad Neustadt. Wo soll ich denn hier Arbeit finden?« fragte er deprimiert. Das Haus habe schon gebrannt, als er dort eintraf. Beziehungsweise an der Küchentür hinten stand. Im Wohnzimmer seien gerade die Scheiben geplatzt.

Warum er nicht geholfen habe?

»Ich hatte Angst. Ich war verwirrt. Ich weiß es nicht.«

Warum man ihm das glauben solle?

»Ich weiß es nicht. Ich habe mich ja so geschämt. Um Hilfe bitten ist nicht schön – und erst recht nicht, wenn man immer wieder was braucht.«

Ob er denn gar nicht versucht hätte, ins Haus zu kommen?

»Doch, ja, aber an der Küchentüre hinten habe ich gezögert. Gewartet einen Moment, denn es war niemand drin. Ich sah nur auf der Anrichte Fleisch. Ein Tier. Lamm oder Reh, ein Braten wahrscheinlich, halb zerlegt. Und dann quoll aus dem Wohnzimmer Rauch, unglaublich viel. Dann barsten im Wohnzimmer die Scheiben, und Flammen schlugen heraus – und da ich bin geflüchtet. Ich kann nicht sagen, warum. War wie ein Reflex, nur schnell weg.«

Warum er sein Auto so abseits geparkt hätte, nicht direkt vor das Haus gefahren sei? Warum er sich quasi von hinten angeschlichen habe?

»Ach, wissen Sie, die Nachbarn kennen mich doch alle. Ich wollte nicht, dass man mich sieht. Die hätten doch sofort wieder gewusst: ›Jetzt kommt der Horst und bettelt wieder.‹ Das ist nicht schön. Ich wollte das vermeiden.«

Ja, doch, glaubte Kommissar Behütuns, die Geschichte klang schlüssig. Aber zu banal, um wirklich glaubhaft zu sein. Horst Laaber wurde festgenommen. Mordverdacht. Er hatte ein Motiv: Geldnot. Er war am Tatort gewesen, besaß Ortskenntnis und wirkte nicht sehr glaubhaft. Kommissar Behütuns hatte dennoch Zweifel.

Behütuns nahm das Telefon, drückte die grüne Taste. Jaczek war dran.

»Ich habe Neuigkeiten, Chef.«

»Ja?«

»Verschiedenes. Die Küchentüre hinten zum Garten war abgesperrt, das sagt der Brandbericht. Sie wurde erst zum Löschen aufgebrochen.«

Das wusste er schon. Behütuns schwieg und lauschte.

»Auf der Anrichte in der Küche fand man die verkohlten Reste eines Lammes, halb zerlegt – und jetzt kommt's: Es lag kein Messer dabei. Wie wenn man mitten im Zerlegen unterbrochen worden wäre und mit dem Messer in der Hand ... «

»Oder wie wenn jemand im Vorbeigehen das Messer mitgenommen hätte ... «

»Dann müsste dieser Jemand auch ins Haus gekommen sein. Die Türe aber war versperrt.«

»Vielleicht hat der Laaber ja noch einen Schlüssel?«

Es entstand eine kurze Pause.

»Aber dann ist da noch etwas: Der Rauchgasgehalt in der Lunge der Frau war, so steht es im Abschlussbericht, zu niedrig, als dass er als Todesursache in Betracht kommen könne.«

Behütuns sagte nichts, er dachte nach.

»Komm Jaczek, raus mit der Sprache. Was willst du mir eigentlich sagen?«

»Ich glaube, wir sollten den Mann freilassen.«

»Warum?«

Irgendwie war das typisch Jaczek. Er verurteilte nie jemanden, bevor er nicht wirklich Klarheit hatte. Da war er penibel.

»Kann es nicht so gewesen sein: Die Frau zündet die Lichter an und bekommt einen Schwächeanfall. Das würde die zu geringe Rauchgaskonzentration in ihrer Lunge erklären. Sie fällt und reißt den Baum mit sich. Ihre Lage zum Baum ließe so etwas vermuten. Der Mann hingegen ist gerade in der Küche mit der Vorbereitung des Bratens zu Gange. Er hat das Messer in der Hand, hört den Krawall oder irgendwas und rennt hinüber in das Wohnzimmer. Er stolpert über den Teppich, erinnerst du dich? Der Teppich war doch umgeschlagen. Er strauchelt, fällt, das Messer in der Hand. Doch auf diesen Arm, den rechten, will er nicht fallen. Den hatte er erst gebrochen, erinnerst du dich? Den schützt er unwillkürlich. Also dreht er auch das Messer nicht weg, sondern lässt es fallen. Und stürzt, weil unkontrolliert, doch in das Messer. Inzwischen ist der Baum schon explodiert. Bevor er wieder auf die Beine kommt, um seiner Frau zu helfen, ist er schon ohnmächtig ...«

»... und während der Mann im Wohnzimmer liegt, schaut von draußen unser ›Täter‹ hinein ...«

»So könnte es gewesen sein.«

Behütuns stand in seiner Küche, nahm sich ein Messer aus der Schublade. Und ließ es fallen.

Jaczek hörte das Geräusch. »Das habe ich auch schon gemacht, Chef. Und?«

»Es landet auf dem Griff, nicht auf der Klinge.«

»Kommt auf die Höhe an, aus der es fällt. Und auf den Drall, den es im Fallen kriegt.«

Dann herrschte wieder Schweigen.

»Der Einstich seitlich in der Hüfte ist auch nicht unbedingt eine Stelle, die man wählt, wenn man jemanden umbringen will, oder, Chef?«

»Ja, da müsste man seitlich von unten ...« Er machte mit dem Arm die Bewegung nach. »Wirkt irgendwie unbeholfen ...«

Wieder entstand eine Pause.

»Und jetzt?«, fragte Jaczek.

»Der Mann braucht einen Anwalt.«

»Und einen Gutachter.«

»Einen guten.«

»Doch den Verdacht wird er nicht mehr los ...«

»Nein. Nie mehr.«

Anne Hassel

Die Nacht der vierundzwanzig Schneemänner

16. Dezember

Als ich die Haustüre öffne, ist es bitterkalt und riecht nach Schnee. Schwere, dunkle Wolken hängen am Himmel. Es ist nur noch eine Frage der Zeit, bis sie ihre pulvrige Last zur Erde fallen lassen werden. Laut Wetterbericht noch vor dem Heiligen Abend.

Ich kann es kaum abwarten, denn Schnee gehört für mich ebenso zu den Feiertagen wie Plätzchen, Kerzen, ein Christbaum, Besuch von Familienangehörigen und Geschenke.

Genau deshalb muss ich jetzt auch nochmals in die Stadt. Und so ziehe ich den Mantel enger um mich, schlinge den Schal über Mund und Ohren und laufe los. Kurz vor der Garage begegnet mir Kuno Klasseter, mein Nachbar aus der linken Doppelhaushälfte. Ein unauffälliger Mann um die fünfzig mit glattrasiertem Gesicht und Haaren, die mich an die Frisur von Mecki, dem Igel, erinnern. Genauso wie der Rasen von Kuno. Schneidet ihn wahrscheinlich im Frühling und Sommer mit der Nagelschere. Keinem Grashalm gewährt er die Chance, eine imaginär vorgeschriebene Höhe zu übersteigen.

Auf meinen Grünflächen wachsen Gänseblümchen, Pusteblumen und alles, was schön bunt leuchtet. Kuno sieht das nicht gerne, angeblich würden die Samen meiner Wildpflanzen sich auch bei ihm breit machen.

»Guten Tag!«, sage ich und deute mit dem Kopf nach oben. »Gibt wahrscheinlich Schnee, den Wolken nach.«

Er brummt ein undefinierbares »hmmm«, wobei er mich keines Blickes würdigt.

Entgegen meiner Befürchtung springt mein Auto sofort an und ich quäle mich durch den dichten Verkehr auf der Suche nach einem Parkplatz, nicht weit vom Einkaufszentrum entfernt, in dem ich alles erstehe, was mir noch an Überraschungen für meine Lieben fehlt.

17. Dezember
Meine ältere Schwester ruft an. Sie kommt am ersten Feiertag mit Mann und den drei Kindern zum Mittagessen, sagt sie. Und dass sie sich auf das Familientreffen freut, ebenso wie Tante Gustel und Onkel Jonas. Beide schon uralt, könnte das letzte Weihnachtsfest für sie sein. Seit Jahren bereits.

Ich bestelle eine richtig große, frische Gans auf dem Geflügelmarkt und gehe in Gedanken das viergängige Festtagsessen durch. Schließlich soll niemand hungern.

Weiße Flocken tänzeln am Nachmittag zur Erde. Wie leicht gezuckert präsentiert sich die Landschaft. Alle Bäume, Sträucher und Straßen sind in ein weißes, dünnes Laken gehüllt. Als es dunkel wird und das Schneetreiben dichter, baue ich den ersten Mann aus gefrorenen Kristallen in meinem Garten.

Kuno Klasseter kehrt seinen Gehsteig frei.

18. Dezember
Es schneit immer heftiger. Ich stehe am Fenster und beobachte die zarten Gebilde, die lautlos zur Erde fallen. Faszinierend, dass keine zwei identisch sind. Gehe nach draußen und fertige mit kindlicher Freude weitere weiße Männer. Lasse sie wie die Soldaten der Terrakottaarmee des ersten chinesischen Kaisers in meinem Garten erstehen. Dabei wundere ich mich über den vielen Schnee auf meinem Gehsteig und vor der Garage.

Kuno Klasseter schippt.

Müsste ich auch, laut Verordnung der Stadt, erklärt er mir mürrisch, bevor er sich in seine Doppelhaushälfte zurückzieht. Wenn sich jemand den Hals bräche, würde sich die Versicherung an mir schadlos halten. Ob ich das wolle, fragt er mich.

19. Dezember

Am nächsten Morgen weckt mich lange vor Sonnenaufgang ein schabendes Geräusch. Exakt um 7.00 Uhr beginnt mein Nachbar mit dem Beseitigen der weißen Massen. Eine unchristliche Zeit, zumal wenn man wie ich gerne lange schläft. Normalerweise erlaube ich mir das auch, denn mein Beruf lässt mir den nötigen Freiraum. Doch an Weiterschlafen ist bei dem Lärm nicht zu denken, obwohl ich mich von einer Seite auf die andere wälze und die Decke über die Ohren ziehe. Ich höre ihn trotzdem.

Als ich Stunden später nach draußen komme, fallen mir wieder die Unmengen Schnee auf meiner Seite auf. Es dauert sehr lange, bis ich alles freigeschaufelt habe. Wohl oder übel muss ich es tun, denn ich besitze keine Haftpflichtversicherung. Und das Risiko, für einen eventuellen Unfall selbst aufzukommen, möchte ich doch nicht eingehen.

Meine Armee wächst – nun sind es schon dreizehn weiße Männer.

20. Dezember

Das gleiche Bild an diesem Morgen wie die Tage zuvor. Kuno Klasseters Wege sind lupenrein sauber, auf meinen türmen sich Berge. Auf einmal begreife ich – er entsorgt seinen Schnee bei mir! Als ich ihn zur Rede stellen will, verschwindet er schnell in seiner Doppelhaushälfte.

Langsam reicht es mir!

Der vierzehnte Schneemann erhält einen nach unten gezogenen Mundwinkel.

Irgendwie gleicht er Kuno.

21. Dezember

Ich habe mir den Wecker auf eine viertel Stunde vor 7.00 Uhr gestellt. Springe beim ersten Läuten mit einem Satz aus dem Bett, ziehe Hose, Pullover und Mantel über und renne nach draußen. Hinaus in die Kälte, die Winterlandschaft. Mit dem Ende des siebten Glockenschlages öffnet sich Kunos Haustüre. Ein Hut verdeckt den Mecki-Haarschnitt. Kuno streckt sich, greift nach der Schaufel, entdeckt mich. Sein enttäuschtes Gesicht werde ich nie vergessen.

Irgendwie aber finde ich den Schnee nun langsam nicht mehr so prickelnd. Er wird mir lästig. Außerdem bin ich müde, und von der ungewohnten körperlichen Tätigkeit schmerzen alle meine Glieder. Als ich endlich ins Haus zurückhumple, sehe ich Kuno den Schnee auf die Straße transportieren.

22. Dezember

Der Postbote klingelt. Er überreicht mir ein Päckchen von meiner Freundin Gisela und jede Menge Weihnachtsgrüße. Von mir erhält er eine Schachtel Pralinen. Ich muss nun keine Angst haben, dass er stürzt oder ausrutscht und sich verletzt. Der Gehweg vor dem Haus, der Aufgang hinauf und der Platz vor der Garage, alles ist schneefrei. Wenn der Mann trotzdem fallen würde, wäre das seine eigene Schuld, nicht meine.

Als ich mich im Spiegel betrachte, entdecke ich dunkle Ringe unter den Augen. Mir fehlen etliche Stunden Schlaf! Ich träumte in der Nacht von so hohen weißen Bergen, dass ich meine Haustüre nicht mehr öffnen konnte. Gefangen in der Doppelhaushälfte.

Eingesperrt durch Kuno Klasseter.

Glücklicherweise war es nur ein Traum.

Mein Nachbar erschien heute Morgen auch ein wenig früher, doch nicht früh genug. Es erinnerte mich an das Spiel von Hase und Igel, doch ich unterließ es, ihm zuzurufen: »Ich bin schon da!«

Im Radio läuft »I'm dreaming of a white Christmas«. Ich überlege, ob ich das überhaupt noch möchte, weiße Weihnacht. Sicher bin ich mir da nicht mehr. Der Schnee gleicht beinahe schon einem Albtraum.

Den Platz am Fenster verlasse ich inzwischen nur noch, um zu kochen, zu essen, zur Toilette zu gehen und zu schlafen. Sobald auch nur die ersten winzigen Flocken vom Himmel fallen, schnappe ich mir den Besen und kehre sie fort.

Trotzdem reicht die weiße Pracht der Nacht wieder für vier neue Schneemänner.

23. Dezember

Heute treten Kuno und ich gleichzeitig aus dem Haus. Exakt um 6.45 Uhr.

Er sagt nichts zu mir, erwidert nicht einmal mein »Guten Morgen.«

Meine Schneemänner werden immer mehr. Jetzt habe ich schon achtzehn. Sie sehen richtig toll aus. Kuno sollte auch welche bauen, täte ihm bestimmt gut. Mich jedenfalls lenkt es ab.

Draußen sieht es heute nicht ganz so trübe aus wie die Tage zuvor. Ich beschließe, noch ein paar Plätzchen zu backen. Die Kinder meiner Schwester essen Selbstgemachtes sehr gerne. Am liebsten mag die Kleinste Spritzgebäck. Das geht schnell, und ich könnte die Arbeit daran unterbrechen, falls es nötig sein sollte. Vorsichtshalber rücke ich mir den Tisch in der Küche vor das Fenster, damit ich genau sehe, was außerhalb vor sich geht. Wann ich ins Freie eilen muss.

Doch es passiert nichts – keine Schneeflocke verlässt eine Wolke, und das erste Mal seit Tagen fühle ich mich nicht so schrecklich gehetzt.

In Ruhe vergrößere ich meine Armee auf dreiundzwanzig Mann.

24. Dezember

Heiligabend. Für mich der schönste Tag des Jahres. Ich liebe diese Stimmung, die Erwartung an die kommenden Stunden, die etwas Besonderes sind. Und den Moment, in dem die Hektik des Morgens einer unwahrscheinlichen Ruhe weicht, sobald die Dunkelheit Einzug hält.

Der frühe Morgen fordert erneut meine Aktivität, er zeigt sich mit weißer Landschaft. Also wieder mit den Hühnern aufstehen, anziehen, nach draußen eilen. Schippen.

Kuno ebenso.

Danach beschließe ich, nur noch »weihnachtsselig« zu sein, ein Wort, das meine kleinen Nichten sich ausgedacht haben. Trotz aller Widrigkeiten.

Nur noch genießen. Nicht mehr ärgern lassen. Nicht vom Schnee. Nicht von Kuno.

Ich singe mit den Interpreten im Radio um die Wette, nicht schön, aber laut. Schmücke den Christbaum mit roten Kerzen, roten, glitzernden Kugeln, rotem Lametta und roten Sternen. Bin berauscht von dem Anblick, als ich ein paar Schritte zurücktrete und ihn mir ansehe.

Da fällt mir plötzlich die bestellte Weihnachtsgans ein. Fast hätte ich vergessen, sie beim Geflügelmarkt in der Nachbargemeinde abzuholen. Ein Blick aus dem Fenster – alles ist klar und hell, genau wie meine Gehwege. Also nichts wie los!

Mein Auto ist abermals anständig, es weiß, was es mir am Heiligen Abend schuldig ist. Ich bin die letzte Kundin, die Verkäuferin hat schon auf mich gewartet.

Als ich mich mit der Gans im Kofferraum wieder auf den Heimweg begeben möchte, klopft Käthchen, eine sehr gute Bekannte, an die Scheibe meines Autos.

»Dass ich dich mal wieder sehe!«, sagt sie und freut sich.

Ich ebenfalls, denn wir kennen uns seit Kindertagen. Erst erzählen wir auf dem Parkplatz, dann schlägt sie vor, ich solle doch kurz mit zu ihr kommen. Auch sie ist heute allein, warum also nicht?

Dem Kaffee folgt Wein. Der Alkohol und meine Weihnachtsseligkeit lassen mich schweben. Es dunkelt bereits, als ich mich auf den Nachhauseweg begebe.

Und es schneit heftig. Sehr heftig!

Der weiße Belag auf der Straße erschwert mir zwar das Fahren, stört mich aber trotzdem nicht. Ich fühle mich beschwingt und habe keine Lust, mich dem Zwang zum Schneeräumen heute noch einmal zu unterwerfen.

Vergeblich versuche ich den Stern von Bethlehem am Himmel zu entdecken, ein unsinniges Unterfangen, da dicke Flocken den Blick versperren.

Je näher ich meiner Doppelhaushälfte komme, desto deutlicher vernehme ich es – dieses unangenehme Geräusch. Dieses Schaben, das mich schon bis in meine Träume verfolgt.

Kuno schippt.

Sein Gehweg ist fast vom Schnee befreit, Schnee, der sich jetzt auf meinem Grundstück türmt. Vor allem vor meiner Garage, sodass ich nicht hineinfahren kann. Ich stelle meinen Wagen am Straßenrand ab. In Gedanken sehe ich Leute stolpern, stürzen, sich Beine und Arme brechen. Höre bereits die Sirene des Roten Kreuzes.

Und das alles wegen Kuno, der es darauf anlegt, mir das Leben zu erschweren. Der mich nicht leiden kann. Dessen Handeln eine bodenlose Frechheit ist!

So schnell ich kann, haste ich aus dem Auto.

»He! Sie! Was fällt Ihnen ein?«, schreie ich und ziehe meinen Nachbarn von hinten an der Jacke.

Er dreht sich um. Erstaunen im Gesicht. Erstaunen, das langsam einem unverschämten Grinsen weicht.

»Na und? Wo soll ich denn hin mit all dem Zeug?«, fragt er, und das Grinsen wird breiter.

Da verschwindet auf einmal meine Wein- und Weihnachtsseligkeit. Sie machen grenzenloser Wut Platz. Wie kann er es wagen!

Ich greife nach der Schaufel, die mir Kuno überrascht widerstandslos überlässt, und schlage zu.

Nur ein Mal, aber das reicht.

Kuno liegt am Boden.

Ich ziehe ihn in den Garten, dorthin, wo es den meisten Schnee gibt und meine Armee Aufstellung genommen hat. Dann packe ich meinen Nachbarn ein, modelliere so lange, bis er den stummen Zeugen meiner Tat gleicht. Der Versuchung, ihm einen Hut aufzusetzen, widerstehe ich.

Endlich Ruhe.

Nun wird er den restlichen Winter friedlich mit ihnen verbringen, und ich hoffe, dass Schnee und Eis bleiben und er lange nicht zum Vorschein kommt.

Was ich mit dem Innersten des letzten Schneemanns anfangen werde, wenn es taut?

Ich weiß es nicht und hoffe, es bleibt mir noch genügend Zeit, darüber nachzudenken. Laut Wetterbericht hält eine Kaltfront unser Land fest im Griff.

Morgen früh allerdings werde ich ausschlafen – das erste Mal seit vielen Tagen.

Thomas Kastura

Fest der Liebe

Kommissar Küps sah sich um. »Hübsch hier. Stimmungsvoll.«

Brandeisen wies auf einen Sessel aus abwaschbarem Lackleder. »Und pflegeleicht.«

Die Wände des Zimmers waren zinnoberrot, ebenso Jalousien, Teppich, Spannlaken, Kissen, Tücher. Über dem Kopfende des Doppelbetts hing ein riesiger Spiegel, der alles reflektierte, was sich auf der Matratze normalerweise so abspielte. Der Rahmen war ausladend und verschnörkelt. Küps schien sich für den Goldüberzug zu interessieren.

»Nehmen Sie ein paar Einrichtungsideen nach Hause mit«, schlug der Staatsanwalt vor. »Die Frau Gemahlin wird begeistert sein.«

»Was wissen denn Sie schon?«, brummte Küps. Er hielt den Staatsanwalt für den steifärschigsten Single, der ihm je begegnet war. Für Typen wie Brandeisen war das Wort »Junggeselle« überhaupt erst erfunden worden. Viele von denen liefen nicht mehr frei herum.

»Rot, die Farbe der Leidenschaft. Wie haben Sie Ihr Schlafzimmer gestrichen?«

In fränkischem Beige, dachte der Kommissar, auf Raufaser. Aber er sagte nichts und betrachtete wieder die Leiche.

Stadtrat Dössel lag in einer runden Badewanne in einem gefliesten Bereich, direkt dem Bett gegenüber. Eine Menge Wasser war über den Rand geschwappt, obwohl Dössels massiger Körper die Wanne fast gänzlich ausfüllte. Seine toten Augen waren weit aufgerissen, die Gesichtszüge zu einem schiefen Lächeln erstarrt. Er sah ein bisschen aus wie ein Walross, das zu viel Ecstasy erwischt hat.

»Herzinfarkt, sagt der Gerichtsmediziner.« Küps seufzte. »Trotzdem ein schöner Tod. Irgendwie.«

»Die Frau, die ihm sein letztes Stündlein versüßt hat, behauptet das gleiche.« Brandeisen warf einen Blick in sein Notizbuch. »Sie wartet draußen. Fiona Felucci. Scheint Italienerin zu sein.«

»Das ist ein Künstlername.« Der Kommissar rollte mit den Augen.

»War bestimmt ein Schock für das arme Ding.«

»Berufsrisiko.«

»Etwas mehr Feingefühl, bitte.«

»Wir sind hier nicht in einer Therapiegruppe, Herr Staatsanwalt, sondern in Frankens größtem Puff.«

»Sie waren vermutlich ganz scharf darauf, dieses Etablissement von innen zu sehen.«

»Den Eintritt kann ich mir jedenfalls nicht leisten. 65 Euro, Bier extra. Das ist mehr was für Ihre Gehaltsgruppe.«

»Das Zielpublikum soll eben eine gewisse Klasse haben.«

Brandeisen war gegen seinen Willen beeindruckt von dem funkelnagelneuen Bamberger Bordell. Saunalandschaft, Wellnesszone, Kino. Ein riesiger »Clubraum« mit schweren Sofas und Tanzflächen für diverse Darbietungen, alles betont luxuriös, geradezu stilvoll. Die Lokalpresse überschlug sich vor Superlativen und blumigen PR-Floskeln, delirierte von »Genüssen wie aus dem Morgenland« – politisch nicht ganz korrekt, aber wer hatte je davon gehört, dass Islamisten ein Hurenhaus in die Luft jagten?

Endlich ein Hauch von großer weiter Welt in dem 70.000-Seelen-Städtchen. Bamberg verglich sich gern mit Metropolen wie London und New York, wegen der Symphoniker, auch der Staatsanwalt liebte klassische Musik. Ein vorzeigbarer Puff mit zwanzig Nutten hieß so viel wie: Wir gehören dazu, wir spielen mit im internationalen Konzert – so was haben nicht mal die Pfeffersäcke in Nürnberg. Die zahlreichen Separees waren mit den besten Materialien ausgestattet. Es gab sogar eine SM-Folterhöhle und einen weiß gefliesten Raum für Doktorspiele. Soll da noch einer sagen, Bamberg lebe hinter dem Mond! Nein, man war am Puls der Zeit – auch wenn er wie bei Stadtrat Dössel im Belastungsfall versagte.

Küps sah das anders. Große, weite *Halb*welt, und die Politiker natürlich mittendrin, wie die Fische im Wasser.

Er zog Schutzhandschuhe über und untersuchte Dössels Klamotten, die auf dem Lackledersessel lagen. »Sehen Sie sich das an! Hat der hier Nikolaus gespielt?«

Ein roter Bademantel mit weißem Fellbesatz. Küps fand noch einen falschen Rauschebart und hielt ihn hoch. »Morgen ist Heiliger Abend. Passend, oder?«

»Ich möchte ja nicht pingelig sein, aber ein Kostüm dieser Machart wird von dem Weihnachtsmann getragen, der bekanntermaßen eine Erfindung des *Coca-Cola*-Konzerns ist. Der heilige Nikolaus hingegen war ein Bischof –«

»Mit Erektionsproblemen.« Küps förderte eine Tablettenpackung zutage und öffnete sie. »Viagra. Gerade erst angebrochen. Drei Pillen fehlen.«

»Und?«

»Wenn ich mir Dössel so anschaue, hat der alle auf einmal eingeworfen. Fürs Herz ist das gar nicht gut.«

Brandeisen musterte den schlaffen Körper und räusperte sich. »Müsste die Wirkung nicht über den Tod hinaus andauern? Ich meine, in anatomischer Hinsicht würde man bei dem Stadtrat nicht auf den Gedanken kommen, dass er der Natur auf die Sprünge geholfen hat.«

»Ohne Anreiz kein Ständer, selbst mit Viagra.«

»Woher wissen Sie das so genau?«

»Man muss auf dem Laufenden bleiben«, wich Küps aus. »Nach einer Obduktion wüssten wir mehr. Aber dafür kriegen wir keine Genehmigung. Dössel hat das Zeug ja wohl freiwillig geschluckt.« Es war fünf Uhr morgens, er brauchte dringend einen Kaffee.

»Lassen Sie uns diese schmuddelige Angelegenheit so schnell wie möglich beenden«, sagte Brandeisen.

»An mir soll's nicht liegen.«

Als sie das Separee verließen, stürmte ein Team der Spurensicherung an ihnen vorbei, wie Kinder, nachdem das Christkind dagewesen ist und mit dem Glöckchen gebimmelt hat. Küps war gespannt, ob die jungen Kollegen auch wirklich alles fanden, was für die Lösung des Falles relevant war.

Der Clubraum, der auch Kontaktbereich genannt wurde, war weitgehend leer, so hatte es der Kommissar bei seiner Ankunft angeordnet. Zwei uniformierte Polizisten standen an der Eingangstür. Ein Barmann polierte Gläser und unterhielt sich mit Fiona Felucci, die auf einem Hocker am Tresen saß. Der Geschäftsführer des Bordells hielt sich im Hintergrund und wartete ab. Sein Laden war um diese Zeit ohnehin geschlossen, die Vorweihnachtszeit hatte einen fetten Gewinn in die Kasse gespült. Über die Feiertage bekamen die Mädchen frei, da blieb die Kundschaft lieber unter der Nordmanntanne im Familienkreis. Freundlicherweise hatte die Polizei ihre Fahrzeuge auf den Parkplätzen im Innenhof abgestellt.

Um einen Couchtisch herum saßen die drei Stadträte, mit denen Dössel hergekommen war. Der Kommissar bedankte sich für ihre Geduld und trank seinen Kaffee im Stehen. Es werde nicht lange dauern, der Fall sei mehr oder weniger eindeutig, Herzversagen, reine Formsache, ein paar Aussagen, und das war's.

Um einen Anwalt hatte keiner der drei gebeten. Was daran lag, dass die Kerle allesamt Anwälte waren. Sie repräsentierten die stärksten Parteien in Bamberg: Dr. Gierlak (CSU), Birkig (SPD) und Florea (Grüne). Dössel, von Beruf Unternehmensberater, gehörte einer Freien Wählergruppe an.

Wie sich herausstellte, hatten sie nach den alkoholreichen Weihnachtsfeiern ihrer jeweiligen Fraktionen Lust auf ein wenig Abwechslung gehabt. Dass sie im Puff gelandet waren, sei Dössels Idee gewesen, erklärten sie übereinstimmend. Man kenne sich schon lange, über die Parteigrenzen hinweg, treffe sich regelmäßig zu einer Schafkopfrunde. Unnötig zu erwähnen, dass der Kommissar ihre Anwesenheit an diesem Ort nach Möglichkeit mit der gebotenen Diskretion usw. usf.

»Sicher«, wiegelte Küps ab. »Sagen Sie mal, stimmt es, dass Dössel ein heißer Kandidat für ein Landtagsmandat war?«

»Liegt im Bereich des Möglichen.« Birkig spähte über seine randlose Brille hinweg. Es war ein offenes Geheimnis, dass er seine Haare färbte und Schuhe mit speziellen Einlagen trug, um größer zu wirken. Mit unbestimmten Anwaltsfloskeln konnte er immer dienen.

»Wenn der Hund net gschissen hätt, hätt er'n Hasen kricht!«, lallte Dr. Gierlak. Er schwitzte in seinen schlecht geschnittenen Anzug hinein, die nichtssagende Krawatte hing auf Halbmast. Mit einem Weißbier verdünnte er den Punsch und die zahlreichen Zwetschger in seiner Blutbahn. »Ich glaub ja nicht, dass die Freien Wähler überhaupt die Fünf-Prozent-Hürde packen. Die CSU ist wieder schwer im Kommen.«

Was wohl kaum für Gierlak selber galt, dachte Küps. Landtagsmandat. Für so einen Posten kamen diese Grasnarbenpolitiker, die sich mehr schlecht als recht auf ihren mittleren Listenplätzen hielten, eher nicht in Frage.

»Dössel war ehrgeizig, der hätte das geschafft«, ließ sich der junge Florea vernehmen. Er war seit seiner Studentenzeit bei den Grünen, nicht aus Überzeugung, sondern weil seine damalige Freundin ihn dazu gedrängt hatte. Warum er ausgerechnet Anwalt geworden war, wusste er bis heute nicht. Gierlak und Birkig schoben ihm hin und wieder ein paar Mandanten zu, und Schafkopf spielte Florea für sein Leben gern. Momentan sehnte er sich nach einer Haschzigarette, ließ die Dinger aber in seinem Cordjackett stecken.

»Geben Sie uns noch ein paar Minuten«, sagte Küps und ließ die drei Rechtsverdreher weiter schmoren.

An der Bar kam Brandeisen mit der Dame vom Gewerbe ins Gespräch. Er schätzte sie auf Anfang dreißig. Fiona Felucci war unter ihrer Sonnenstudiobräune so fränkisch wie ein Schäuferla und hieß eigentlich Karin Gundlitz. Der Ausschnitt ihrer Bluse machte der Sieben-Hügel-Stadt alle Ehre.

»Ich kann do fei nix dazu, Herr Staatsanwalt«, verteidigte sie sich. »Der Dössel hat sich britschabraat nei die Wanna gleecht. Etzertla spielst a mol U-Boot, hat er gsacht. Und dann war er blötzlich hie.«

»Tot?«

»Hie. Gabudd. Beim Daifl.«

»Da haben Sie sich bestimmt sehr erschrocken.«

»A bissla hat's scho gedauert, bis ich des gmerkt hab. Ich dreh ja kei Däumla, ich mach was für mei Geld.«

»Das wird wohl von Ihnen erwartet.«

»Aber so was is mir noch nie bassiert.« Sie schüttelte den Kopf. »Kurz vorm Häusla verreggd, wie beim Mensch-ärcher-dich-net.«

Karin Gundlitz war offenbar schwer zu erschüttern, dachte Brandeisen. »Es war ein Unfall«, stellte er klar. »Wir gehen davon aus, dass der Herr Stadtrat zu viel Viagra genommen hat.«

»Fiagra?«, brauste sie auf und hieb auf den Bartresen. »Wenn ich des gwusst hätt, wär mir die Blunzn net neis Sebarree komma!«

Der Staatsanwalt übersetzte im Geiste. »Ist es nicht gang und gäbe, vor solchen ... Betätigungen potenzsteigernde Mittel zu nehmen?«

»Bei mir hat des noch kanner nötich ghabt! Da kannst den Birkig und den Gierlak fragen. Die zwa Kaschber hab ich dauernd in der Kur, wenn die beim Stammtisch warn und gsoffn ham.«

»Aha, die beiden kennen also Ihre Fähigkeiten.«

»Brauchst fräng.«

»Und Dössel?«, fragte Brandeisen.

»Der is nur manchmal zum Guggn do. Im Glubbraum.«

»War er heute zum ersten Mal bei Ihnen?«

»Zeit is worn!«

»Konnten Sie ihm erfolgreich zu Diensten sein?«

»Drückst du dich immer so gschwolln aus?«

»Gerichtsfest, meine Liebe, gerichtsfest.« Der Blick des Staatsanwalts blieb an der Hügellandschaft hängen. »Nun gut«, versuchte er es, »wir müssen wissen, unter welchem Belastungsgrad Dössel stand.«

Offenbar fühlte sich Karin Gundlitz in ihrer Berufsehre gekränkt. Sie zupfte ihre Silikonpolster zurecht, registrierte, wie Brandeisen die Luft wegblieb, und beruhigte sich allmählich. »Von dem Fiagra hab ich nix gmerkt. Des dauert ja, bis des wirkt, a Stund oder so. Geloffn is also nur ... aweng, ich hab do so mei Driggsla. Aber zugschmarrt hat der mich, in einer Dour! Der konnt sei Waffel net halten, und an Saiä hat er ja eh scho ghabt. Dass er bald auf München fährt und anner von die Großkopferten werd, nach der nächsten Wahl.«

»Anstrengend, nicht wahr?«

Sie deutete auf ihre Ohren. »Des geht do nei und do wieder raus. Die Männer müssen sich halt broduziern.«

»Wem sagen Sie das?«

»Gell, des kennst du auch?«, fragte sie überrascht.

»Sie glauben nicht, was ich zu hören kriege, wenn ich einen dieser hohen Herren auch nur vorladen will, sagen wir als Zeugen wegen irgendeiner Bagatelle. Dann plustern die sich auf wie die Gockel auf dem Misthaufen. Nur, über ihren Misthaufen schauen die nicht hinaus, die kennen ja nichts anderes.« Brandeisen atmete durch. »Für die sind wir entweder nützlich oder lästig, Sie und ich, wir alle.«

Karin Gundlitz schenkte dem Staatsanwalt einen langen Blick. »Etzert gfällt mer, wiesd redst.«

Küps hatte inzwischen den Geschäftsführer und den Barkeeper ins Verhör genommen. Zunächst wusste keiner von beiden, was der Kommissar mit den unscheinbaren Löchern im Spiegelrahmen meinte. Küps ging mit ihnen ins Separee und zeigte ihnen die entsprechenden Stellen – die Leute von der Spurensicherung hatten sie natürlich übersehen.

Es waren Kameraobjektive. Die alles aufnahmen, was sich auf Matratze, Sessel oder in der Badewanne zutrug.

»Ach das! Reine Sicherheitsmaßnahme«, sagte der Geschäftsführer.

»Wo werden die Videoaufzeichnungen gespeichert?«

»In meinem Büro.«

»Das würde ich mir gern anschauen.« Küps bedeutete dem Mann voranzugehen.

»Und was soll ich dabei?«, fragte der Barkeeper.

»Können Sie sich das nicht denken?«

Der Kommissar hatte die Belegschaft des neuen Bordells schon vor einigen Monaten routinemäßig überprüft. Der Barkeeper war ihm dabei besonders aufgefallen. Im Zusammenhang mit einer Erpressungsgeschichte in Berlin, die zwei Jahre zurücklag. Der Mann hatte damit gedroht, kompromittierende Sexbilder eines Bundesministers an die Opposition zu verhökern. Es kam – seltsam genug – zur Anzeige. Der Fall gelangte nicht an die Öffentlichkeit, machte jedoch polizeiintern die Runde. Man spekulierte darüber, wie oft der Barkeeper diese Nummer schon erfolgreich durchgezogen haben mochte. Bei welchen Prominenten hatte er wohl heimlich abkassiert, ohne dass etwas nach außen gedrungen war?

Küps hatte den Mann im Verdacht, dass er seinen Nebenerwerb in Bamberg wieder aufnahm. Gelegenheit macht Diebe.

Ob er mit dem Geschäftsführer unter einer Decke steckte, war schwer zu sagen. Im Büro redete der Kommissar mit den beiden Klartext. Sie stritten alles ab.

»Was wollen Sie?«, regte sich der Barkeeper auf. »Der Stadtrat ist tot. Wie lässt er sich da noch erpressen?«

Er hatte recht. Das Video von Dössel zeigte zwar genug, um den Landtagskandidaten gehörig in die Bredouille zu bringen.

Aber er war unverheiratet, und einer Leiche konnte man kein Geld aus der Tasche ziehen.

Trotzdem hatte Küps das Gefühl, dass an dieser Sache irgendetwas faul war. Er beriet sich mit Brandeisen. Im Separee tauschten sie aus, was sie bislang in Erfahrung gebracht hatten. Langsam zeichnete sich ein Szenario ab.

Für eine Anklage reichte es vermutlich nicht. Doch wenn diesen staubigen Brüdern schon nicht mit dem Gesetz beizukommen war, sollte man ihnen wenigstens die Wahrheit um die Ohren hauen, das waren sie nicht gewohnt. Küps hatte keine Probleme, sich mit den drei Stadträten anzulegen – Puffräte traf es wohl besser. Und er liebte es, Brandeisen dabei zu beobachten, wie er Betriebstemperatur erreichte.

Der Staatsanwalt betrat mit forschem Schritt den Clubraum.

Dr. Gierlak war eingenickt.

Florea wedelte den Rauch seiner Selbstgedrehten beiseite.

Birkig sah auf seine Armbanduhr. »Sind wir jetzt endlich fertig? Wie lange dauert das denn noch?«

»Silentium«, fertigte ihn Brandeisen ab. »Der Fall ist gelöst.«

»So?«, fragte Birkig gedehnt.

Küps legte die Viagra-Packung auf den Tisch und zog den Blister heraus, in dem drei Tabletten fehlten.

»Fangen wir bei dem Kiffer an.« Brandeisen nahm Florea ins Visier, der wie ein Pennäler auf seinem Stuhl zusammensank und seinen Joint in der hohlen Hand verbarg. »Würde mich nicht wundern, wenn wir Ihre Fingerabdrücke auf dieser Schachtel fänden. Ihre Lebensgefährtin ist doch Apothekerin. Da bedient man sich schon mal aus den Regalen, wie?«

»Häh?«, brachte der halbherzige Grüne nach einigem Zögern hervor.

»Sie haben Dössel mit Viagra versorgt. Damit er auch sicher seinen Mann steht, am besten in Großaufnahme. Allerdings hat er gleich drei Pillen genommen, nach dem Motto: viel hilft viel. Das konnten Sie nicht ahnen.«

»So blöd ist ja auch niemand«, sagte Florea lahm.

»Was wäre passiert, wenn alles wie am Schnürchen geklappt hätte?«, fuhr Brandeisen fort. »Ich will es Ihnen sagen. Der Barkeeper hätte dem Kollegen Birkig das Sexvideo von Dössel gegeben, das mit versteckter Kamera aufgenommen wurde.« Er wandte sich dem Sozialdemokraten zu, dem seine Partei stets ein wenig peinlich war. »Und Sie hätten das Video *TV Oberfranken* zugespielt, dort gelten Sie als zuverlässige Quelle. Und wir hätten Dössel grob gepixelt in den Abendnachrichten bewundern können.«

Birkig lächelte, er fühlte sich allen Ernstes geschmeichelt. »Und weiter?«

»Doktor Gierlak hier«, Brandeisen rüttelte den CSU-Mann wach, »Doktor Gierlak hätte sich im *Fränkischen Tag* wortreich entrüstet. Dössel dürfe unter keinen Umständen in den Landtag einziehen –.«

Gierlak schreckte hoch. »Eine Schande, jawohl!«, brabbelte er. »Der Dössel ist untragbar für jeden aufrechten Bayern, äh, Franken. Das gehört sich nicht, in so einer Lasterhöhle zu verkehren! Wenn unser hochverehrter ehemaliger Ministerpräsident Doktor Edmund Stoiber so einen Sittenverfall noch ...« Er musste aufstoßen und wurde von einem schlimmen Schluckauf geschüttelt. Offenbar hatte er seinen Sermon schon einstudiert.

Birkig schloss die Augen. Womit hatte er solche Komplizen verdient?

Jetzt schaltete sich Küps ein. »Dössel wäre politisch tot gewesen, München ade.«

»Und das Motiv?«, fragte Birkig.

»Blanker Neid. Sie haben ihm die Butter auf dem Brot nicht gegönnt, Sie alle drei. Landtagsmandat, das heißt: eigenes Dienstzimmer im Maximilianeum, Sekretärin, üppiges Salär, bei Wiederwahl Pensionsanspruch. Nicht zu vergessen die kostenlosen Bahnfahrten. Für Sie liegt das in weiter Ferne. Also sollte es auch Dössel nicht kriegen.«

Birkig erhob sich. »Eine interessante Geschichte. Aber Sie können nichts davon beweisen. Und selbst wenn: Es wäre nicht strafbar.«

»Verschwinden Sie«, sagte Brandeisen.

Florea half Gierlak hoch, sie wankten zur Tür. »Frohe Weihnachten, meine Herren«, rief Birkig im Hinausgehen.

Küps genehmigte sich ein frühes Bier, er zapfte es selber. Brandeisen trank ein saures Radler mit. Bis auf Karin Gundlitz, die am Tresen Sudokus löste, hatten sich alle verzogen. Sogar die Streifenbullen waren schon auf dem Weg in ihre Betten.

»Drauf geschissen«, stieß der Kommissar hervor.

»Wenigstens wissen die Kerle, dass wir sie durchschaut haben.«

»Ist denen doch wurscht.«

»Wir haben die Wahrheit ans Licht gebracht«, tröstete ihn Brandeisen.

Küps lachte hohl. »In der Zeitung wird von Dössels tragischem Ableben die Rede sein. Viel für die Stadt getan, nach einer Weihnachtsfeier das Zeitliche gesegnet. Wahrscheinlich zeichnet ihn der OB posthum mit der Bürgermedaille aus.« Ein diabolischer Zug schlich sich in sein Gesicht. »Es sei denn, wir spielen Knecht Ruprecht und stecken die Story einem Verlag.«

»De mortuis nil nisi bene.«

»Sie mich auch.« Der Kommissar trank in einem Zug aus und wünschte dem Staatsanwalt schöne Feiertage. Er hatte schon gemerkt, dass sich Brandeisen krampfhaft an seinem Radler festhielt, und wollte nicht weiter stören.

»Grüße an die Frau Gemahlin. Seien Sie leise beim Heimkommen.«

»Die schläft wie ein Stein.« Küps tastete nach dem Autoschlüssel.

»Noch nicht müde?«, fragte Brandeisen.

»Ach woher.« Karin Gundlitz verkniff sich die übliche Augenklimperei und die Hand auf dem Oberschenkel. Sie hatte Feierabend und wollte Brandeisen nicht allzusehr in Verlegenheit bringen. Inzwischen trug sie eine Strickweste. Die Hügel drängten trotzdem heraus. »Was machst'n heut Abend, Schätzla?«

»Am Fest der Liebe?«

»Wenn's nur so wär«, sagte sie nachdenklich.

»Da höre ich bei mir zu Hause das Weihnachtsoratorium von Bach. In der Aufnahme von John Eliot Gardiner, wie jedes Jahr.«

»Musik?«

»So ungefähr.«

»Musik is nie verkehrt. Aber ganz allein ...«

»Die treue Hilda, eine dänische Dogge, hört mit. Leider ist sie schon ausgestopft.«

»Brauchst vielleicht aweng Gsellschaft?« Karins Frage klang ein bisschen traurig, gar nicht nach unmoralischem Angebot. So war es auch nicht gemeint. Sie tat sich schwer, die richtigen Worte zu finden.

Brandeisen spürte ihre Unsicherheit. Er war zwar nicht vertraut mit solchen Situationen, doch wer an die Tür der Herberge klopft ...

Schließlich fasste er sich ein Herz und vollführte eine kleine Verbeugung. »Es wäre mir ein Vergnügen, Ihr Gastgeber zu sein.«

Ihre Augen hellten sich auf. »Fei echt?«

»Fei echt.« Er überlegte. »Das U-Boot lassen wir lieber weg, wenn es Ihnen nichts ausmacht.«

»Kein Thema.« Karin passte ihre Aussprache an.

»Einen Baum müsste ich allerdings noch besorgen«, fiel ihm ein. »Jetzt ist bestimmt keiner mehr aufzutreiben.«

»Und hinter Waizendorf? Im Wald?«

»Mal sehen, ob ich im Keller eine Säge finde.« Brandeisen

stand von seinem Barhocker auf. »Kommen Sie gleich mit? Mein Wagen steht vor der Tür.«

Sie sah an sich herab. »Soll ich was anderes anziehn?«

»Nur keine Umstände.«

Tessa Korber

Der Pelzmärtelmörder

Martin zog die Schultern hoch. Es wehte ein kalter Wind durch die Straßen der Innenstadt. Hier und da sah man Kinder mit Laternen, die aber noch nicht entzündet waren. Irgendwo würden sie sich sammeln und singen, erinnerte er sich. Und die Kerzenflammen würden gegen den Luftzug ankämpfen. Er wandte den Blick ab und ging weiter.

Ab und zu blieb er an einem Schaufenster stehen und betrachtete die Auslagen. Noch war genügend Zeit bis Weihnachten; es würde ihm schon noch etwas für Klara einfallen. Vor einem Spielwarengeschäft blieb er länger stehen. Er starrte und starrte, schließlich erwachte er wie ein Schläfer. Es tat noch immer weh, stellte er fest. Aber die Kälte half; sie tötete den Schmerz.

Langsam ging er weiter, ohne rechtes Ziel. Im Büro erwarteten sie ihn nicht vor dem Mittag, wenn die Besprechung mit dem Bauträger anstand. Er könnte noch in ein Caféhaus gehen; die besten seiner Einfälle hatte er an Caféhaustischen gehabt. Vielleicht fiele ihm dort sogar ein, was Klara eine Freude bereiten würde. Er sah sie vor sich, wie sie heute Morgen aus dem Haus gegangen war, das glatte blonde Haar aufgesteckt, schlank und elegant in dem grauen Kostüm. Der schöne Teil eines schönen Paares in einem schönen Leben. Er konnte sich wirklich glücklich schätzen. Er überlegte, ob er sie anrufen sollte. Seine Hand angelte schon nach dem Handy. Da sah er den Mann.

Erst nur das Profil, das Kinn mit den grauen Stoppeln, die damals noch schwarz gewesen waren. Vom ersten Moment an hatte er keinen Zweifel. Das war er und kein anderer. Unmöglich, dieses Gesicht zu vergessen, die kompakte Gestalt, damals in einer schwarzen Lederjacke, heute in dieser dunkelblauen Windjacke, die ein wenig heruntergekommen wirkte. Aber das war vielleicht Wunschdenken.

Martin hatte Klara vergessen, das Büro, die Geschenke. Automatisch schloss er sich dem Mann an, ein Mittvierziger wie er, der fröstelnd und allein durch eine Fußgängerzone schlich. Wir haben viel gemeinsam, dachte er, während er den Rücken fixierte, der sich vor ihm durch die Menge schob. Mehr als die paar Jahre über den Vierzigsten hinaus, mehr als die schlampige Rasur und eine gewisse Melancholie in der Haltung. Mehr als jeder hier je ahnen würde. Den Prozess etwa.

Er erinnerte sich noch gut, wie der Polizist damals zu ihm gesagt hatte, sie seien auf einen wohlvorbereiteten Verdächtigen gestoßen, als sie an dessen Tür geklingelt hatten. Sein Wissen über den Unfall rechtfertigte er damit, dass alles im Radio berichtet worden sei. Dann übergab er seinem Anwalt das Wort. »Der hat schon einen Anwalt; das ist nicht normal. Wir haben den Mann.« Die Worte klangen ihm noch im Ohr. Ja, sie hatten ihn. Aber was hatte ihm das schon geholfen?

Martin überlegte, wie lange der andere wohl schon wieder raus sein mochte. Ein wenig erstaunte es ihn, wie erfolgreich er das Datum verdrängt hatte. War es fünf Jahre her? Sechs? Ein Teil von ihm hatte die ganze Zeit gewusst, dass er wieder da war, dass er irgendwo lebte, ein ganz normaler Bürger, ein unauffälliger Mensch mit einem Beruf und einem Bankkonto, Hobbies und vielleicht einer Vereinsmitgliedschaft. Die Autofirma hatte ihn damals entlassen. Ob er immer noch als Fahrer arbeitete? Ob er noch daran dachte? Und wie zum Teufel kam er nach Nürnberg?

Er selbst hatte es damals nicht mehr in München ausgehalten. Die Wohnung, die Gräber, all die Menschen, die ihn als Teil einer Familie gekannt hatten, und in deren Augen er noch die Leere sah, die Mayte und Sophie zurückgelassen hatten. Sophie wäre jetzt zehn, sie würde gerade aufhören, mit Barbiepuppen zu spielen. Martin biss sich in die Faust, aber sein Bedürfnis, sich auf den Mann zu stürzen, wollte nicht vergehen. Wieder sah er die Trümmer im Straßengraben vor sich, die zerfetzten Bleche, die gar nicht mehr nach einem Auto aussahen. Er hörte sich selbst nach seiner Frau und Sophie schreien, spürte die Arme der Sanitäter, die ihn davon abzuhalten suchten, die Planen zurückzuschlagen über dem, was er einzig liebte auf dieser Welt, weil er es angeblich nicht wieder erkennen würde. Er hätte sie immer, überall und in jeder Form erkannt, da war er sich sicher. Er hatte gebrüllt wie ein Tier. Brüllte er jetzt?

Martin lief und lief. Er wurde immer schneller, kam immer näher. Schulter um Schulter schob er beiseite, um an sein Ziel heranzukommen. Schon blieben die ersten irritierten Passanten stehen. Gleich würde der Mann sich umdrehen, würde ihn entdecken, und dann ... Da trat der andere in einen Hauseingang, schloss auf und war verschwunden. Martin hielt keuchend inne, wie vor den Kopf geschlagen. Da stand er, es gab nichts, wohin er gehen konnte.

Als er wieder zu sich kam, bemerkte er, dass der Hauseingang versteckt zwischen einem Schuhladen und einem Technikdiscounter lag. Warme Luft blies ihm entgegen und trug schrille Musik auf die Straße. Eine Wand von Fernsehern ließ einen flimmernden Countdown vor ihm ablaufen. Menschen fielen sich in die Arme, Konfetti flog. Es schrie ihm entgegen: Die närrische Zeit hatte begonnen.

Das Gespräch mit den Bauherren verlief erfolgreich. Danach ging man gemeinsam gepflegt essen, die traditionelle Martinsgans mit Rotkraut und Knödeln. Martin bestellte gedämpften Fisch. Die Stimmung war gut, optimistisch, man stieß mit einem zweiten Glas Rotwein auf das Projekt an. Martin prostete mit. Er hörte seine eigene Stimme noch immer wie durch Watte sprechen. Auf dem Heimweg kaufte er für Klara ein Parfum von Jil Sander. Mayte hatte Rosenöl getragen. Und Vanille. Warum fiel ihm das jetzt ein?

Erleichtert betrat er sein Loft. Sie hatten es gemeinsam eingerichtet, Klara und er, ein hoher, weiter Raum mit viel

Glas und Chrom und wenigen Möbeln. Er mochte den Eindruck von Leere und Ordnung, den alles vermittelte. Undenkbar, dass hier Kinderspielzeug herumlag. Klara und er waren sich von Anfang an einig gewesen, dass sie keine Kinder wollten, lieber das Leben genießen. »All das Schöne, das wir miteinander haben«, hatte Klara gesagt. Ihm war es recht gewesen.

Er fläzte sich auf das weiße Ledersofa und nahm sich ein weiteres Glas. Was war eigentlich geschehen, sagte er sich. Was hatte er erfahren? Nichts, was er nicht schon gewusst hatte. Dieser Mensch existierte, ein ganz normaler Bürger unter vielen. Er war weder verdammt noch verkommen, war einfach da. Jetzt lebte er also ein wenig näher an Martin dran, als er gedacht hatte, war aus dem Nirgendwo in die Breite Gasse gezogen. Nun gut.

Er nahm einen Schluck, trommelte mit den Fingern auf den Glastisch, rief dann Klara im Atelier an. »Oh, das tut mir leid«, hörte er sie sagen. »Aber heute ist doch das traditionelle Pelzmärtelessen mit den Kollegen. Gans, du weißt schon. Ein Horror für die Figur.«

»Hatte ich total vergessen, entschuldige, Schatz.«

»Das Gute ist, ich werde einen Bonus bekommen!« Ihre Stimme klang triumphierend. »Wusstest du, dass Martini früher Zahltag war? Mein Chef sagt, es ist der richtige Termin, um Prämien auszuzahlen. Er ist so ein Romantiker.«

»Zahltag, aha«, sagte Martin. Sie tauschten noch ein paar Sätze, dann legte er auf.

Ziellos ging er in der Wohnung herum, bis er schließlich vor der Fichtenholzkommode stehen blieb, dem einzigen Gegenstand, den er aus seinem früheren Leben mitgebracht hatte; Klara hatten die Beschläge gefallen. Er zog eine Schublade heraus. Die bunten Stoffe, mit denen Mayte sie ausgelegt hatte, fehlten. Martin konnte sich gar nicht erinnern, wann sie verschwunden waren. Vorsichtig beugte er sich vor und schnupperte. Der Geruch war unvertraut, erinnerte an nichts, sagte ihm nichts. Vorbei war vorbei. Als er sich wieder aufrichtete, tanzten Schneeflocken vor den Fenstern. Zahltag.

In der Dämmerung ging Martin mit einem Schneeschieber bewaffnet hinaus. »Schnee im November«, begrüßte ihn der Nachbar. »Und bis Weihnachten ist dann wieder alles grün.« Martin murmelte irgendeine Zustimmung und machte sich an die Arbeit, bis er schwitzte. Als er hohe Stimmen singen hörte, ging er hinein.

Im Fernseher dasselbe Bild, Laternen, Chöre, Gänse, hie und da der Vorsitzende einer Faschingsvereinigung, interviewt zu den Plänen für den offiziell beginnenden Karneval. Ein Magazinbeitrag, der an den Beginn der Fastenzeit erinnerte. Ein Pelzmärtel, der drohend seine Rute schwang, umgeben von kichernden Kindern. Die fürchteten sich nicht.

Martin schaute, döste und knabberte ein paar von den edlen Nugatplätzchen, die Klara in einer Anwandlung von Nostalgie schon letzte Woche gekauft hatte.

Er habe nach dem Überholvorgang nicht in den Rückspiegel gesehen, hatte der andere damals ausgesagt. Erst aus dem Radio hätte er erfahren, dass der Wagen von der Fahrbahn abgekommen war. Und dass eine Frau und ein Kind in dem brennenden Wrack gestorben waren. Er hätte die Überholte nicht behindert, sagte er. Ein Fahrfehler ihrerseits musste schuld sein, eine Überreaktion. Vielleicht auch ein anderer, gänzlich unbekannter Faktor. Einer, der mit Mayte und Sophie zusammen verkohlt war.

Später war Martin so gedankenlos gewesen, die Fotos und Erinnerungsstücke an die beiden verbrennen zu wollen. Als der Rauchgeruch in seine Nase stieg, hatte er gekotzt. Seither war selbst ihre Weihnachtsbaumbeleuchtung elektrisch.

Martin schreckte hoch; er musste eingeschlafen sein, schlecht geträumt haben. Er schüttelte den Kopf. Zeit, dass er aus dieser sinnlosen Stimmung herauskam. Da klingelte das Telefon.

»Martin?« Es war Klara, aber sie klang anders, als er sie je gehört hatte, gehetzt, schrill und beinahe hysterisch. »Martin, mir ist etwas Schreckliches passiert.«

»Ja?«, sagte er tonlos. Die Erinnerung an ein anderes Klingeln, an einen früher erlebten Schrecken machte sich in ihm breit. Er war nicht in der Lage, etwas anderes zu tun, als zuzuhören, während sie ihm erzählte, wie sie sich auf den Heimweg gemacht hatte, mit einem Glas zuviel oder auch zweien. Das Schneetreiben auf der Landstraße war dicht gewesen und die Scheiben verschmiert. Ein entgegenkommendes Auto hatte sie geblendet. Sie hatte gebremst und war ins Schleudern geraten. »Zuerst dachte ich, es wäre ein Reh.« Klaras Stimme überschlug sich und brach. »Aber dann, aber dann, Martin, Herrgott, ich glaube, ich habe jemanden überfahren.«

Er schwieg.

»Martin?« Wieder ihre Stimme, klein und verweint.

Er schwieg noch immer.

»Martin, oh mein Gott, bitte.«

Martin lauschte in sich hinein und spürte zu seinem Erstaunen nichts. Nichts und einen kleinen, glühenden Kern. Endlich sagte er: »Hat dich jemand wegfahren sehen?«

»Wie?«, fragte sie und besann sich dann. »Nein, ich meine, ich war die erste, die ging, alle haben sich von mir verabschiedet. Aber der Parkplatz liegt um die Ecke vom Lokal, nein, ich glaube nicht ...«

Er unterbrach sie. »Fahr wieder hin und bleib da. Ich hole dich.«

»Martin, warum ...?« Er hatte aufgelegt.

Als er Klara eine knappe halbe Stunde später an dem Parkplatz aufgabelte, zitterten ihre Hände trotz des Pelzmantels. »Das ist ein Albtraum«, sagte sie.

»Fehlt einer der anderen Wagen?«, fragte er. Sie schaute sich um, mit ein wenig Mühe, schüttelte dann aber den Kopf. »Sie sind alle noch da«, stellte sie fest. »Mein Gott, vor nicht mal einer Stunde habe ich dort drinnen mit den anderen gesessen und gefeiert, und jetzt …« Sie brach wieder in Tränen aus. Martin fuhr an.

»Wir sollten zurück«, sagte sie plötzlich. »Das ist alles nicht richtig. Ich sollte mich stellen. Der Mann war total dunkel gekleidet, er hatte da auf der Landstraße nicht das Geringste verloren, die Sicht war schlecht. Wie konnte ich damit rechnen?«

»Sieben Jahre«, sagte Martin nur.

»Was?«

»Sieben Jahre«, sagte er grob. »Das ist es, was man bekommt, wenn man einen Menschen auf diese Weise totfährt.« Sie schwieg, bis sie zu Hause ankamen.

Im Loft blieb sie mitten im Raum stehen wie abgestellt. Ohne zu begreifen schaute sie zu, wie er große Geschäftigkeit entfaltete, in der Küche werkelte, sich umzog und Dinge zusammenpackte. Schließlich war er es, der ihr die Jacke von den Schultern nahm und ihr ein Glas Whisky in die Hand drückte. »Nur dieses eine«, sagte er. »Und jetzt hör zu. Du studierst das Fernsehprogramm und suchst dir einen 22-Uhr-Film, am besten einen, den du schon kennst. Den haben wir dann zusammen angeschaut, verstehst du?«

Sie verstand nur halb, nickte aber mechanisch. Als er sich anschickte zu gehen, fragte sie. »Wo willst du hin?«

»Ich reinige den Wagen«, sagte er.

»Martin?«

Schon in der Tür hielt er inne.

»Danke«, sagte sie.

Er überlegte. »Ich liebe dich«, sagte er dann.

Sie rang sich ein Lächeln ab, das er mechanisch erwiderte.

»Martin?«

»Ja?«

»Was ist, wenn er noch lebt?«

Ohne ein Wort zog er die Tür zu. In der Tiefgarage stieg er in sein Auto und fuhr ohne zu zögern in die Innenstadt. Er parkte abseits der Fußgängerzone und ging rasch. Er hatte nicht viel

Zeit. Klara würde fragen. Die Polizei würde fragen. Seine Kleidung war dunkel, Mütze, Schal und Handschuhe dem Wetter angemessen. Niemand würde ihn erkennen. Als er an der Tür klingelte, überkam ihn kurz ein Zweifel, der sofort verschwand, als ohne Frage der Türöffner betätigt wurde. Martin rannte beinahe die Treppe hoch. Der kleine, glühende Kern in ihm wurde zu einem lodernden, alles verzehrenden Feuer, von dem er nicht geahnt hatte, dass es da gewesen war, all die Jahre.

Falls der Mann ihn erkannte, hatte er nicht mehr die Zeit, es zu zeigen. Aber das war nicht wichtig. Martin legte sein ganzes Gewicht in den ersten Schlag. Sein Gegner taumelte zurück in die Wohnung, krachte schwer gegen einen Garderobenschrank und stöhnte. Martin stieß mit dem Fuß die Tür hinter sich zu.

Als es vorbei war, wusste er nicht, wie lange es gedauert hatte. Aber das Blut an seiner Kleidung und an seinen Fingern machte ihn merkwürdig zufrieden. Mit meinen eigenen Händen, sagte er sich. Mit meinen eigenen Händen. Er gönnte der Leiche keinen Blick mehr, während er sich umzog. Die frische Kleidung hatte er in einem Rucksack dabei, die verschmutzte stopfte er in den vorbereiteten Müllsack. Den versenkte er auf dem Weg zum Auto in einem Mülleimer, der abholbereit am Straßenrand stand. Es begegnete ihm kein Mensch.

Als er am Parkplatz ankam, war Klaras Wagen der einzige, der noch dort stand. Das war gut so, daran würde sich jemand von ihren Kollegen erinnern. Martin schaute sich um, ehe er die Taschenlampe aus seinem Rucksack zog. Konzentriert untersuchte er die Vorderfront, fand aber keine eindeutige Spur eines Aufpralls. Trotzdem putzte er alles sorgsam, um eventuelle Reste von Blut, Haar oder Gewebe zu entfernen. Er trat zurück und überlegte: der Wagen wirkte wie neu. Aber ein Fachmann der Spurensicherung mochte das anders sehen. Sie würden sich vorerst darauf verlassen müssen, dass man ihnen ihre Geschichte glaubte, dass der Wagen heute Nacht nicht bewegt worden war.

Auf dem Rückweg warf er das Putzzeug in die Pegnitz. Kurz bevor er in ihr Viertel einbog, lief ihm plötzlich ein Fuchs vor die Räder. Martin hielt mit klopfendem Herzen an und stieg aus. Das Tier war tot, die Augen starrten wie aus Glas ins Scheinwerferlicht, die Zunge hing aus dem Maul, aus dem ein dünner Blutfaden lief. Nach kurzem Überlegen packte Martin ihn in den Kofferraum.

Zu Hause wartete Klara auf ihn, das halbleere Glas noch immer in Händen, zitternd und verwirrt. »Was haben wir uns angesehen?«, fragte er.

»*Tage wie dieser*«, sagte sie und fuhr sich über die Stirn. »Das ist eine, eine Komödie, die …«

»Kenne ich«, schnitt er ihr das Wort ab. Dann nahm er sie in den Arm. »Komm her«, sagte er, »du bist ja völlig ausgekühlt.« Sie schmiegte sich an ihn und brach plötzlich in heftiges Schluchzen aus. »Ist ja gut«, murmelte er in ihr Haar, während er sie hielt, »ist ja alles gut.« Über ihren Scheitel hinweg sah er durchs Fenster die Schneeflocken weiter fallen.

Am anderen Morgen holte er den Wagen ab. Er machte eine große Sache daraus, plauderte mit einem Schnee schippenden Nachbarn und fragte sogar beim Wirt nach, ob seine Frau den Autoschlüssel an der Theke hinterlegt habe, da sie ihn nicht mehr finden könne. Zufrieden fuhr er mit dem Wagen vom Parkplatz und winkte noch; man würde sich hier an ihn erinnern. Sein Weg führte ihn zunächst auf eine einsame Landstraße; dort holte er den toten Fuchs heraus. Er packte ihn am Schwanz, schlug ihn gegen die linke Vorderseite des Wagens und fuhr dann sicherheitshalber mit dem Reifen darüber, bis nur mehr ein unkenntlicher Klumpen Fleisch zurückgeblieben war. Im nächsten Dorf ließ er sich die Nummer des zuständigen Jägers geben und meldete ihm den Unfall, ließ sich belehren, dass das nur bei Rehen oder Wildschweinen nötig war, und fuhr pfeifend zur nächsten Werkstatt.

»Was machst du denn hier?«, fragte er Klara, als er nach Hause kam.

»Ich kann heute nicht arbeiten.« Sie stand im Morgenmantel am Fenster, ein Glas Whisky in der Hand. »Unmöglich.«

Er nahm ihre Hände. »Du musst«, sagte er. »Es ist wichtig.«

Sie schüttelte den Kopf. »Mir würde doch jeder ansehen, dass etwas nicht stimmt.«

Er fasste sie unterm Kinn. »Jeder wird dir ansehen, dass du gestern zu viel getrunken hast, und das ist gut so, denn es untermauert unsere Geschichte.« Er küsste sie auf die Stirn. »Also geh da hin, gib ihnen das verkaterte Frauchen, und dann komm heim zu mir.«

Sie brachte ein Lächeln zustande. »Du bist so gut zu mir«, sagte sie, schmiegte sich noch einmal an ihn und ging dann ins Schlafzimmer, um sich fertigzumachen. Er sah ihr nach. Ihr Hals war so zart, so verletzlich. So leicht zu zerbrechen.

Im Lauf des nächsten Tages fanden sie zu einer fragilen Normalität, am Morgen darauf summte sie sogar in der Dusche. Martin deckte den Tisch mit Vollkorntoast, Frischkäse und Fruchtsaft. Er stand neben der Espressomaschine, als er die Zeitung aufschlug. Die Meldung vom Tod des anderen überblätterte er völlig gelassen. Ihm war, als ginge ihn all das nichts mehr an.

Sie kam herein und küsste ihn auf den Hals, ehe sie zum Tisch ging.

»Sie haben ihn gefunden«, sagte er.

Sie hielt kurz inne beim Umarrangieren des Bestecks. »Ach ja?«, sagte sie.

»Er war sofort tot.« Martin las. »Aber entdeckt haben sie ihn wegen des Schnees erst heute.«

»Wir hätten nichts tun können«, sagte Klara und faltete unwillkürlich die Hände.

»Wir hätten nichts tun können«, bestätigte Martin. Sie seufzte.

»Du hast gesagt, es wäre ein Mann.«

»Ja?« Sie schaute auf. »Ich, ich dachte, es wäre ein Mann. Und hast du nicht auch gesagt ...«

»Hier steht, er war sechzehn.«

Sie schwieg.

»Sechzehn, Klara. Das war kein Mann, das war ein Kind.«

Mit drei schnellen Schritten ging sie zu ihm und riss ihm die Zeitung aus der Hand. »Ein Kind mit zwei Komma sechs Promille«, sagte sie, ein wenig verächtlich. »So etwas ist kein Kind, Martin, das war ein sturzbetrunkener Halbwüchsiger, der mich vielleicht angemacht hätte, wenn ich auf seinen ausgestreckten Daumen reagiert hätte. Oder sogar belästigt. Schau dir das Bild an.«

»Ausgestreckter Daumen?«, fragte er. »Ich dachte, du hättest ihn kaum gesehen.«

»Dachte ich ja auch«, setzte sie sich zur Wehr. Sie ging zwischen Tisch und Küchenbüffet auf und ab. »Erst dachte ich ja, er wäre ein Reh, dann, dann war ich mir nicht mehr sicher, und im Nachhinein dann ...« Sie hielt verzagt inne und suchte ihn anzulächeln. »Es ging alles so wahnsinnig schnell.«

»Herrgott, Klara, du musst doch wissen, ob du ein Reh gesehen hast oder einen Jungen in einem orangefarbenen Anorak.«

»Ich hab keinen Anorak gesehen.«

»Aber einen ausgestreckten Daumen, ja?« Sie waren beide laut geworden.

Sie hob die Hände und schüttelte den Kopf. »Ich weiß nicht«, sagte sie und atmete tief aus. »Vielleicht habe ich mir das alles ja nur eingebildet. Es fühlt sich ohnehin alles an wie ein Traum.« Sie rieb sich über die Stirn.

Er ertrug die Theatralik ihrer Geste nur mit Mühe. »Ein Traum, der ein Kind das Leben gekostet hat«, sagte er verächtlich.

»Ach ja, herzlichen Dank«, fauchte sie. »Und was bringt uns das jetzt?«

Martin suchte seinen Atem unter Kontrolle zu bringen. Er bemerkte, dass er eine Hand erhoben hatte, bereit, sie zu ballen, und öffnete sie wieder. »Es tut mir leid«, sagte er. »Das war alles ein bisschen viel. Komm her.«

Er wollte sie eben an sich ziehen, als es an der Tür klingelte.

»Es ist die Polizei«, wisperte er, nach einem Blick durch den Spion.

Klara wurde blass. Nickte aber. Er drückte fest ihre Hand. Ein leicht erstauntes Lächeln lag auf seinem Gesicht, als er die Tür öffnete. Er bat die Beamten in die Küche, bot ihnen Sitzplätze an, Kaffee, sogar Toast. Er sorgte dafür, dass sie die aufgeschlagene Zeitung bemerkten.

»Wir haben es eben gelesen«, sagte er. »Einfach schrecklich. Und das an Pelzmärtel.«

Die Beamten wechselten einen Blick. »Weswegen wir hier sind«, sagte der eine, der ältere von ihnen. »Sagt Ihnen der Name Görlitz etwas?«

»Nein«, sagte Klara und schüttelte den Kopf. »Warum?« Ihr Erstaunen war echt und wich auch nicht, als der Kriminaler ein Foto herauszog und es vor ihnen beiden auf den Tisch legte. Es zeigte einen Mann um die vierzig, schlecht rasiert, mit hohen Geheimratsecken, düsteren Brauen und einem stark vorspringenden Kinn, das keinerlei Ähnlichkeit hatte mit dem schlecht reproduzierten Zeitungsbild jenes Teenagers. »Nein ..., ich ..., Martin?«

Er legte die Hand auf ihre. Ihr Zittern war deutlich zu spüren. Langsam sagte er. »Natürlich. Obwohl ich zugeben muss, dass ich mich bemüht habe, ihn zu vergessen in den letzten Jahren.« Er drückte Klaras Finger fester und hob den Kopf. »Warum? Ist er jetzt raus?«

»Martin?« Klaras Ton war nahezu hysterisch. Dies war nicht, worauf sie vorbereitet war. Sie tappte vollkommen im Dunkeln, und das war mehr, als ihre ohnehin schon belasteten Nerven ertrugen. Sacht schüttelte er den Kopf.

»Heißt das, Sie wussten nicht, dass Herr Görlitz hier in Nürnberg lebt?«

Martin blickte den Mann an, ohne zu blinzeln. »Hier, sagen Sie? Nein, das wusste ich nicht. Und ich bin froh darum.« Er starrte das Bild einen Moment lang an. »Meinen Sie, ich könnte eine Verfügung gegen ihn erwirken. Ich würde ihm ungern begegnen.«

»Das wird wohl nicht nötig sein.« Der Kommissar nahm das Bild und steckte es in seine Jackentasche zurück. »Der Mann wurde vorgestern ermordet.«

»Martin? Von was redet dieser Mann?«

Er wandte den Kopf halb zu Klara um, behielt aber den Kommissar im Auge, der die Frage hinterherschob, auf die er mit leisem inneren Triumph gewartet hatte. »Wo ich an diesem Abend war?«, wiederholte er mit kaum verhaltenem Genuss und zog Klara ein wenig näher an sich heran. »Ich habe meine Frau von einer Betriebsfeier abgeholt. Sie hatte zuviel getrunken, um noch selbst zu fahren. Im *Silbernen Bären* übrigens. Danach haben wir es uns hier gemütlich gemacht und den Spätfilm angeschaut. Was war es noch gewesen, Schatz?«, wandte er sich an seine Frau.

»*Tage wie dieser.*« Ihre Stimme war kaum zu hören. »Wir haben *Tage wie dieser* gesehen.«

»Ach ja«, ergänzte er. »So eine Komödie. Mit George Clooney und Michelle Pfeiffer. Zwei tolle Schauspieler. Am Ende waren wir so müde wie die Helden, fürchte ich. Ich habe Klara vom Sofa ins Bett getragen.« Er führte ihre Hand zum Mund und küsste sie.

Der Assistent des Kommissars beantwortete Klaras Frage. »Wir sprechen hier von dem Mann, der vor zehn Jahren die erste Frau und die Tochter Ihres Gatten totfuhr.«

Klara senkte den Kopf.

»Ich habe ihr nie davon erzählt«, sagte Martin mit dunkler Stimme. »Ich wollte die Vergangenheit hinter mir lassen.«

»Tut mir leid«, sagte der Kommissar. Seine Stimme klang wenig aufrichtig. »Aber wir alle entkommen unserer Vergangenheit nicht.« Er stand mit einem leisen Ächzen auf. »Ich werde Sie jetzt allein lassen. Bitte kommen Sie beide in den nächsten Tagen aufs Revier, um Ihre Aussagen abzugeben. Vielen Dank.«

Mit viel Stühlerücken brachen sie auf. Als die Tür sich hinter den beiden schloss, war es still im Loft. Schließlich sagte Klara: »Du hast nicht mir geholfen, du hast dir geholfen. Du hast mich benutzt.« Als er nicht antwortete, schob sie nach: »Wann hast du von ihm erfahren?«

»Pelzmärtel«, presste er heraus.

Sie lachte hart auf. »Du hast nicht viel Zeit verloren.«

»Du hast ein Kind totgefahren«, erwiderte er. Sie schwiegen; es gab nichts mehr zu sagen.

Martin schaute aus dem Fenster, es hatte aufgehört zu schneien. Vermutlich war Weihnachten alles wieder grün.

Dirk Kruse

Gänsemord in Ochsenschenkel

»Hast du meinen Reisepass gesehen?«, dröhnte es durchs Penthaus.

»Liegt hier oben auf dem Schreibtisch!«, rief Beaufort, ohne von seiner Zeitung aufzuschauen.

Im unteren Stockwerk rumorte es. Er hörte Türengeklapper und Annes Schritte zwischen dem unteren Bad, der Küche und den vier Zimmern. Etwas fiel mit lautem Krachen zu Boden, und seine Freundin stieß einen Fluch aus, der eines Fernfahrers würdig gewesen wäre. Beaufort verzog schmerzlich das Gesicht, enthielt sich aber eines Kommentars. Wenn Anne packte, ließ man sie am besten in Ruhe. Er vertiefte sich wieder in den Artikel: Im Großraum Nürnberg war in letzter Zeit vermehrt Falschgeld aufgetaucht.

»Weißt du, wo mein dunkelblauer Blazer steckt?«, röhrte Anne zu ihm hoch.

»Wahrscheinlich immer noch dort, wo du ihn gestern Abend hingehängt hast: an der Garderobe!«

»Da ist er nicht!«

»Doch!«

Er hörte das Klackern der Metallbügel.

»Ja, wenn du auch deinen Mantel davor hängst!«, kam es anklagend.

Beaufort führte stoisch eine hauchdünne Porzellantasse zum Mund und trank einen Schluck Darjeeling. Es handelte sich um täuschend echte 50-Euro-Scheine. Die einzige Möglichkeit, die Blüten von richtigen Geldscheinen zu unterscheiden, las er, war das Metallsiegel rechts unten. Sie hatten kein richtiges Hologramm, das je nach Lichteinfall eine 50 oder ein klassizistisches Tor aufleuchten ließ, sondern waren flach silbern. Falschgeld derselben Machart war schon seit Längerem in Spanien in Umlauf.

»O Gott, mein Ticket!«

Beaufort ließ die Zeitung endgültig sinken. »Es liegt bei deinem Pass. Wenn ich dich erinnern darf, hast du vorhin alle deine Reiseunterlagen hierher gelegt, damit du auch ja nichts vergisst!« Er verabscheute es, durch seine Wohnung schreien zu müssen, doch bei über 300 Quadratmetern verteilt auf zwei Etagen und einer momentan etwas gereizten, aber dennoch kommunikationsbedürftigen Gefährtin war es nicht zu vermeiden. Beaufort hielt sich den Gebäckteller unters Kinn und biss herzhaft in einen Elisenlebkuchen – er brauchte dringend Nervennahrung. Kauend streifte er mit dem Blick über die Regale seiner riesigen und sehr wertvollen Bibliothek, während Anne unten ein schweres Gepäckstück in die Lobby wuchtete.

Beaufort zog seine Taschenuhr aus der Weste und ließ den goldenen Deckel aufschnappen. »Ich will dich ja nicht drängen«, rief er hinunter, »aber in genau einer Stunde geht dein Flieger!«

»Bin schon fertig«, erwiderte sie, die große Wendeltreppe hinaufeilend; ihre Absätze klackerten auf den Holzstufen. Vom ersten Aufblitzen ihres Scheitels an dauerte es keine zwei Sekunden, bis Annes Gestalt vollständig auftauchte. Sie war groß und schlank, hatte lange schwarze Haare, trug einen dunkelblauen Hosenanzug und sah wunderschön aus, fand Beaufort. Anne marschierte geradewegs auf den Schreibtisch zu, schnappte sich Pass, Flugschein, ein kleines Bündel US-Dollars und stopfte alles in ihre Handtasche hinein. Mit einem gehetzten, halben Lächeln sah sie ihn an: »Ich kann diese blöde Packerei nicht ausstehen. Irgendwas vergisst man immer.«

»Du hättest weniger Mühe damit, wenn du es nicht immer auf den letzten Drücker tun würdest«, sagte er ruhig.

Anne zuckte mit den Schultern, trat zu Beaufort und mopste sich ein Stückchen Lebkuchen von seinem Teller. »Können wir?«, fragte sie mit vollem Mund.

Ihr Freund erhob sich aus dem Ohrensessel und trat an die Fensterfront. Doch betrachtete er nicht das Altstadtpanorama mit Kaiserburg und Sebalduskirche, sondern blickte auf den Weg hinunter. Dort wartete das Taxi.

»Carl ist schon da«, stellte er fest, »pünktlich wie immer.«

Beaufort besaß keinen Führerschein und benutzte daher häufig ein Taxi. Bei planbaren Fahrten bevorzugte er die Dienste von Carl Löblein. Da Beaufort ein Vermögen geerbt hatte und die Dienste des Chauffeurs seines Vertrauens großzügig entlohnte, war Carl fast immer zur Stelle, wenn der Privatgelehrte ihn brauchte. Auch für eine so verhältnismäßig kurze Fahrt wie zum Flughafen.

»Na, dann mal los«, sagte Anne, pustete das Teelicht im Stövchen aus und marschierte zur Treppe. »Du kommst doch noch mit zum Airport?«

Beaufort schaute sich noch einmal suchend in der Bibliothek um, ging zum Schreibtisch hinüber und bückte sich nach einer schwarzen Tasche, die dort auf dem Boden stand. »Dein Aufnahmegerät solltest du besser mitnehmen«, meinte er trocken, »sonst wird das wohl nichts werden mit der Reportage über den Weihnachtsmarkt in Atlanta.«

Grinsend drehte die Journalistin sich um und umarmte ihren Freund. »Was täte ich nur ohne dich, Frank«, erklärte sie und schaute ihm verliebt in die Augen.

»Vom Radio zur Zeitung wechseln, schätze ich. Einen Stift wirst du wohl dabei haben.«

Im Taxi hielten die beiden Händchen auf dem Rücksitz.

»Ich vermisse dich jetzt schon«, sagte Beaufort leise. »Willst du mich nicht doch mitnehmen?«

»Du weißt doch, dass ich das für keine gute Idee halte. Ich bin die ganze Zeit dem Nürnberger Christkind mit dem Mikrofon auf den Fersen. Du würdest mich nur ablenken bei meiner Arbeit.« Sie strich ihm zärtlich durch sein dunkelblondes Haar. »Und in fünf Tagen bin ich ja schon wieder da. Dann muss ich zwar noch das Hörfunkfeature schneiden, aber danach feiern wir das erste Mal gemeinsam Weihnachten, so richtig mit allem Drum und Dran.« Darauf freute sie sich wirklich.

»Ich werde umkommen vor Langeweile ohne dich«, sagte Beaufort trotzig.

»Gibt es denn keine Mordfälle für dich zu lösen?«

Beaufort hegte eine große Leidenschaft für die Aufklärung von Verbrechen. Er besaß nicht nur eine der umfangreichsten Sammlungen von Kriminalromanen in Erst- und Originalausgaben, dank seiner Recherchen war es auch gelungen, sowohl den Augustinerhof-Mörder als auch den Serienkiller vom Reichsparteitagsgelände zu überführen.

»Derzeit treiben nur Taschendiebe auf dem Christkindlesmarkt und Geldfälscher ihr Unwesen. Die kapitalen Verbrecher sind anscheinend alle besinnlich geworden und achten den vorweihnachtlichen Frieden.«

»Die nächste Leiche kommt bestimmt«, prophezeite Anne schmunzelnd. »Und da ich nicht an deinem Ableben durch Eintönigkeit schuld sein will, habe ich einen kleinen Auftrag für dich. Würdest du bitte unsere Weihnachtsgans abholen? Da kannst du gleich einen schönen Ausflug aufs Land machen, nach Ochsenschenkel.«

Frank schaute Anne ungläubig an. »Das ist jetzt nicht dein Ernst, oder?«

»Wieso, magst du keinen Gänsebraten? Ich reibe die Gans mit Beifuß und Majoran ein und fülle sie dann mit Äpfeln, Zwiebeln und Maronen. Aber der Clou ist das Dunkelbier, mit dem ich den Braten immer wieder übergieße – das gibt eine schöne Kruste und eine leckere Soße. Wirst sehen, es wird dir schmecken.«

Beaufort winkte ab. »Das meine ich doch gar nicht. Ich glaube dir ja, dass du eine Gans schmackhaft zubereiten kannst. Ich wundere mich nur über den weiten Weg. Warum bestellen wir nicht einfach eine beim Metzger?«

»Weil ich dann nicht weiß, woher sie kommt und wie sie gehalten wurde. Bauer Grabner zieht seine Vögel biologisch auf und züchtet ausschließlich Fränkische Landgänse – das sind die besten. Er hat nur eine kleine Schar von höchstens 30 Gänsen, und es hat Jahre gedauert, bis ich von der Warteliste in den erlesenen Kreis seiner Kunden aufgestiegen bin. Diesen Platz will ich nicht leichtfertig wieder aufgeben, bloß weil ich eine Dienstreise nach Amerika mache. Also bitte, sei so gut und hol uns die Gans.«

Annes Stimme klang so kategorisch, dass Beaufort keine weiteren Einwände erhob. »Meinetwegen. Wenn dein Herz so sehr dran hängt, bringe ich dir eben den Vogel.« Er begann zu feixen. »Aber sag mal, wo liegt denn dieses Ochsenschenkel überhaupt? Wirklich ein kurioser Name! Der kann es ja spielend mit fränkischen Orten wie Feinschluck, Frischgrün und Mausgesees aufnehmen.«

»Oder mit Wichsenstein und Poppenreuth«, grinste Anne doppeldeutig. »Weißt du, Frank, ich habe einen Kollegen, der früher bei Radio 8 in Ansbach gearbeitet hat. Den hat es immer förmlich am Mikrofon zerrissen, wenn er die lokalen Fußballergebnisse durchsagen musste. Das ging etwa so: Rohr gegen Sack 2:1, Feucht gegen Spalt 0:3.«

Selbst Carl hinterm Steuer, der sonst die Diskretion in Person war und immer weghörte, wenn seine Kundschaft sich unterhielt, konnte ein Lachen nicht unterdrücken.

»Aber wenn du es genau wissen willst«, japste Anne, als sie wieder etwas zu Atem gekommen war, »Ochsenschenkel ist der Nabel Frankens, denn genau dort befindet sich die geografische Mitte unserer Region. Es gehört zum Markt Vestenbergsgreuth und liegt am südlichen Rande des Steigerwaldes. So weit weg ist das also gar nicht.«

Sie fuhren durchs Knoblauchsland auf den Tower zu, vorbei an Reihen von Gewächshäusern mit Eisblumen an den Scheiben. Seit zwei Tagen hatten sie strengen Frost.

»Ob wir wohl eine weiße Weihnacht bekommen?«, fragte

Beaufort, während er aus dem Fenster sah.

»Schön wäre es ja. Dann schmeckt der Gänsebraten gleich doppelt so gut.«

Als sie die ersten Parkhäuser des Flughafens erreichten, klappte die Journalistin ihren Schminkspiegel auf und zog sich die Lippen rot nach.

»Für wen machst du dich so schön?«

»Na, fürs Christkind natürlich«, antwortete Anne ironisch.

Das Taxi hielt vor dem Abflugterminal. Carl stieg aus und hievte Annes Gepäck aus dem Kofferraum.

»Nicht vielleicht doch für den Leiter des Amtes für Internationale Beziehungen? Der soll ja ein rechter Frauenheld sein, was man so hört.«

Anne lächelte Beaufort mit blitzenden Augen an. »Steht dir gut, so ein bisschen Eifersucht.« Und dann gab sie ihm einen so leidenschaftlichen Abschiedskuss, dass sie sich die Lippen gleich noch einmal schminken musste.

Zwei Tage später, es war wieder etwas milder geworden, steuerte Carl Löblein das Taxi über die Landstraße Richtung Vestenbergsgreuth. Beaufort saß im Fond, sah stumpfe Wiesen, umgepflügte Äcker und nahezu entlaubte Bäume vorbeigleiten – die Landschaft wirkte mehr spätherbstlich als vorweihnachtlich – und tauschte mit seinem Chauffeur bruchstückhaftes Wissen über ihr Ziel aus. Er verband mit Vestenbergsgreuth einen Kräutertee- und Heilpflanzenhersteller, dessen Produkte er durchaus schätzte, während Carl sich vor allem an den legendären 1:0-Sieg des TSV Vestenbergsgreuth gegen den FC Bayern München im DFB-Pokal 1994 erinnerte. Zwei Jahre später fusionierte der Fußballverein dann mit der Spielvereinigung Fürth, doch für die 1. Bundesliga hatte es bislang trotzdem nicht gereicht. Beaufort hörte zum ersten Mal davon, denn er machte sich nichts aus Fußball, und das war seit einer traumatischen Begegnung mit einem Mörder bei seinem bislang einzigen Besuch im Frankenstadion nicht gerade besser geworden.

Als sie die Marktgemeinde im Landkreis Erlangen-Höchstadt erreicht hatten, schlugen sie den schmalen kurvigen Weg nach Ochsenschenkel ein. Der kleine Weiler mit einer Handvoll Bauernhäuser, Fachwerkscheunen und einigen Neubauten am Dorfrand mochte kaum mehr als 50 Einwohner zählen. Langsam glitt das Taxi durch den Ort und hielt schließlich auf dem gepflasterten Grabnerschen Hof.

Ein braun-weißer Hund kündigte mit kurzem Gebell ihre Ankunft an und lief schwanzwedelnd auf Beaufort zu, als der aus dem Auto stieg. Er tätschelte das Tier, das ihn kurz beschnüffelte und wieder in Richtung Bauernhaus davon trabte. Da niemand sich zeigte, obwohl Beaufort sein Kommen für heute früh zehn Uhr telefonisch angekündigt hatte, folgte er dem Hund. Landwirt Grabner, mit dem er persönlich gesprochen hatte, hatte ihm mitgeteilt, dass gestern und heute Schlachttage seien und er ihn und seine Familie zuverlässig im Anbau beim Gänserupfen antreffen werde. Beaufort klopfte dort, doch alles blieb still. Der Hund schaute erwartungsvoll zu ihm hoch. Frank drückte die Klinke und öffnete die Tür. Das Tier schlüpfte hinein, er ging ihm langsam nach. Der Raum sah aus, als sei er fluchtartig verlassen worden. Zwei halbgerupfte Gänse lagen auf einem Tisch, die langen Hälse baumelten nach unten. Auf einem Schemel lagen ein blutiges Messer und ein Kantholz, daneben stand ein Plastikeimer, der etwa zu einem Viertel mit einer dunkelroten Flüssigkeit gefüllt war. Auf dem Boden befanden sich Blutflecken. Einige zarte Gänsedaunen schwebten in der Luft. Kein Mensch war zu sehen.

Da spitzte der Hund die Ohren und trippelte hinaus. Auch Beaufort hatte etwas gehört und folgte ihm. Vor der Tür wäre er beinahe mit einer alten Frau in Kittelschürze und Kopftuch zusammengeprallt, die über den Hof hetzte und händeringend klagte.

»Allmächd! Allmächd!«, kam es aus ihrem fast zahnlosen Mund, »alle sind tot, alle!«

Beaufort war wie elektrisiert. Ein Unfall? Ein Verbrechen?

»Wer ist gestorben?«, rief er ihr nach, doch sie war schon im Nachbarhaus verschwunden. Irgendwie erinnerte ihn die Alte an Krösa-Maja auf Katthult aus Astrid Lindgrens *Michel aus Lönneberga*, denn sie schien bei allem Entsetzen durchaus Freude am Verbreiten ihrer kryptischen schlechten Nachricht zu haben.

Beaufort warf Carl, der aus dem Taxi ausgestiegen war, einen fragenden Blick zu, doch der zuckte nur ratlos mit den Schultern. In dem Moment fuhren ein alter, schlammbespritzter Mercedes und ein japanischer Pick-up auf den Hof, aus denen zwei Frauen und zwei Männer mittleren Alters ausstiegen und aufgeregt durcheinander redeten. Beaufort erkannte den tiefen Bass von Bauer Grabner wieder und ging auf den Mann zu, dessen braune Cordhosenbeine in schwarzen Gummistiefeln steckten. Er stellte sich vor, sagte, dass er die Weihnachtsgans für Anne Kamlin abholen wolle, und fragte, was denn für ein Unglück geschehen sei. Seine ausgestreckte, gepflegte Hand wurde von einer rauen, durch harte Arbeit gezeichneten Hand gedrückt und freundlich geschüttelt.

»Die Gänse sind tot«, kam die sachliche Feststellung des Landwirts.

»Äh, sollten sie das nicht auch sein? Ich hatte jedenfalls nicht erwartet, dass sie mir eine lebendige Gans mitgeben würden«, sagte Beaufort verwirrt.

Grabner sah ihn ernst aus wässerigblauen Augen an: »Ich kann ihnen weder eine tote noch eine lebendige Gans verkaufen. Alle meine Tiere auf der oberen Weide sind über Nacht verendet.«

Und dann erfuhr Beaufort, dass der Bauer zwei Gänseherden besaß. Die eine lebte auf einem Anger nahe am Hof und war gestern bis auf die Zuchtgänse geschlachtet worden – insgesamt 17 Gänsebraten hatten sie hergerichtet. Die andere wurde auf einer Wiese im neuen Gewerbegebiet am Rande von Vestenbergsgreuth gehalten. Grabner war vorhin zusammen mit seinem Bruder dorthin gefahren, um die Gänse einzufangen und zum Schlachten hierher zu bringen. Doch sämtliche 16 Gänse lagen tot auf der Wiese. Er hatte daraufhin seine Frau angerufen, die gerade mit ihrer Schwägerin beim Rupfen der letzten Gänse von gestern gewesen sei, und die beiden waren sofort zur Weide aufgebrochen. Wenn er den erwische, der dafür verantwortlich sei, der könne was erleben, schloss Grabner seine Rede mit einer vagen Drohung ab.

»Können die Gänse nicht an einer Seuche gestorben sein, an der Vogelgrippe vielleicht?«, wandte Beaufort ein.

Grabner lachte böse auf. »Es ist äußerst unwahrscheinlich, dass die Tiere alle auf einmal verenden. Gestern waren sie jedenfalls noch pumperlgsund.«

»Vielleicht sind sie erfroren?«

»Man merkt, dass Sie aus der Stadt kommen. Gänse erfrieren nicht so leicht, mal abgesehen davon, dass wir gar keinen Frost mehr haben. Die sind dafür geschaffen, im Freien zu leben, das tun die Wildgänse ja schließlich auch. Und natürlich gibt es auch einen kleinen Stall auf der Weide, in dem sie Unterschlupf finden können.«

»Vielleicht war es ein Streich von Jugendlichen?« Beaufort gab nicht auf. »Sie wissen schon, frei nach Max und Moritz: Und vom ganzen Gänseschmaus guckt nur noch ein Bein heraus.«

»Dann hätten die Burschen doch auch ein, zwei Braten mitgenommen, oder? Es sind aber alle noch da.«

»Und wie sind die Gänse Ihrer Meinung nach ums Leben gekommen?«

Der Bauer machte eine hilflose Geste mit den Armen, indem er sie halb in die Höhe hob und wieder fallen ließ. »Ich weiß nicht. Vielleicht vergiftet?«, sagte er zögernd.

Beaufort schaute seinem Gegenüber fest in die Augen. »Haben Sie Feinde, Herr Grabner?«

Der hielt dem Blick stand. »Gott, Feinde, das ist ein großes Wort.« Beaufort sah, wie er mit sich rang. »Na ja, der alte Schwandner ist nicht grad gut auf mich zu sprechen.«

»Warum?« Automatisch hatte Beaufort die Rolle des Ermittlers angenommen und füllte sie mit einer natürlichen Autorität, die anscheinend von allen akzeptiert wurde.

»Der Schwandners Erich ist ein unfähiger Miesepeter, der seinen Hof völlig heruntergewirtschaftet hat. Bis wir ihn übernommen und zu neuer Blüte befördert haben.« Er wies stolz auf das blitzsaubere Anwesen. »Aber er behauptet, ich hätte ihn damals über den Tisch gezogen und ihm Haus und Felder für einen Apfel und ein Ei abgeluchst.«

»Und ist das wahr?«

»Natürlich nicht!«, warf Grabners Frau empört ein. »Wenn wir ihm den Hof nicht abgekauft hätten, wäre alles zwangsversteigert worden, und dann hätte er gar nichts mehr dafür gekriegt. Wir haben den Hof mit unseren eigenen Händen wieder hochgebracht. Schwandner kann nur nicht ertragen, dass mein Mann fleißiger ist und geschäftstüchtiger als er – der alte Neidhammel.« Der Bauer legte seiner Frau beruhigend die Hand auf die Schulter, doch sie riss sich wieder los. »Ist doch wahr«, murmelte die Bäuerin.

»Und wo finde ich diesen Schwandner?«, wollte Beaufort wissen.

»Direkt neben unserer Weide halt. Er ist Nachtwächter beim Chemikalienhändler und wohnt dort in einer kleinen Einliegerwohnung in dem Firmengebäude«, platzte es aus ihr heraus.

Beaufort nickte nachdenklich mit dem Kopf. »Das ist allerdings ein merkwürdiger Zufall. Kann ich mir Ihre Weide mal ansehen?«

Der Bauer zögerte einen Moment, als würde er sich erst jetzt bewusst, dass er einen wildfremden Kunden vor sich hatte. »Sie haben doch mit der Frau Kamlin die Morde im Augustinerhof aufgeklärt«, stellte er fest.

»Sie wissen davon?« Beaufort fühlte sich geschmeichelt.

»Na, das kam doch alles im Radio. Wissen Sie, bei uns läuft den ganzen Tag Bayern 1. Meine Frau und ich sind richtige

Fans von der Frau Kamlin. Warum ist sie denn nicht selbst gekommen?«

»Anne ist gerade in Atlanta, der Partnerstadt von Nürnberg, und macht einen Bericht darüber, wie unser Christkind dort den Weihnachtsmarkt eröffnet. Das wird eine längere Sendung für Bayern 2. Aber ein kürzerer Beitrag läuft bestimmt auch auf Bayern 1.« Beaufort war immer ein wenig stolz, wenn er von Radiohörern auf Anne angesprochen wurde. »Also, was ist nun mit der Wiese?«

»Wenn Sie meinen, dass Sie etwas herausbringen, können Sie sich die Weide gern mal anschauen. Ich muss sowieso noch mal hinfahren, um die Kadaver einzusammeln.«

»Versprechen kann ich Ihnen freilich nichts.«

Nach knapp zwei Kilometern Fahrt bogen der Pick-up und das Taxi in das neue Gewerbegebiet ein. Sie fuhren langsam an einer Dachdeckerei, einem Großbäcker, einer Dreherei und jeder Menge freier Grundstücke zu beiden Seiten des Weges vorbei, bis Grabner seinen Wagen vor einer umzäunten Wiese zum Stehen brachte. Das Taxi hielt direkt dahinter, und Beaufort und sein Chauffeur stiegen aus dem Fahrzeug. Rechts neben der Wiese stand eine moderne Halle aus Fertigbauteilen, die nur zur Straße hin zwei Fenster hatte. Beaufort bemerkte, wie sich dort die Gardinen bewegten. Links befand sich ein altes Backsteinhaus in einem ungepflegten Garten, der von wuchernden Sträuchern und einem Jägerzaun umgeben war. Das musste noch bis vor Kurzem ein Einödhaus gewesen sein, ehe hier das Gewerbegebiet ausgewiesen worden war. Ein Mann mit einer Glatze sah dort neugierig aus dem Fenster und nickte ihnen grüßend zu. In beiden Gebäuden hatte man also ihre Ankunft bemerkt.

Vor ihnen breitete sich die Wiese aus, gleich vorn befand sich ein kleiner Holzstall. Davor, aber auch überall auf dem Grün verteilt, lagen die Vogelkadaver. Der Bauer öffnete das Gatter und ließ Beaufort den Vortritt.

»Passen Sie auf, wo Sie hintreten, sonst ruinieren Sie sich noch Ihre schönen Schuhe«, warnte er. Beaufort trug ausschließlich Maßschuhe, die er sich in London anfertigen ließ. Während der Landwirt zielstrebig auf die erste tote Gans zuging und mit den Sohlen seiner Gummistiefel das eine oder andere Häuflein Kot zerquetschte, schlug Beaufort wie ein Slalomfahrer Haken auf dem Grün. Die Gans lag auf dem Bauch, hatte einen Flügel ausgebreitet und ihren Bürzel in die Luft gestreckt. Der Wind strich leise durch das beinahe hellblaue Gefieder.

»Was für eine ungewöhnliche Farbe. Könnte das eine chemische Reaktion auf ein Gift sein?«

Der Bauer lachte bitter auf. »Nicht alle Mastgänserassen sind strahlend weiß. Dies ist, oder besser war, eine Fränkische Landgans. Die zartblauen Daunen sind typisch für diese Rasse. Sie sind etwas kleiner als die weißen Pommerngänse, aber ihr Fleisch ist wirklich von hervorragender Qualität. Die hier kann man natürlich nicht mehr essen.« Grabner drehte die Gans mit seiner Stiefelspitze auf den Rücken. »Der Bauch ist ganz aufgebläht.«

»Und was bedeutet das?«

»Ich würde sagen: Die haben was gefressen, was ihnen nicht bekommen ist.«

»Was könnte das gewesen sein?«

Der Bauer zuckte mit den Schultern. »Frankengänse sind robust und genügsam. Wenn die wie hier eine große Weide haben, brauchen sie kaum Kraftfutter dazu.«

Von hinten näherte sich der Nachbar aus dem Einsiedlerhaus. »Hallo, Schorsch«, begrüßte er Grabner und nickte Beaufort zu.

»Grüß dich, Walter.«

»Das ist ja eine schöne Bescherung. Doch etwa keine Seuche?«

Der hagere Mann mit der Schiebermütze sah besorgt aus.

»Da mach dir mal keine Sorgen. Das halte ich für unwahrscheinlich.«

»Vielleicht war es ja ein Fuchs? Oder ein Marder? Das kommt doch vor, dass die im Blutrausch alle Hühner in einem Stall totbeißen.«

»Aber Gänse sind nicht so wehrlos wie Hühner. Außerdem hat keiner der Vögel äußere Verletzungen. Hier ist nicht ein Tropfen Blut geflossen. Nein, nein, ich habe da eine ganz andere Theorie.«

»Und was für eine?«, fragte der Nachbar erschreckt.

»Jemand hat meine Viecher vergiftet. Und ich habe auch schon so eine Ahnung, wer.« Grabner ballte die Fäuste in den Taschen seiner Arbeitshose.

Auf den von grauen Bartstoppeln umrahmten Lippen des Nachbarn erschien ein wissendes Grinsen. Vielsagend sah er zum Chemiehandel hinüber. »Schwandner konnte deine Gänse ja noch nie leiden.«

»Wohl wahr«, stimmte ihm der Landwirt mit unterdrückter Wut zu.

»Und warum mochte er Ihre Gänse nicht?«, schaltete sich Beaufort in das Gespräch ein.

»Die können einen ziemlichen Lärm veranstalten. Besonders die Ganter, wenn sie ihre Rangordnung ausfechten. Das ist ja auch der Grund, warum ich die meisten männlichen Tiere nicht im Dorf halte, sondern vor drei Monaten die Wiese hier draußen gepachtet habe.«

»Schwandner denkt, Sie hätten das absichtlich getan, um ihn zu ärgern?«

»Das schließe ich nicht aus – wir reden seit Jahren kein Wort mehr miteinander.«

»Stört Sie der Lärm denn nicht?«, wandte sich Beaufort an den Nachbarn.

»Mir macht das nichts aus«, beeilte der sich zu versichern, »ich hör das gar nicht mehr.« Er wandte sich an den Bauern: »Was machst du jetzt mit den toten Tieren, Schorsch?«

»Ich sammle sie ein, und verscharre sie am besten oben am Waldrand.« Er wies mit dem Kinn in die Ferne, wo eine rot-weiße fränkische Fahne über den Wipfeln der Fichten im Wind flatterte.

»Wäre es nicht besser, die Tiere dem Landesamt für Gesundheit und Lebensmittelsicherheit in Erlangen zu übergeben, um herauszufinden, woran sie genau gestorben sind?«, gab Beaufort zu bedenken.

»Was soll denn das bringen außer Kosten?«, warf der Nachbar ein, »Schorsch weiß doch auch so, wer es war.« Er wandte sich direkt an ihn. »Also das Geld kannst du dir wirklich sparen.«

»Ich kann mir nicht vorstellen, dass die Untersuchung etwas kostet, wenn Verdacht auf eine Epidemie besteht.«

Beide sahen Grabner erwartungsvoll an, der grübelnd auf den Kadaver zu seinen Füßen starrte. »Das hat doch alles keinen Sinn«, sagte er schließlich, »die Gänse werden verbuddelt, und dann ist Schluss.«

»Ich helfe dir«, bot der Nachbar an, »ich geh mir nur schnell Handschuhe holen.« Mit diesen Worten eilte er durchs Gatter zu seinem Haus zurück. Auch Grabner und Beaufort verließen die Wiese. Während der Bauer ein Paar Arbeitshandschuhe aus seinem Wagen holte, sie überstreifte und begann, die toten Gänse einzusammeln, fragte Beaufort Carl nach einer Plastiktüte. Der Fahrer fand tatsächlich eine im Kofferraum beim Reserverad und reichte sie Beaufort, der sie in seine Manteltasche stopfte. Dann ließ er sich aus der Fahrertür des Taxis Carls halbvolle Flasche Mineralwasser geben, goss sie aus und kehrte damit auf die Weide zurück. Beaufort inspizierte den Stall. Auch dort lagen zwei tote Gänse auf dem Boden. Er stieg über sie hinweg, kniete sich vor dem Futter- und dem Wassertrog nieder und begutachtete beide aufmerksam. Dann zog er die Plastiktüte hervor, warf eine Handvoll Körner hinein und verknotete sie sorgfältig. Schließlich schraubte er die leere Plastikflasche auf, hielt sie waagerecht in den anderen Trog, bis es blubberte, und entnahm ihm eine Wasserprobe. Als Beaufort seine Beute zum

Taxi trug, bemerkte er den Nachbarn, der wieder zurückgekommen war und nun mithalf, die Kadaver einzusammeln. Über eine Gans gebeugt schaute er zu ihm herüber. Ihre Blicke trafen sich kurz.

Beaufort übergab dem Chauffeur Flasche und Tüte und steuerte auf das neue Firmengebäude zu. *Sailer Incorp.*, stand auf dem Schild am verschlossenen Eingangstor, und darunter *Chemiegroßhandel*. Beaufort klingelte und wartete. Er spürte, dass er aus einem der Fenster beobachtet wurde, doch nichts rührte sich. Nachdem er erneut geschellt hatte, ohne dass etwas passiert war, drückte er den Klingelknopf noch einmal, diesmal, ohne ihn loszulassen.

»Hören Sie mit dem Sturmgeklingel auf!«, dröhnte eine scheppernde Stimme aus der Gegensprechanlage. »Was wollen Sie überhaupt?«

»Wieso? Ist das hier kein Chemikalienhandel?«, entgegnete Beaufort.

»Sie können hier nicht einfach herkommen und etwas kaufen. Das ist ein Großhandel. Bestellungen werden nur übers Internet bearbeitet und dann ausgeliefert«, maßregelte ihn die Stimme.

»Vielleicht will ich ja gar nichts bestellen, sondern habe nur eine Frage an Sie.«

»Scheren Sie sich davon!« Es knackte in der Leitung.

Wieder drückte Beaufort die Klingel, ohne sie loszulassen.

»Herrgott, hören Sie endlich mit dem Lärm auf!«

»Herr Schwandner?«

Keine Antwort.

»Herr Schwandner, haben Sie eine Erklärung dafür, warum die Gänse heute Nacht umgekommen sind?«

»Ich rede nicht mit Grabners Freunden«, tönte es wütend.

»Wer sagt Ihnen denn, dass ich ein Freund von Grabner bin?«

»Wenn Sie nicht endlich abhauen, rufe ich die Polizei und verklage Sie wegen Hausfriedensbruch.«

Beaufort trollte sich. Der Mann war entweder ein schlimmer Misanthrop, oder er hatte etwas zu verbergen.

Am Wiesenrand legte Grabner eben die letzten beiden Gänse auf die Ladefläche des Pick-ups.

»Na, haben Sie gerade Bekanntschaft mit Schwandner gemacht?«, fragte er.

»Bekanntschaft wäre zuviel gesagt«, grinste Beaufort, »ich habe ihn noch nicht mal zu Gesicht bekommen. Ist der immer so aggressiv?«

Der Bauer und der Nachbar nickten sich grimmig zu. »Wir kennen ihn nicht anders. Und seitdem er seinen Hof verloren hat, ist es noch schlimmer geworden.«

Grabner schloss geräuschvoll die Heckklappe. »Und? Können Sie sich einen Reim auf die ganze Sache hier machen?«, fragte er Beaufort resigniert.

»Es würde mir leichter fallen, wenn Sie mir eine der Gänse überlassen würden.«

»Das macht die Tiere auch nicht wieder lebendig«, schaltete sich der Nachbar ein.

»Walter hat recht«, sagte der Bauer nachdenklich. »Am besten ich versuche, das alles hier zu vergessen.« Er reichte Beaufort die Hand zum Abschied. »Sagen Sie Frau Kamlin, dass es mir leidtut, ihr heuer nicht mit einem Festtagsbraten dienen zu können.« Dann stiegen die beiden in den Wagen und fuhren davon.

Beaufort warf noch einen schnellen Blick auf den Briefkasten am Backsteinhaus und notierte den Namen Walter Kubiak in sein Notizbuch. Ins Taxi einsteigend bat er Carl, dem Pick-up heimlich in weitem Abstand zu folgen. »Sie haben nicht zufällig einen Klappspaten im Kofferraum?«, fragte er.

Einen Tag später – Beaufort knabberte gerade Zimtsterne und las in einem Fachbuch über Geflügelzucht, das er sich gestern in der Erlanger Universitätsbibliothek ausgeliehen hatte –

klingelte das Telefon in seiner Wohnung. Er sah eine Nummer aus Erlangen im Display und hob ab.

»Dr. Wilkens hier vom Landesamt für Gesundheit und Lebensmittelsicherheit. Spreche ich mit Herrn Dr. Beaufort?«

»Am Apparat. Haben Sie die Todesursache schon herausgefunden? Sie sagten doch, das könne sich Tage hinziehen.«

»Die feingeweblichen Untersuchungen dauern auch noch an. Aber ein paar Ergebnisse kann ich Ihnen schon mitteilen. Ihre Gans ist mit ziemlicher Sicherheit nicht an einer Seuche oder einer anderen Geflügelerkrankung verendet, sondern sie starb an einer Intoxikation.«

»Sie meinen, sie wurde tatsächlich vergiftet?«

»Exakt. Sind Sie Kollege, weil Sie sich in der Terminologie auskennen?«

»Ich bin kein Naturwissenschaftler, wenn Sie das meinen, aber alles, was mit Mord zusammenhängt, ist meine Passion«, antwortete Beaufort mit einem gewissen Pathos.

»Ich weiß ja nicht, ob man bei Gänsen von Mord sprechen kann, denn soweit ich informiert bin, sind sie juristisch als Sachen einzustufen. Aber unter moralischen Aspekten betrachtet wurde diese Gans tatsächlich ermordet, und zwar heimtückisch. Der Giftstoff befand sich in der Wasserprobe, die Sie uns mitgeliefert haben.«

»Und was ist das für ein Gift?« Beaufort war aufgeregt.

»Die Substanz heißt Gamma-Butyrolacton, kurz GBL. Es handelt sich dabei um ein geruch- und geschmackloses Lösungsmittel, das in Klebstoffen und Putzmitteln vorkommt, aber auch in Druckereien zur Farbaufhellung verwendet wird. Sie werden gewiss schon davon gehört haben.«

»Äh, nicht wirklich«, gab der Hobbydetektiv zu.

»Oh doch, bestimmt. Sie kennen die Substanz wahrscheinlich unter dem Namen K.-o.-Tropfen. Vergewaltiger setzen sie ein. In der richtigen Dosierung macht es die Opfer willenlos und raubt ihnen sogar die Erinnerung an den Vorfall.

In Party-Kreisen wird GBL auch gern als »flüssiges Ecstasy« konsumiert. Der Rausch birgt allerdings hohe gesundheitliche Risiken. Eine Überdosis – und hier geht es nur um Milliliter – kann leicht zum Tode führen. Für Ihre Gans war diese Mischung jedenfalls absolut tödlich.«

»Das sind ja hochinteressante Neuigkeiten. Und wie kommt man an diese Party-Droge heran?«

»Ich hoffe, Sie fragen nicht als potenzieller Konsument, sonst müsste ich unser Gespräch jetzt nämlich beenden«, lachte der Chemiker.

»Keine Sorge«, stimmte Beaufort mit ein, »ich halte mich nur an legale Drogen wie Mouton-Rothschild.«

»Eine ausgezeichnete Wahl. Soweit ich informiert bin, fällt GBL wegen der industriellen Nutzung nicht wirklich unters Betäubungsmittelgesetz. Der Erwerb dürfte legal sein, wenn man den Zweck nachweisen kann. Aber die Vorratshaltung und der Verkauf sind strafbar. Für diesen Gänsemord dürfte sich also auch die Polizei interessieren.«

»Vielen Dank, Herr Dr. Wilkens, Sie haben mir sehr weitergeholfen.«

Beaufort machte sich eine Notiz, dem Wissenschaftler zwei Flaschen seines besten Rotweins zukommen zu lassen. Dann fuhr er den Computer hoch und googelte zuerst GBL, dann die *Sailer Incorporated* und etliche weitere Begriffe. Als er nach etwa einer Stunde mit seinen Recherchen fertig war und mit Carl für den nächsten Tag eine erneute Tour nach Ochsenschenkel vereinbart hatte, beschloss er, einen langen Spaziergang entlang der Pegnitz zu machen. Er musste all diese Informationen über Gänsehaltung, Geldfälscher und Gamma-Butyrolacton noch einmal an der kalten Dezemberluft gründlich durchdenken. Und auf dem Rückweg könnte er auch gleich bei seinem besten Freund Ekki Ertl im Gericht vorbeischauen. Wenn er dem Justizsprecher seine Indizien vorlegte, würde der sicher nicht ablehnen, *Sailer Incorp.*, Erich Schwandner und Walter Kubiak durch den Fahndungscomputer laufen zu lassen. Es müsste doch mit dem Teufel zugehen, wenn sich dort nichts fand, was seine Thesen bestätigte.

In der Ankunftshalle des Nürnberger Flughafens herrschte reger Vorweihnachtsbetrieb. Die Flugzeuge landeten im Zehnminutentakt und spien einen steten Fluss Reisender, die meisten schwerbepackt mit Weihnachtsgeschenken, aus der automatischen Tür der Gepäckausgabe. Beaufort liebte diese Atmosphäre fröhlicher Begrüßungen, wenn Familienmitglieder, Freunde und Liebespaare sich stürmisch umarmten und innig herzten. Nur die ständige Berieselung mit Weihnachtsliedern ging ihm gewaltig auf die Nerven. Er hörte gerade zum dritten Mal eine James-Last-Version von *Rudolph, the red-nosed Reindeer*, als Anne endlich aus der Schiebetür trat, sich suchend im Gewimmel umsah, ihn jedoch nicht entdeckte und hinter der Absperrung dem linken Ausgang zustrebte. Sie trug ihren modisch kurzen Mantel offen, hielt eine große Tüte in der einen Hand und zog mit der anderen ihren Koffer hinter sich her. Als Anne den aus dem Pulk der Wartenden hervortretenden Beaufort endlich wahrnahm, ließ sie ihr Gepäck stehen und sprintete die letzten Meter in seine geöffneten Arme. Dort standen sie, Körper an Körper gepresst, eine ganze Weile still im Getümmel und genossen die Wiedersehens- und -fühlensfreude. Schließlich nahm Beaufort Annes Koffer, sie ergriff ihre amerikanische Einkaufstüte, und Hand in Hand gingen sie zu den Klängen von *Winter Wonderland* aus der Halle. Passenderweise bedeckte draußen tatsächlich eine dicke Schneedecke das Flughafengelände. Seit dem Morgen schneite es in ganz Deutschland, was für Verzögerungen im Luft-, Schienen- und Straßenverkehr sorgte. Aber der treue Carl war natürlich trotzdem zur Stelle und hatte Beaufort hergefahren. Er verstaute Annes Reisegepäck im Kofferraum und ließ das Paar hinten ins Taxi einsteigen.

»Wie war Atlanta?«, wollte Frank wissen. »Aufregend?«

Anne musterte Beaufort lange mit einem schiefen, belustigten Lächeln, ehe sie antwortete: »Bestimmt nicht so aufregend, wie eine internationale Geldfälscherbande zu überführen.« Sie kramte eine aktuelle Nürnberger Zeitung aus ihrer großen Handtasche – »die habe ich in Frankfurt im Flieger bekommen« – und deutete auf einen Artikel mit der fetten Überschrift: *Geldfälscher-Ring in Ochsenschenkel zerschlagen*. Darunter war das Foto eines hageren, glatzköpfigen Mannes zu sehen, der von der Polizei in Handschellen abgeführt wurde. »Ich wette meine Weihnachtsgans darauf, dass du etwas damit zu tun hast.«

Frank zog amüsiert eine Augenbraue hoch und deutete in Richtung Chauffeur. »Oh, ich war es nicht allein. Carl war mit von der Partie.«

»Wenn man euch schon mal aufs Land schickt. Na los, erzählt! Aber der Reihe nach. Dem Artikel konnte ich nur entnehmen, dass in einem Einfamilienhaus im Gewerbegebiet bei Vestenbergsgreuth eine Geldfälscherwerkstatt versteckt war. Und dass eine Schar vergifteter Weihnachtsgänse und Hinweise aus der Bevölkerung die ganze Sache haben auffliegen lassen.«

Während das Taxi sich langsam durch das Schneegestöber kämpfte, begann Beaufort im warmen Wageninneren ausführlich zu schildern, wie er vor drei Tagen zusammen mit Carl nach Ochsenschenkel aufgebrochen war, um Annes Weihnachtsgans zu holen, aber stattdessen Zeuge eines tierischen Massenmordes geworden war. Als er an der Stelle anlangte, wo Bauer Grabner und Nachbar Kubiak mit den 16 toten Gänsen davonfuhren, übergab er das Wort an den Chauffeur. Der berichtete, wie er dem Pick-up unauffällig bis an den Waldrand gefolgt war. Ganz in der Nähe des Fahnenmastes, der die geografische Mitte Frankens markiert, hätten die beiden die Gänse im Boden verscharrt. Als sie endlich weg waren, habe er eine von ihnen wieder ausgegraben – mit dem Wagenheber. Und dann seien sie nach Erlangen zum Landesamt gefahren, um den Kadaver und die Futterproben dort untersuchen zu lassen. Die Ergebnisse des Telefonats mit dem Lebensmittelchemiker und seiner Internetrecherchen gab wiederum Beaufort zum Besten und erklärte nicht ohne Stolz: »Ab da war ja klar, dass Kubiak die Gänse vergiftet haben musste.«

»Warum war das klar?«, unterbrach ihn Anne und legte die Hand auf sein Knie. »Deuten illegale chemische Drogen nicht eher auf diesen groben Schwandner hin? Es würde mich nicht wundern, wenn hinter den Mauern dieses Chemikalienhandels heimlich mit GBL gedealt würde.«

»Du magst doch die Gedichte von Mascha Kaléko genauso gern wie ich. Erinnerst du dich noch an die Zeile: ›Was du nicht willst, dass man dir tu, das schieb dem Nächsten in die Schuh?‹ Genau das hat Kubiak hier versucht, für den Fall, dass überhaupt jemand chemische Nachforschungen anstellen würde. Letztendlich hat er sich damit aber ein Eigentor geschossen.«

»Wieso Eigentor? Ich versteh nur Bahnhof.«

Vorne stellte Carl die Scheibenwischer wegen des Schneetreibens auf höchste Geschwindigkeit.

»Ich habe natürlich überprüft, ob die *Sailer Incorporated* mit GBL handelt. Die dürften das für Großkunden ja legal tun. Aber die Firma verzichtet ganz bewusst auf dieses Geschäft und hat dafür sogar einen Branchenpreis für fairen Handel bekommen.« Frank streichelte Annes Hand auf seinem Knie. »Diese Recherchen hätte Kubiak vor seinem Anschlag besser auch mal getätigt, anstatt das verräterische GBL zu nehmen.«

»Ich komme nicht mehr mit, Frank. Warum ist GBL für diesen Kubiak verräterisch? Ist er als Vergewaltiger aktenkundig, oder was?«

Vor der *Schöller Lebkuchenfabrik* staute sich der Verkehr an der Kreuzung.

»Nein, als Geldfälscher natürlich. Er saß acht Jahre hinter Gittern, weil er noch zu D-Mark-Zeiten falsche Hunderter hergestellt hat, sagt Ekki. Es sollen ganz exzellente Blüten gewesen sein. Der Mann ist ein Topgrafiker, ein Profi auf seinem Gebiet. Aber mit so etwas in dieser Art hatte ich gerechnet. Schließlich wird Gamma-Butyrolacton im Druckgewerbe benutzt. Und nachdem in den letzten Wochen in Franken vermehrt Falschgeld aufgetaucht ist, musste ich nur noch eins und eins zusammenzählen.«

Beaufort lehnte sich zufrieden in seinen Sitz zurück. Anne gähnte hinter vorgehaltener Hand und bemerkte Franks leicht verstimmte Miene. »Entschuldige«, sagte sie, »das hat nichts mit deiner Geschichte zu tun. Es ist der Jetlag. Die Zeitverschiebung macht mir zu schaffen. Deshalb stehe ich wohl auch etwas auf dem Schlauch. Kannst du es mir noch einmal erklären?« Sie schmiegte sich zärtlich an seine Schulter.

»Es ist alles eine Frage des Ausgangspunktes«, erläuterte Beaufort und legte den Arm um sie. »Wir haben 16 tote Gänse auf einer Weide im Gewerbegebiet zwischen Ochsenschenkel und Vestenbergsgreuth, und irgendjemand hat sie vergiftet. Warum hat er das getan?«

»Weil Gänse so aufmerksam wie Wachhunde sind, und der Täter nicht wollte, dass sie Lärm schlagen. Und da es an der Wiese weit und breit nur zwei Anwohner gibt, kommen auch nur die in Betracht.«

Beaufort sah seine Freundin perplex an. »Wie hast du denn das herausgefunden?«

»Na, kennt die nicht jeder, die Geschichte von den heiligen Gänsen auf dem Kapitol, die mit ihrem Geschnatter die Römer vor einem Überfall der Kelten gewarnt haben?«, gähnte Anne erneut. »Außerdem bin ich im Gegensatz zu dir Stadtkind auf dem Land aufgewachsen, da weiß man, wie neugierig Gänse sind und was die für einen Radau machen können.«

Er gab ihr einen Kuss auf den Scheitel und atmete den Duft ihres Haars ein. »Du verblüffst mich immer wieder. Hast du auch eine Erklärung dafür, wie das GBL in die Tränke im Stall gekommen ist? Die Tiere müssen doch wie wild geschnattert haben, als der Mörder die Wiese betrat.«

»Also die Gänse in meiner Kindheit haben uns direkte Nachbarn erkannt und vom Rest der Menschheit unterschieden. Die schnatterten nicht bei jedem los.«

»Erstaunlich. Ich hätte dich und dein Wissen wirklich gut gebrauchen können. Um das herauszubekommen, musste ich ein Buch über Geflügelaufzucht lesen. Und du kannst dir gar nicht vorstellen, wie ermüdend die Lektüre von Texten ist, in denen andauernd von Ausmast, Aufzuchtphase und Grünfuttergewinnung die Rede ist.«

»Vielleicht kaufst du dir ja mal ein Schloss in der Fränkischen Schweiz und machst auf Landedelmann mit Pferde- und Geflügelzucht«, kicherte Anne. »Dann waren deine Bemühungen jedenfalls nicht ganz umsonst.«

»Sehr witzig«, entgegnete Beaufort trocken. »Also halten wir fest: Sowohl Schwandner als auch Kubiak hätten theoretisch die Möglichkeit, unbemerkt das Gift in die Tränke zu tun, weil die Gänse sie erkennen und nicht Laut geben würden.«

»Nur warum sollten die beiden das tun?«

Das Taxi bog am Hallertor in die Stadtmauer ein und rollte langsam über die geschlossene Schneedecke der nicht geräumten Maxbrücke.

»Um die Ankunft eines Gastes vor ihrem Nachbarn unbedingt geheim zu halten.«

»Und da kam dir Kubiak verdächtiger vor als Schwandner?«

»Ja, wegen der Verdachtsmomente, die schon vor Ekkis Bestätigung für Geldfälschung gesprochen haben. Außerdem hat Kubiak laufend versucht, Bauer Grabner zu beeinflussen, die Gänse nicht untersuchen zu lassen.«

»Und wer soll dieser rätselhafte Besuch in der Nacht gewesen sein, wegen dem der Gänsemord verübt wurde? Hast du darauf auch eine Antwort gefunden?«

Das Taxi hielt vor Beauforts Haus am Kaspar-Hauser-Platz. Carl wandte sich zu ihnen um und Beaufort nickte ihm zu, woraufhin er die Antwort gab: »Ich habe Herrn Beaufort noch einmal ins Gewerbegebiet gefahren. Wir haben dort alle Anlieger befragt, ob ihnen in der Nacht etwas Besonderes aufgefallen ist.«

»Und die Frau des Dachdeckermeisters hat einen spanischen Lastwagen die Straße runterkommen sehen, von dem sie dachte, er habe sich verfahren«, ergänzte Frank. »Wie die Hausdurchsuchung bei Kubiak dann ergab, hatte der LKW echtes Euro-Geldpapier geladen, das aus einer staatlichen spanischen Münzerei gestohlen worden war. Es war in Kubiaks Keller gelagert, gleich neben der Druckerpresse, mit der er das Falschgeld herstellte. Der muss sich mächtig geärgert haben, als rund um sein verstecktes Einsiedlerhaus neues Bauland für den Gewerbepark ausgewiesen wurde. Und erst recht, als dann auch noch Grabners wachsame Gänse dazukamen.«

Carl stieg aus dem Wagen, holte Annes Gepäck aus dem Kofferraum und schaffte es in den Hauseingang, wo Beauforts Haushälterin Rita Seidl schon ungeduldig wartete.

»Mein Held«, sagte Anne halb ironisch, halb bewundernd und ließ ihre Hand seinen Oberschenkel hochgleiten, »was bist du doch für ein gescheites Kerlchen.« Sie küsste ihn leidenschaftlich. Ein vielversprechender Auftakt für eine erregende Wiedersehensfeier, fand Beaufort, sah sich aber jäh um die Früchte seiner Arbeit gebracht, als Anne mit einer plötzlichen Eingebung ihre Zunge zurückzog.

»Hast du in dem ganzen Chaos an unsere Weihnachtsgans gedacht?«

»Grabner hatte nach dem Massaker natürlich keine mehr zu verkaufen«, druckste Beaufort. »Und nachdem du neulich so ein Gezeter um die einzig wahre Biogans als Weihnachtsbraten gemacht hast, habe ich mich ehrlich gesagt nicht getraut, eine andere zu besorgen.«

»Und wo sollen wir jetzt noch eine herbekommen?«, fragte Anne mit schmalen Lippen, »es ist Samstag und in zwei Tagen ist Heiligabend. Ich hatte mich so auf unser erstes gemeinsames Weihnachten gefreut. Aber ohne Gans wird es nicht perfekt.«

Sie stiegen aus dem Taxi und eilten wortlos nebeneinanderher durchs Schneegestöber dem Eingang zu. Wenn Annes

Pläne platzten, wurde ihr Gemütszustand heikel. Im Hausflur begrüßte sie die Haushälterin aufgeräumt, während Carl sich diskret verabschiedete. Doch als Beaufort Anne vorsichtig von der Seite ansah, wusste er, ihre Wiedersehenseuphorie war verflogen. Die beiden standen schon im Aufzug, als Frau Seidl sie noch einmal zurückhielt und aus ihrer Wohnung ein großes, schweres Paket herbeischaffte.

»Das hat vorhin ein Mann in Cordhose und Gummistiefeln für Sie abgegeben.«

Beaufort öffnete den Briefumschlag, der auf dem Paket befestigt war, und überflog die handbeschriebene Weihnachtskarte. *»Danke, dass Sie den wahren Schuldigen gefunden und mich vor einer großen Dummheit gegenüber Schwandner bewahrt haben«*, stand dort geschrieben, *»Ihnen und Frau Kamlin ein gesegnetes und frohes Weihnachtsfest.«*

Und das wurde es dann auch. Mit allem Drum und Dran. Inklusive fränkischer Weihnachtsgans.

Fränkische Weihnachtsgans

Zutaten für 6 Portionen:
1 küchenfertige, etwa 3 Kilo schwere Gans
frischer gehackter Majoran (wahlweise 1 TL getrockneter)
frischer gehackter Beifuß (wahlweise 1 TL getrockneter)
Salz und frisch gemahlener Pfeffer
1/4 Liter Wasser
1/8 Liter dunkles Landbier

Für die Füllung:
1 Brötchen vom Vortag (am besten aus Schrot)
3 säuerliche Äpfel (bevorzugt Boskop-Äpfel)
2 Zwiebeln
250 Gramm geschälte Esskastanien
1 Eigelb
Salz und frisch gemahlener Pfeffer

Zubereitung:

Die Gans innen und außen gründlich waschen und für etwa vier Stunden in Eiswasser legen, weil dadurch die Haut beim Braten besonders knusprig wird. Danach die Gans aus dem Wasser nehmen und trocken tupfen. Innen und außen mit Salz, Pfeffer und den kleingehackten Kräutern einreiben. Den Backofen auf 160 °C vorheizen.

Für die Füllung das Brötchen in Wasser einweichen. Zwei der Äpfel und eine der Zwiebeln schälen und würfeln. Die Hälfte der geschälten Maronen in Achtel schneiden. Das Brötchen ausdrücken und mit den Apfel-, Zwiebel- und Maronenstückchen sowie dem Eigelb verrühren. Die Masse salzen und pfeffern und den Gänsebauch damit füllen.

Die Gans an der offenen Seite mit Küchengarn zunähen, damit die Füllung nicht herausläuft, und mit der Brust nach oben in einen großen Bräter legen. Einen Viertelliter Wasser angießen und die Gans auf der mittleren Schiene des Backofens etwa zwei Stunden lang braten. Anschließend die Temperatur auf 200 °C erhöhen. Den restlichen Apfel entkernen und in Achtel schneiden. Die Zwiebel schälen und achteln. Die Apfel- und Zwiebelstücke mit den restlichen Maronen zur Gans geben und alles weitere dreißig Minuten braten. Dabei die Gans abwechselnd mit Bier und Bratensaft begießen, damit sie eine knusprige Haut bekommt.

Die Gans aus dem Ofen nehmen und warm stellen. Den Bratensaft weitere zehn Minuten in einem Topf ohne Deckel köcheln lassen und durch ein Sieb gießen. Mit Salz und frisch gemahlenem Pfeffer abschmecken und zusammen mit den gekochten Äpfeln, Zwiebeln und Maronen zur Gans servieren.

Petra Nacke

Familientradition

»Jule, langst du mir mal die Schöpfkelle rüber!«

Ute steht mit gebeugtem Oberkörper vor dem geöffneten Backofen. Vor lauter Hitze hat sie ein ganz rotes Gesicht, und es wird noch röter, als sie sorgfältig Bratensaft über die stattliche Gans in der Röhre verteilt, damit die Haut richtig knusprig wird.

»Ein schöner Vogel«, kommentiert Oma Inge vom Küchentisch aus.

Uroma nickt, obwohl sie mit Sicherheit nicht verstanden hat, was ihre Tochter gesagt hat, weil sie schon seit Jahren nichts mehr hört, wenn sie nicht ihr »Dingseisen« – gemeint ist das Sennheiser-Hörgerät – in die Ohren gestöpselt hat, und beugt sich über die rosa Plastikschüssel auf ihrem Schoß.

Es ist ein Heiligabend wie jedes Jahr. Sorgsam von Inge betreut und mit Bratensaft beträufelt, schmort in der Röhre eine Gans von Bauer Kleinlein vor sich hin. Uroma reibt Kartoffeln, Oma Inge rührt Kuchenteig und Julia pinselt Zuckergussgesichter auf Engel- und Weihnachtsmannplätzchen. Vier Generationen treffen sich zu Weihnachten, ganz genau wie immer – mit zwei Ausnahmen: Oma Inge feiert heute einen quasi runden Geburtstag, nämlich ihren fünfundsechzigsten, und Julia hat Max eingeladen.

Julia hätte Max zu diesem speziellen Fest der Feste niemals eingeladen, wenn es ihr nicht ernst wäre, und ernst bedeutet in diesem Fall »Max oder keiner, wir wollen heiraten!«

»Oha«, hatte ihre Mutter nur gesagt, »heiraten, also.« Sonst nichts.

Das war im Oktober. Im November war Julia mit Max in die hübsche Maisonettewohnung in der Helmstraße gezogen, und Anfang Dezember kam dann der Anruf von Oma Inge: »Weißt du was, Mausi, wir finden, dass du deinen Max zu Weihnachten mitbringen solltest. Dann können wir den jungen Mann endlich alle mal kennenlernen. Ist doch eine schöne Gelegenheit, wo ich doch meinen siebten Fünfer feiere. Was meinst du?«

Eigentlich hatte Julia überhaupt keine Lust auf eine erneute Weiberweihnacht. Natürlich, zu Kaffee und Kuchen am Nachmittag wäre sie gern vorbeigekommen, hätte ihrer geliebten Oma Inge gratuliert und die Akkus in Uromas »Dingseisen« ausgetauscht. Und selbstverständlich hätte sie Max mitgebracht, es wird Zeit, dass er ihre drei Mütter kennenlernt – aber den ganzen Abend?

»Mensch, Oma, der fühlt sich doch bestimmt nicht wohl in so einer reinen Weiberwirtschaft, außerdem hat er ganz andere Ernährungsgewohnheiten als ihr.« Aber Oma hatte nur gemeint: »Quark, da muss der durch!« Damit war die Sache entschieden und Julias Plan geplatzt.

Julia hatte gehofft, Heiligabend ganz allein mit Max verbringen zu können und sich von ihm bekochen zu lassen. Max ist ein hervorragender Koch, leichte Küche, wenig Fleisch, viel Gemüse, und alles auf jeden Fall aus kontrolliert biologischem Anbau. »Man ist, was man isst,« hatte er an einem ihrer ersten Abende gesagt, und Julia, die schon als Kind zu Pummeligkeit neigte, hatte betreten auf den Boden geblickt, weil sie sich augenblicklich wie ein Schweinerollbraten fühlte – oder wie eine fette Weihnachtsgans. Jetzt brutzelt so ein Tier im Backofen, und um halb sechs kommt Max und wird Zeuge dieser kollektiven Cholesterinsünde, schlimmer noch, er muss mitessen.

»Kann mir mal jemand verraten, warum es bei uns jedes Jahr so ein fettes Vieh geben muss?«

»Kann ich.« Ute dreht sich nicht einmal zu ihrer Tochter herum, während sie Mandelkrokant in einer schweren

Gusseisenpfanne röstet. »So eine Gans auf niedriger Stufe, langsam im Backofen geschmort, ist nicht nur lecker, sondern auch praktisch, weil ...«

»... weil man zwischendrin so viele schöne andere Dinge machen kann wie zum Beispiel Plätzchen verzieren oder Buttercremekringel auf Geburtstagstorten spritzen«, ergänzt Oma Inge fröhlich. »Außerdem ist die Gans bei uns Teil der Tradition! War praktisch, dass der junge Mann sie uns heute Vormittag noch vorbeigebracht hat, hat uns viel Mühe erspart.«

Kurz schaut sie ihre Enkelin mit einem schwer zu deutenden Gesichtsausdruck an, dann konzentriert sie sich wieder auf den Spritzbeutel in ihrer Rechten. Ute rüttelt geräuschvoll mit der Pfanne.

Tradition, Tradition, denkt Julia, zum Teufel mit der Tradition, wenn es Wochen dauert, bis man sich die Feiertage wieder von den sowieso immer noch viel zu drallen Hüften runtertrainiert hat!

Früher war es vielleicht mal schön, wenn Frauen gut im Speck standen. Früher haben die Männer Halleluja gerufen oder nach Luft geschnappt vor lauter Vergnügen über weibliche Rundungen, haben sie sogar besungen und auf Ölgemälden verewigt. Heute streicht Max ihr im Bett über Bauch, Hüften und Schenkel, und seine Fingerkuppen fühlen sich an wie zehn strenge Fettdetektoren, die jedes Polster, jede neue Delle gnadenlos ausfindig machen, sie umkreisen, bloßstellen, kommentieren.

Dank seiner konsequenten Ernährungslehre und eines Fitnessprogramms, das er extra für sie ausgearbeitet hat, passte sie nach drei Monaten endlich in das Kostüm, das ihm so gut gefiel – anthrazit mit feinen roten Nadelstreifen. Das Teil hatte ein Vermögen gekostet, von der passenden Seidenbluse und den hohen Lackpumps mal ganz zu schweigen. Ute hatte Geld dazugegeben, obwohl sie solche steifen, engen Madamefummel absolut nicht ausstehen kann, aber wenn es ihre Tochter glücklich macht!

Richtig wohlgefühlt hatte Julia sich allerdings nicht, als sie ihr neues Outfit zum ersten Mal trug, aber Max hatte gestrahlt und sie in ein teures Restaurant ausgeführt, in das er sonst nur mit seinen Geschäftspartnern geht. Und Julia war, trotz schmerzender Füße und dem Gefühl, in einer Zwangsjacke zu stecken, dann doch noch auf eine ganz neue, ihr vollkommen unbekannte Art irgendwie glücklich gewesen.

»Gibt mir mal jemand den Krokant!« sagt Oma Inge, und Julia stellt die Eisenpfanne neben sie auf den alten Eichentisch.

Krokant, denkt sie unwillkürlich, kleingehackte Mandelstücke mit Butter und Zucker scharf angeröstet: zerhackte Wesen in Zuckerguss – Frauen in Designerkostümen und Lackpumps. Und gleich als nächstes fragt sie sich, warum sie so einen blöden Gedanken denkt.

»Mausi, träum nicht, hilf Uroma!«, sagt Ute und reicht ihrer Tochter das Hörgerät, das dringend neue Akkus braucht, damit die Älteste auch wieder akustisch am Küchenleben teilhaben kann. Mit den Kartoffeln ist sie schon seit einer Weile fertig, jetzt sitzt sie etwas abwesend auf der Eckbank und zupft am Adventskranz rum. Uromas Hörgerät ähnelt ein bisschen dem Kopfhörer von Julias portablem CD-Spieler, nur dass der Bügel etwas dicker ist und nicht auf den Kopf gesetzt wird, sondern unter dem Kinn baumelt. Den CD-Spieler hatte sie von Max bekommen – damit das tägliche Joggen mehr Spaß macht. Den optimalen Laufsound hat er auch gleich ausgesucht und eine ganz spitze Nase bekommen, als Julia das eintönige Gestampfe des Schlagzeugs auf der CD als moderne Marschmusik bezeichnete – sie hatte sich natürlich sofort dafür entschuldigt.

»Du willst also einen Kerl heiraten! Willst du dir das nicht noch mal überlegen?« Jetzt, wo sie wieder hören kann, ist Uroma schlagartig putzmunter. »Kerle taugen nix, da ist einer genau wie der andere. Am besten ist gar kein Kerl!«

»Aber ihr wart doch alle verheiratet, du, Mama, Oma – die sogar zweimal!« wendet Julia ein.

»Inge war schon immer ein bisschen langsam und genauso treuherzig wie der Setter von Kleinleins«, sagt Uroma nur.

Oma Inge räuspert sich geräuschvoll und zündet sich eine Zigarette an. Die Torte hat sie in den Kühlschrank gestellt und dafür vier Campari-Soda-Fläschchen rausgenommen.

»Pause, Mädels! Ute, bring uns doch mal ein paar Gläser rüber!«

Ute holt die Gläser und setzt sich anschließend zu den anderen an den hölzernen Küchentisch. Der Duft von Oma Inges Virginias vermischt sich köstlich mit dem des Gänsebratens und einer feinen Erinnerung an Mandelkrokant. Es wird angestoßen, vier Gläser klingen hell wie Engelsglocken.

»Du siehst krank aus, meine Kleine, irgendwie ausgelaugt – und wie mager du bist! Liegt bestimmt alles an diesem Kerl.«

»Nein, Uroma, das liegt an meiner Diät und dem Sport. Außerdem weiß ich wirklich nicht, warum du so auf Max rumhacken musst, du kennst ihn doch noch nicht mal!« Julia schnorrt sich eine Zigarette von Oma Inge, obwohl sie ganz genau weiß, dass ihr Zukünftiger es überhaupt nicht schätzt, wenn sie heimlich raucht. »Und überhaupt, es kommt mir so vor, als wollte mir jede von euch den Mann ausreden, den ich liebe und den ich heiraten will. Soll ich etwa als alte Jungfer enden, nur weil ihr alle keinen Mann mehr habt?«

»Man muss ja nicht gleich die ganze Kuh kaufen, nur weil man ab und zu mal ein bisschen Milch braucht!« konstatiert Oma Inge nüchtern.

»Mensch Mutti!«, stöhnt Ute und wendet sich ihrer Tochter zu: »Weißt du, Julchen, das mit dem Alleinleben hat bei den Frauen in unserer Familie eine gewisse Tradition. Schon Uromas Mutter hat ihren Mann sehr früh verloren und die Kinder ganz allein durchgebracht, genau wie Uroma.«

»Deren Mann im Krieg geblieben ist, ja, ja, ich weiß«, ergänzt Julia genervt, »aber was hat das mit mir zu tun?«

»Genau genommen«, Ute versenkt ihren Blick tief in das Campariglas in ihrer Hand, als sähe sie darin die Zukunft –

oder die Vergangenheit –, »genau genommen ist dein Uropa gar nicht im Krieg geblieben, er blieb lediglich vermisst.«

Die Küchenuhr tickt, hinter der gläsernen Backofentür hört man siedendes Gänsefett. Uroma strahlt über das ganze Gesicht.

Julia versteht nicht, schaut von ihrer Mutter zu Oma Inge, zu ihrer Urgroßmutter, dann wieder zurück zu ihrer Mutter. »Was heißt das denn nun, Uropa sei genau genommen nicht im Krieg geblieben? Wo ist er denn?«

»Was weißt du von den beiden Weltkriegen, Julia?« Oma Inge hat sich noch eine Zigarette angezündet und beobachtet ihre Enkelin durch den Rauch hindurch, »ich meine, was weißt du davon, was die beiden Kriege für die Frauen damals bedeutet haben?«

Julia zuckt mit den Schultern: »Na ja, die Männer waren halt weg, und nach dem zweiten mussten die Frauen die Städte wieder aufbauen, und all so was.«

»Das Schlimme waren nicht die kaputten Städte, mein Mäuschen, auch nicht die verschwundenen Männer. Das wirklich Schlimme waren die kaputten Männer, die zurückkamen.«

»Genau das hat meine Mutter auch immer gesagt«, bestätigt Uroma, »ist noch ein Gläschen von diesem Getränk da, Ute?« Ute steht auf und geht zum Kühlschrank. Sie sieht aus, als fühle sie sich gerade nicht sonderlich wohl.

»Vielleicht ist Julia doch noch nicht alt genug.«

»Also bitte, Ute, deine Tochter ist 21, und jetzt sind wir sowieso schon mittendrin!«

Julia wird die ganze Geschichte langsam unheimlich, sie schaut auf die Küchenuhr – in zwanzig Minuten wird Max klingeln, dann ist der Spuk vorbei. Ute stellt vier weitere Miniaturcamparis auf den Tisch, entfernt die Kronkorken und geht noch einmal zum Herd, um nach der Gans zu schauen, das Blaukraut und das Wasser für die Klöße aufzusetzen. Uroma hat sich derweil ihren zweiten Campari eingeschenkt.

»Als meine Mutter zwei Jahre älter war als du heute«, erzählt sie, »bekam sie ihr erstes Kind, meine älteste Schwester. Im selben Jahr brach der Krieg aus, und ihr Mann blieb vier Jahre lang verschwunden, Stellungskrieg, davon hast du ja bestimmt schon mal in der Schule gehört, Julia. In den kurzen Fronturlauben hat er ihr Jahr für Jahr ein neues Kind gemacht, um das sie sich ganz allein kümmern musste. Das war eine harte Zeit, sie hat in Fabriken gearbeitet, ist putzen gegangen, hat alles Mögliche versucht, um ihre Kinder durchzubringen, und trotzdem sind ihr zwei gestorben. Als der Krieg 1918 verloren war und er zurückkam, bekam sie noch ein Kind dazu – nur dass dieses Kind ihr Ehemann war. Er kannte keinen seiner Sprösslinge, vergaß oder verwechselte andauernd ihre Namen und verlangte trotzdem Respekt von ihnen – und von meiner Mutter, dass sie ihn bediente, wie man das damals von Frauen eben so erwartet hat. Meine Mutter hat sehr darunter gelitten. Sie war schon vor dem Krieg eine eigenwillige und selbstständige Frau gewesen und hatte in den vier Jahren, in denen er vor Verdun oder sonstwo lag, mehr als tapfer ihren Mann gestanden. Dann kam er zurück, hatte keine regelmäßige Arbeit, hatte keine Ahnung von Haushalt oder Kindererziehung – dafür wusste er aber umso besser, wo es den billigsten Schnaps gab – und wollte den Hausherren spielen, als könnte man einfach so weitermachen wie vor dem Krieg.«

»Während Edda weiter putzen ging,« ergänzt Oma Inge.

Draußen hat es angefangen zu schneien. Die dicken Flocken tanzen im Schein der Straßenlaterne, und die Pflastersteine auf dem Gehsteig sind schon mit einer dünnen weißen Schicht bedeckt. Es wird ein Heiligabend, wie er im Buche steht.

Julia hat aufmerksam zugehört, diesen Teil ihrer Familiengeschichte kennt sie noch nicht. Trotzdem wird sie langsam ungeduldig:

»Uroma, ich versteh nicht, warum du mir das ausgerechnet jetzt erzählst! In ein paar Minuten kommt Max, und ich bin noch nicht mal umgezogen. Hat das nicht Zeit bis später?«

»Nein, Julchen«, sagt Oma Inge, »das hat keine Zeit bis später. Hör ganz genau zu, denn mit deiner Ururgroßmutter Edda, mit Uromas Mama, hat alles angefangen.«

»Eigentlich mit mir«, korrigiert Uroma, »mit ihrer Jüngsten, dem einzigen Kind, das ihr geblieben war, nachdem meine beiden Brüder im Zweiten Weltkrieg gefallen waren. Ganz genau an dem Tag, als mein Mann 1947 aus der Gefangenschaft zurückkam und mitten in der Nacht plötzlich vor der Tür stand.«

»Was hat angefangen?« Julia blickt in drei Augenpaare, die sich mit liebevoller Strenge auf sie heften und spürt, wie ihr das Blut aus dem Kopf in die Beine schießt. Ihr ist plötzlich kalt, trotz der Hitze, die vom Backofen ausgeht. Oma Inge nimmt ihre Hand und schaut sie mit einem Blick an, in dem sich Ernst und eine merkwürdige Art von triumphierender Heiterkeit vermischen.

»Die Befreiung«, sagt sie feierlich. »Deine Ururgroßmutter Edda hat damit begonnen! Die Mutter weiß immer am besten, was gut für ihre Tochter ist.«

»Leicht war es am Anfang nicht zu verstehen, das kann ich dir verraten, hat sogar richtig weh getan«, sagt Uroma kichernd, »aber Mutters Entscheidung war richtig.«

»Sie hat«, Julia verschluckt sich, ihre Mutter reicht ihr das Campariglas über den Tisch, nickt dabei zustimmend mit dem Kopf.

»Es ist nun mal nicht gut, wenn Männer Frauen einengen, mein Kleines. Und es ist gut, wenn Mütter ihren Töchtern in so einem Fall, na ja – beistehen und gewisse Entscheidungen für sie treffen.«

»Mama, heißt das etwa, sie hat irgendwas mit Uromas Mann – gemacht?«

»Erst die Eisenpfanne, dann die Güllegrube«, antworteten drei Frauen im Chor.

»Aber die beiden Männer von Oma Inge, das waren doch Unfälle?«

»Stimmt. Einmal eine defekte Steckdose, die eigentlich vollkommen in Ordnung war. Einmal ein tragisches Unglück beim Hochseeangeln auf dem Atlantik. Es ist eben riskant, wenn man sich zu weit über die Reling lehnt ...«

»Und Papa? Der ist nicht ...«, Julia sitzt stocksteif auf ihrem Stuhl und wartet auf die nächste irrwitzige Offenbarung, obwohl sie schon ahnt, was kommt.

»Ist nicht auf einer Bergwanderung verschollen«, sagt ihre Mutter nur und deutet mit einer kleinen Kopfbewegung in Richtung der alten Güllegrube im Garten. Auf der hölzernen Abdeckplatte steht ein Kübel, darin eine kleine Tanne, die mit elektrischen Kerzen geschmückt ist. Fein glitzert der frische Schnee auf den Zweigen.

Drei Frauengesichter beginnen sich vor Julias Augen zu drehen, verschwimmen, verschmelzen zu einem einzigen, sanft lächelnden Gesicht, das sich dreht und dreht und dreht. Sie riecht die Gans, die bald gar sein dürfte, und aus dem Augenwinkel sieht sie gerade noch die Küchenuhr, es ist gleich sechs. Max wird nicht mehr kommen.

Blanka Stipetić

Hinter den Spiegeln

Sie schwiegen. Als könnte selbst ein beinahe lautloses Geräusch oder der leiseste Hauch das Feuer von Neuem entfachen. Was geschah mit ihren Gedanken, wenn sie die Wahrheit nicht denken durften? Die Augen konnten sie abwenden, die Ohren und die Münder verschließen. Aber wie nur hielten sie ihre Gedanken fest, damit sie nicht dachten, was nicht gedacht werden durfte? Welche Vorkehrungen trafen sie, dass sie im Schlaf nicht den Sarg sahen, der sich vor ihnen in das schwarze Loch senkte? Ihre Köpfe waren gebeugt, ihre Augen verschlossen. Sie sahen nur, was sie sehen wollten, und träumten nur, was sie sahen.

Ihren Kindern und Enkeln erzählten sie vom Christkind und dem Fest der Liebe. Morgen würden sie in die Mitternachtsmette gehen, genauso geschlossen wie zu dieser Beerdigung. Sie waren eine Einheit, ein Bollwerk.

Die Pfarrerin sprach davon, dass ein Mann Hand an sich gelegt hätte. Der Vorwurf schwang in ihren Worten, dass der Mensch dieses Recht nicht habe, es ein Vorrecht Gottes sei, über Leben und Tod zu entscheiden.

An dieser Stelle hätte ich lachen müssen, doch mein Entsetzen war noch zu groß. Ich dachte nicht an Gott und nicht an Vergebung oder ewigen Frieden. In meinem Kopf war dieses eine Wort.

Selbstmord.

Ich schaufelte es in meinen Gedanken hin und her, variierte es mit Freitod, freier Tod, Mord an sich selbst, Selbsttod, Freimord. Tod klang so falsch, und Freitod, als wäre es eine Sache des eigenen Willens. Als hätte dieser Mensch, oder dieses Mensch, wie sie hier sagen, sterben wollen. Das Mensch hat eine Waffe in den Mund gesteckt und abgedrückt. Das hat es ganz allein getan, niemand hat es gezwungen. Niemand war anwesend, als es dies tat. Die Beweislage war eindeutig. Wer etwas anderes behauptete, musste verrückt sein.

Ich bin aber nicht verrückt. Zumindest nicht mehr als der Durchschnitt und bestimmt weniger als sie alle, die sie mit gesenkten Blicken am Grab standen. Auch ich schwieg. Doch meine Gedanken wanderten und versuchten zu begreifen, was ich wusste.

In der Erinnerung gibt es keine Wahrheit. Wer kennt schon den genauen Weg, wenn das Ziel erst erreicht ist. Darin unterscheide ich mich nicht von ihnen. Auch sie sind am Ziel angelangt, und der Weg, den sie genommen haben, hat seine Bedeutung verloren. Dennoch – verrät nicht der Weg, den wir nehmen, mehr über uns als das Erreichen oder Verfehlen des Zieles?

Erste Erinnerung

Ich erreichte M. am späten Nachmittag eines sonnigen Herbsttages. Einige Monate zuvor hatte ich meine Dozentenstelle an der Chicagoer Universität aufgegeben und unternahm eine ausgedehnte Reise durch Deutschland. Meine letzte Station war Würzburg gewesen. Ich reiste zu Fuß, wollte die feinen Veränderungen von Landschaft und Menschen wahrnehmen.

Es hätte keinen geeigneteren Zeitpunkt, kein passenderes Licht geben können, um M. in seiner ganzen Pracht zu präsentieren. Es lag umschlossen von gelb und rot schimmerndem Weinlaub wie in einer Schale. Der Himmel leuchtete blau, und in der Luft lag bereits der leicht modrige, aber in der Wärme angenehme Duft des Herbstes.

Ich hatte schon vorher malerische Dörfer gesehen und einige Tage in ihnen verbracht. Aber M. war eine Spur malerischer und eine Spur idyllischer als die Dörfer, die ich vorher besucht hatte. Verschnörkelt und kitschig, aber darin so perfekt, dass es einfach nur ein Genuss war. Nichts störte das Bild, zumindest nicht an diesem Tag, um diese Uhrzeit. Es muss ein Sonntag gewesen sein, denn die Straßen waren leer, und über dem Dorf lag der träge Friede, den nur ein Sonntag hervorbringen kann. Ich lief durch einen Weinberg in den Ort hinunter. Auf meinem Weg zum Gasthof begegnete mir niemand. So war der Wirt des *Hirschen* der erste Mensch in M., auf den ich traf. Auch er war perfekt – dickbäuchig und wortkarg. Ein Zimmer habe er noch frei, sagte er, es gehe zur Straße hinaus, sei aber dennoch ruhig. Ich nahm es für drei Nächte.

Den folgenden Tag verbrachte ich mit der Erkundung des Dorfes und seiner Umgebung. Ich lief auf steilen Wegen die Weinberge hinauf und umrundete die Ortschaft, besah sie mir von allen Seiten und konnte keinen Makel finden. Den Abend verbrachte ich in der Gaststube, wo ich den Männern am Stammtisch beim Kartenspielen zusah und ihre neugierigen Blicke freundlich erwiderte. Schon am nächsten Abend forderten sie mich auf, in ihre Runde zu kommen, und erklärten mir die Regeln des Schafkopfspielens. Von da an saß ich jeden Abend am Stammtisch. Besonders Robert zeigte reges Interesse an mir. Er war etwas älter als ich und ich beneidete ihn um die Verwurzelung mit seiner Heimat. Er erzählte mir die Geschichte des Dorfes, führte mich herum, zeigte mir seinen Bauernhof und machte mich mit den meisten Bewohnern bekannt. Ich verlängerte meinen Aufenthalt auf ungewisse Zeit.

An einem Sonntag lud Robert mich zum Mittagessen zu sich nach Hause ein, fest entschlossen, nun auch etwas über mich zu erfahren.

»Was hat dich hierher verschlagen?«, fragte er.

»Ich habe geerbt«, antwortete ich und verschwieg, dass die Erbschaft recht üppig ausgefallen war und mich zwar finanziell abgesichert, aber vaterlos hinterlassen hatte. Ein Vater, dessen Identität mir erst nach seinem Tod eröffnet wurde. Ein

Vater, der außer mir und seiner Bank keine anderen Angehörigen gehabt hatte. Als ich davon erfuhr, hatte ich die Hoffnung, vielleicht auf einen Halbbruder oder eine Halbschwester zu stoßen oder wenigstens eine Cousine oder einen Cousin. Aber da war niemand, nur der Bankdirektor, der mich äußerst zuvorkommend behandelte. Mir war nur geblieben, den Spuren meines Vaters zu folgen. Er war in Würzburg geboren, mehr wusste ich nicht.

So offen und sympathisch Robert auftrat, so reserviert und wortkarg benahm sich seine Frau. Höflich und bestimmt, kam kein überflüssiges Wort über ihre Lippen.

»Du vergeudest hier deine Zeit«, sagte sie, und ich hörte genau, dass die Betonung nicht auf dem hier lag.

Nach drei Wochen im *Hirschen* kam Robert auf mich zu.

»Willst du noch länger bleiben?«

Er habe nachgedacht, meinte er und schlug mir vor, den *Hirschen* zu verlassen.

»Wird auf Dauer ziemlich teuer«, grummelte er. »Meine Nachbarin, die Marlene, würde dir ein Zimmer vermieten. Habe sie schon gefragt. Sie ist allein und hat eine kleine Tochter. Sie könnte das Geld gut brauchen.«

So zog ich bei Marlene unters Dach und bekam auf einmal unverhofft ein Familienleben.

Zweite Erinnerung

Nach der Weinlese gab es für mich nicht mehr viel zu tun. Tagsüber streifte ich durch die Gegend, deren Farbenpracht langsam ermattete. Abends saß ich bei den Männern am Stammtisch und sah ihnen beim Kartenspielen zu. Manchmal blieb ich auch bei Marlene im Wohnzimmer sitzen, spielte mit Franziska *Mensch ärgere dich nicht* oder half ihr bei den Hausaufgaben. Marlene war eine Frau, die mit einer etwas moderneren Frisur und modischeren Kleidern hübsch hätte sein können. Sie schien jegliche Attraktivität vermeiden zu wollen. Die Haare trug sie streng zurückgekämmt zu einem Pferdeschwanz, Röcke und Kleider gab es in ihrem Kleiderschrank nicht. Dafür Jeans, T-Shirts und Sweatshirts, vornehmlich in dunklen Farben. Auch ihre Tochter kleidete sie eher wie einen Jungen.

Anfangs brachte sie mir das Essen aufs Zimmer, doch nach einiger Zeit bot sie mir schüchtern an, mit ihnen gemeinsam zu essen. Ich erbot mich im Gegenzug, den Babysitter zu spielen, falls sie mal abends ausgehen oder nach Würzburg fahren wollte. Sie bedankte sich, nahm das Angebot aber nie an.

Ende November wurde es bitterkalt, und der erste Schnee fiel. Am ersten Advent hatte Franziska Geburtstag, sie wurde acht, und ich schenkte ihr Schlittschuhe. Am Nachmittag wollten wir sie auf dem zugefrorenen See am Dorfrand ausprobieren. Marlene bestand darauf, uns zu begleiten. Ich war ein wenig verletzt, dass sie mir offensichtlich nicht zutraute, auf Franziska aufpassen zu können.

Die halbe Dorfjugend tummelte sich auf dem See. Ich selbst hatte früher Eishockey gespielt und verfügte über eine gute Portion pädagogisches Geschick. Doch es nutzte nichts. Franziska glitt steif und übervorsichtig höchstens zwei Meter vom Ufer weg und ließ sich nicht überzeugen, mir auf die Mitte des Sees zu folgen.

Dann wurde es wieder wärmer, Eis und Schnee tauten, und wir hatten keine Gelegenheit, die Schlittschuhe noch einmal zu testen.

Irgendwann fasste ich mir ein Herz und fragte nach Franziskas Vater. Doch Marlene zuckte nur mit den Achseln und wechselte das Thema.

Dann kam der 15. Dezember. Über Nacht war es wieder klirrend kalt geworden, Raureif hatte sich über das Dorf und die Umgebung gelegt. Den ganzen Tag sahen wir nicht einen Schimmer der Sonne. Ich hatte die Zeit lesend verbracht und war nur einmal kurz hinausgegangen, um Kekse zu kaufen, die ich am frühen Nachmittag mit Franziska und Marlene in der Küche verputzte. Um vier machte ich einen Spaziergang, ging anschließend direkt zum *Hirschen* und setzte mich an den Stammtisch. Ich ließ mir vom Wirt Kleingeld geben, und während ich auf Robert und die anderen wartete, versuchte ich, mir die Reihenfolge der Trümpfe im Schafkopf einzuprägen. König, Zehn, Ass, Unter, Ober; Schelle, Herz, Grün, Eichel. Alle hatten viel Geduld mit mir gehabt, bis jetzt hatte ich nur gekiebitzt oder mit einem Paten an meiner Seite gespielt. Doch heute war es eine Viererrunde, und ich musste zum ersten Mal alleine antreten. Ich wollte sie nicht enttäuschen. Und das tat ich auch nicht. Zu meiner, und ich glaube auch zu ihrer Freude machte ich keine groben Fehler.

Wir waren mitten im Spiel, als die Tür aufging und der Bürgermeister hereinkam. Er machte ein ernstes Gesicht.

»Leute, ich brauche euch«, sagte er. »Die Kleine von der Marlene ist nicht nach Hause gekommen.« Unsere Blicke gingen synchron zum Fenster, das nur unsere Spiegelbilder vor schwarzem Hintergrund zurückwarf, und dann zur Uhr, die hinter der Theke hing. Es war sieben Uhr.

»Sie ist bestimmt bei einer Freundin«, warf jemand ein. Niemand war erpicht darauf, das Spiel zu unterbrechen und in die kalte Dunkelheit hinauszugehen. Aber der Bürgermeister schüttelte den Kopf.

»Marlene hat alle angerufen. Ohne Ergebnis. Wir müssen sie suchen.«

Robert rief die Männer des Dorfes zusammen. Wir anderen gingen zu Marlene. Schneefall setzte ein. Kleine Flocken wirbelten im Schein der Straßenlaternen. Wir gingen schweigend.

Roberts Frau öffnete die Tür und führte uns in die Küche. Marlene saß zusammengesunken am Tisch und zerdrückte ein Papiertaschentuch in der Hand. Ihre Augen waren verweint. Am Herd stand die alte Martha und füllte ein Dutzend Thermoskannen mit heißem Tee.

Der Bürgermeister ließ Marlene noch einmal erzählen und wir erfuhren, dass Franziska gleich nach mir weggegangen war, um Moni, nur vier Häuser weiter, zu besuchen. Die Mädchen wollten gemeinsam Hausaufgaben machen und danach spielen. Das stimmte soweit, doch Franziska hatte sich schon nach einer halben Stunde wieder verabschiedet.

»Sie sagte, sie wolle nach Hause«, schluchzte Marlene, »aber sie ist nicht angekommen.«

Von den Nachbarn hatte sie keiner gesehen. Sie konnte überall stecken.

Nach und nach trafen die anderen ein. Ich glaube, es kamen alle, sogar der alte Heinz mit seiner Krücke. Er übernahm es, die Straßen des Dorfes abzusuchen. Wir anderen teilten uns in Zweiergruppen auf. Jede Gruppe bekam von Alois, der bei der freiwilligen Feuerwehr war, ein Areal zugewiesen. Er hatte auch Taschenlampen dabei. Die alte Martha drückte uns eine Thermoskanne in die Hand, und wir machten uns auf den Weg.

Der Schneefall war stärker geworden, und leichter Wind hatte eingesetzt. »Verflucht und zugenäht«, schimpfte Robert, der mit mir einen Suchtrupp bildete, »der Wind hat uns gerade noch gefehlt.« Er schlug seinen Mantelkragen hoch und führte mich.

Wir verließen das Dorf und machten uns an den Aufstieg in die Weinberge. Wir riefen ihren Namen und hörten zunächst in der Nähe und dann immer entfernter, wie auch die anderen ihren Namen riefen.

»Franziska«, ertönte es in dieser Nacht wohl tausendfach im weiten Umkreis des Dorfes. Aber wir erhielten keine Antwort.

In meiner schlimmsten Befürchtung war Franziska auf einen Baum geklettert und hatte sich beim Herunterhüpfen das Bein gebrochen. Ich sah sie zusammengekauert und zitternd in der Dunkelheit sitzen. Vielleicht war sie von der Kälte schon ohnmächtig geworden. Etwas anderes, etwas

Schlimmeres, vermochte ich mir nicht einmal vorzustellen, nicht hier.

Dann konnten wir nicht mehr. Unsere Hände waren kalt, die Füße taub vom vielen Gehen und die Thermoskannen längst leer getrunken. Wir kehrten ins Dorf zurück. Es war inzwischen drei Uhr. In Marlenes Küche warteten Roberts Frau und der Bürgermeister. Marlene hatten sie ein Beruhigungsmittel gegeben und sie aufs Sofa ins Wohnzimmer gelegt. Die alte Martha saß neben ihr und strich ihr unablässig übers Haar.

»Es bleibt nur noch der See«, sagte der Bürgermeister. »Das Eis trägt noch nicht.«

»Vielleicht hat sie jemand mitgenommen«, sagte Roberts Frau.

»Heute war kein Fremder im Dorf«, erwiderte der Bürgermeister.

Kein Fremder im Dorf. Damals kam mir an dieser Bemerkung nichts verdächtig vor, aber heute könnte ich schwören, dass mich bei seinen Worten alle drei kurz ansahen. Der einzige Fremde im Ort war ich.

Dann schickte uns der Bürgermeister nach Hause. Roberts Frau würde bei Marlene bleiben, und am Morgen würden wir die Suche fortsetzen.

»Kannst du Martha nach Hause bringen?«, fragte mich Robert.

Ich half ihr in den Mantel, und gemeinsam gingen wir hinaus. Sie hakte sich bei mir unter und murmelte immer wieder *das arme Kind*. Ihre Stimme wurde leiser und leiser, und ich war mir nicht sicher, doch glaubte ich zu verstehen, dass ihre Beschwörungsformel überging in *das ist zuviel*.

Zuviel von was, zuviel für wen? Ich wusste es nicht und mochte sie in ihren Gedanken nicht stören. Im Haus angelangt half ich ihr die Treppe hinauf, und wir verabschiedeten uns.

Ich war durchgefroren und müde. Meine Füße wollten unter der dicken Daunendecke einfach nicht warm werden, und ich wälzte mich in unruhigem Halbschlaf hin und her. Bilder gelangten in meinen Kopf, die ich nicht hätte beschreiben können.

Dritte Erinnerung

Man fand Franziska zwei Tage später. Das Wetter hatte umgeschlagen, es war wärmer geworden und hatte geregnet. Das Eis auf dem See war dünner und durchsichtig geworden.

Die Männer des Dorfes waren mit Kähnen auf den See hinausgefahren, hatten das Eis gebrochen, und dann hatte einer der Männer sie unter einer Eisscholle treiben sehen.

Ich versuchte mir die Empfindungen dieses Mannes vorzustellen, blieb jedoch bei der Frage hängen, in welcher Lage er sie fand. Sah er ihren Hinterkopf oder blickte er in offene leblose Augen, die ihn sein Leben lang aus dem Schlaf reißen würden?

Der erste tote Mensch, den ich gesehen hatte, war mein Vater gewesen. Da ich ihn aber erst kennengelernt hatte, als er aufgebahrt und wächsern im Sarg lag, kann ich nicht sagen, dass der Tod eine tiefe Empfindung bei mir ausgelöst hätte.

Ich kannte den Tod einfach nicht. Und es ist fast schon Ironie, dass ich ihn in diesem schmucken Dorf gleich in verschiedenen Spielarten erlebte.

Die Nachricht verbreitete sich wie ein Lauffeuer im Dorf. Das Kind war ertrunken.

Es gibt keinen Anblick, der trauriger ist als ein kleiner Sarg. Die Trauer gilt weniger dem Vergangenen, das darin liegt, als dem Zukünftigen, das niemals sein wird. All das, was zwischen einem 1,50-Meter- und einem 2,50-Meter-Sarg liegt – ein Meter Leben, das niemals stattfinden wird.

Ich habe keine Kinder, und doch glaube ich zu wissen, was Eltern beim Anblick eines kleinen Sarges empfinden. Es ist die Verbildlichung der unterbewussten Angst, die einen täglich begleitet, und gleichzeitig die beschämende Erleichterung, dass es das Kind anderer ist.

Das Grab war beladen mit Kränzen, Marlene wurde von zwei Nachbarinnen gestützt. Die Pfarrerin hatte Tränen in den Augen, und auch ich musste schlucken. Als die ersten Erdklumpen auf den Sarg fielen, riss Marlene sich auf einmal los und deutete mit fast irrem Blick auf Robert. »Du bist schuld«, schrie sie mit überschlagender Stimme. »Du hast sie umgebracht.«

Roberts Frau versuchte, sie zu beruhigen. Die Pfarrerin blickte sich Hilfe suchend um. Doch Marlene ließ sich nicht beruhigen. »Was hast du mit ihr gemacht?«

Stille hatte sich über den Friedhof gelegt. Als würden alle den Atem anhalten.

Sie lief davon. Der Lokalreporter kritzelte aufgeregt in seinen Block.

Vierte Erinnerung

Drei Tage nach der Beerdigung kam ich morgens in die Küche hinunter. Auf dem Tisch lag ein Zettel. »Bleib, solange du willst. Das Geld kannst du in die Keksdose hinter den tiefen Tellern legen.«

Marlene war weg. Ich starrte auf den Zettel und fragte mich, wohin sie gegangen war. Die letzten Tage waren schwer gewesen. Die Trauer, der Schmerz, hatten alle wie ein Mantra wiederholt. Robert hatte sich nicht blicken lassen, seine Frau auch nicht. Aber der Bürgermeister war gekommen. Er hatte mich hinausgebeten, weil er mit Marlene alleine reden musste.

Das Gespräch hatte nicht sehr lange gedauert. Ich konnte nichts verstehen. Aber es schien mir, dass nur der Bürgermeister redete – beruhigend und monoton.

Marlene hatte nichts gesagt. Hinterher schien sie ruhiger. Sie sprach nur das Nötigste, lehnte jede Hilfe und jedes Gesprächsangebot ab.

Am Abend darauf war die Pfarrerin erschienen. Unaufgefordert hatte ich das Zimmer verlassen. Aber dieses Mal hörte ich Marlenes Stimme. Es war eine neue Stimme, laut und sehr bestimmt. Ich konnte nur einige Satzfetzen aufschnappen.

»Das ist zuviel.«

Ich merkte mir diese drei Worte, weil die alte Martha nur einige Tage zuvor das Gleiche gesagt hatte.

Marlene brachte die Pfarrerin zur Tür und sagte zum Abschied: »Ich werde zur Polizei gehen und alles erzählen. Das können Sie denen ausrichten.«

Dann nahm sie das Telefon, ging in ihr Schlafzimmer und schloss die Tür. Am nächsten Tag war sie weg.

Es war eindeutig ein Unfall gewesen. Nichts sprach dafür, dass jemand Franziska mit Gewalt unter Wasser gedrückt hatte. Kein erwachsener Mensch hätte so weit aufs Eis hinausgehen können, wie Franziska es getan hatte. Marlenes Beschuldigungen waren dem Schmerz um Franziskas Tod zuzuschreiben. Warum sie aber ausgerechnet Robert wählte, dem sie die Schuld geben konnte, war mir unbegreiflich.

Ich ging mit dem Zettel in der Hand zu Robert.

»Marlene ist weg«, sagte ich.

Er nahm den Zettel und starrte Minuten lang darauf. Er winkte mir, ihm zu folgen. Auf dem Küchentisch lag eine aufgeschlagene Zeitung.

»Sie hat mit einem Reporter gesprochen«, sagte er und deutete auf die Zeitung. Ich las den kurzen Artikel. Er schilderte Franziskas Verschwinden, die Suche und das Auffinden der Leiche. Danach kam eine Ansammlung von Andeutungen und Spekulationen. Namen wurden nicht genannt.

»Was hat sie nur gegen dich?«, fragte ich.

Robert seufzte, doch bevor er antworten konnte, stand seine Frau in der Küche.

»Du musst den Weihnachtsbaum holen«, sagte sie.

Ich verabschiedete mich. Zurück in Marlenes Haus lief ich unschlüssig auf und ab. Ich hatte das Gefühl, etwas tun zu müssen. Irgendwann kam mir der Gedanke, dass in wenigen Tagen Weihnachten war. In meiner Vorstellung hatte ich mich mit Marlene und Franziska unter dem Weihnachtsbaum sitzen sehen. Nun wusste ich nicht, ob Marlene wieder zurückkommen würde. Ich ging in den *Hirschen.*

»Weißt du, wo ich eine kleine Tanne oder Fichte bekomme?«, fragte ich den Wirt.

»Fahr in die Stadt«, sagte er und polierte weiter seine Gläser.

An den Tischen saßen einige Männer, doch auch sie konnten oder wollten mir nicht helfen. Ich spürte eine leise Feindseligkeit in ihren Blicken. Schließlich ging ich zur alten Martha.

»Ach, Junge«, sagte sie. »Wenn du willst, kannst du die kleine Tanne hinten am Zaun nehmen. Aber besser wäre, du würdest Weihnachten mit deiner Familie verbringen als hier zu bleiben.«

Sie gab mir eine Säge, und ich holte mir die Tanne. Danach kramte ich in Marlenes Schubladen, bis ich den Christbaumschmuck gefunden hatte. Auch wenn noch etwas Zeit bis Heiligabend war, stellte ich den Baum ins Wohnzimmer und schmückte ihn. Falls Marlene zurückkam, sollte alles fertig sein.

Am Abend ging ich wieder in den *Hirschen.* Die Gespräche verstummten, als ich hereinkam. Der Stammtisch war besetzt, und ich setzte mich an einen der Tische. Sie nahmen ihre Gespräche wieder auf, doch ich spürte, dass sie das Thema gewechselt hatten. Ich blieb alleine am Tisch, bis Robert hereinkam. Er setzte sich zu mir, und wir tranken schweigend unseren Wein.

Das Stimmengemurmel wurde leiser, und ich blickte zur Tür. Da stand der Reporter, den ich auf Franziskas Beerdigung gesehen und dessen Namen ich vergessen hatte. Er nickte und lächelte freundlich in die Runde. An der Theke bestellte er ein Bier und ließ sich neben Robert nieder.

»Ich habe mich lange mit Marlene Bach unterhalten. Wollen Sie sich nicht auch zu der Sache äußern, bevor ich meinen Artikel schreibe?«

Er nippte an seinem Bier und ließ über den Glasrand hinweg Robert nicht aus den Augen. Er kam mir vor wie eine lauernde Raubkatze, die sich ihrer Beute gewiss ist. Normalerweise mag ich Katzen. In diesem Fall hätte ich ihn am liebsten am Kragen gepackt und hinausgeworfen.

»Wo ist denn Frau Bach?«, fragte ich. Doch er schenkte mir keine Aufmerksamkeit. Unverwandt sah er Robert an.

»Ich habe mich auch mit anderen aus dem Dorf unterhalten. Wollen Sie nicht irgendetwas zu den Vorwürfen sagen?«

Robert stand auf und legte einen Zwanziger auf den Tisch. »Dann wissen Sie ja alles«, sagte er, nickte uns zu und verließ den *Hirschen*.

Ich bewunderte ihn für seine Selbstbeherrschung. Das Verhalten der anderen empörte mich. Warum ergriffen sie nicht Partei für ihn und verwiesen den unverschämten Reporter in seine Grenzen? Der war von Roberts Abgang kein bisschen beeindruckt. Er trank genüsslich sein Bier.

»Ich habe mich gründlich umgehört«, sagte er. Niemand reagierte, und er fuhr fort. »Ich habe auch in alten Polizeiakten geblättert.«

Ich bemerkte den Blick, den der Bürgermeister und der Wirt des *Hirschen* sich zuwarfen. Der Reporter hatte es auch bemerkt, denn er wandte sich nun direkt an den Bürgermeister.

»Vielleicht hätten Sie auch Lust, einen Kommentar abzugeben?« Er wandte sich an den Wirt. »Oder Sie? Wenn ich das richtig verstanden habe, war Ihr älterer Bruder damals bei der Polizei.«

In der Gaststube des *Hirschen* war inzwischen nicht nur jeder Laut erstorben, sondern auch jede Bewegung.

Der Reporter ging an die Theke und bezahlte sein Bier. »Kaufen Sie sich am 23. unbedingt die Zeitung. Ich bereite einen größeren Artikel vor.« Mit einer lässigen Handbewegung verließ er den *Hirschen*.

»Du musst ihm das Maul stopfen«, rief der Wirt dem Bürgermeister zu. Doch auf ein leichtes Nicken des Bürgermeisters in meine Richtung wandte er sich wieder seinen Gläsern zu. Mir aber reichte es langsam. Waren wir bis vor wenigen Tagen nicht Freunde gewesen?

»Sagt doch einfach, was los ist«, erhob ich meine Stimme, damit es alle hören konnten. »Warum werft ihr den Mistkerl nicht aus dem Ort? Was ist das Problem?«

»Die Marlene hat ihre schmutzige Wäsche nicht im Dorf gelassen. Das ist das Problem«, sagte der Bürgermeister.

»Ich verstehe noch immer nicht«, entgegnete ich.

Wieder gingen Blicke hin und her.

Schließlich seufzte der Bürgermeister. »Der Robert war mal besoffen und hat der Marlene an den Hintern gelangt. Und die hatte nichts Besseres zu tun als ihn anzuzeigen. Später hat sie eingesehen, dass sie etwas überreagiert hat, und die Anzeige zurückgezogen. Aber dieser Lackaffe wird die ganze Geschichte nun wieder aufwärmen. Und jetzt lass gut sein. Geh nach Hause und schlaf dich aus. Die Sache wird sich schon wieder einrenken.«

Ich ließ es gut sein, zumindest nach außen. Doch die Geschichte passte nicht zu Marlene. Und ich konnte mir auch nicht vorstellen, dass der Reporter daraus eine große Story machen wollte.

Verwirrt ging ich nach Hause. Vor Roberts Haus zögerte ich. Sollte ich klingeln und ihm all die Fragen stellen, auf die ich keine Antwort erhalten hatte? Ich entschied mich dagegen. Ich war der Letzte, der ein Recht hatte, ihn mit meinen Zweifeln zu konfrontieren.

Ich stand am Fenster, starrte hinüber zu Roberts Haus und fragte mich, was er und seine Frau besprachen, ob sie überhaupt miteinander sprachen. Sehr spät öffnete eine Gestalt das Gartentor, und im Licht der Gartenleuchte erkannte ich den Bürgermeister. Er blieb über eine Stunde.

Am Morgen sah ich als erstes die Pfarrerin in Roberts Haus gehen, und danach kam wieder der Bürgermeister. Als er ging, begleitete Robert ihn. Er sah schlecht aus, als hätte er die ganze Nacht nicht geschlafen.

Dann kam der Wirt des *Hirschen*. Ich weiß nicht, was er mit Roberts Frau besprach, aber es dauerte lange. Und am Abend, als Robert nach Hause kam, brannte wieder das Licht bis spät in die Nacht. Ich sah abermals den Bürgermeister kommen, diesmal in Begleitung eines fremden Mannes mit Aktentasche. Wieder dauerte es lange. Und danach ging das Licht im Schlafzimmer an. Ich schlief in meinem Sessel ein, und als ich erwachte, waren meine Glieder steif. Es war Sonntag, der vierte Advent.

Ich frühstückte und machte einen Spaziergang. Als ich die Kirchenglocken hörte, ging ich in den *Hirschen* zum Mittagessen. Es war erstaunlich voll. Die Hälfte der Männer des Dorfes hatte wohl beschlossen, ihre Frauen so kurz vor Heiligabend zum Essen einzuladen. Es herrschte keine fröhliche Stimmung. Kaum jemand sprach, man hörte fast nur das Klirren von Besteck und das Klappern von Geschirr. Ich wurde das Gefühl nicht los, als warteten sie auf etwas. Immer wieder stand einer auf und blickte durchs Fenster.

Ich hatte schon Kaffee und Apfelküchle bestellt, da ging die Tür auf und Roberts Frau kam herein. Sie kam zum Tisch des Bürgermeisters. Ich konnte ihr Gesicht und die Tränen in ihren Augen sehen. Doch sie sprach gefasst, als verkünde sie den Ausgang einer Schlacht.

»Er hat sich erschossen.«

Der Bürgermeister legte sein Besteck beiseite, tupfte mit der Serviette seine Mundwinkel ab und stand auf. »Wir haben nichts gehört.«

»Im Badezimmer«, sagte Roberts Frau. »Er hat ein Kissen davor gehalten. Ich habe die Polizei verständigt.«

»Ich komme mit.«

Der Bürgermeister nahm sie am Arm und schob sie zur Tür hinaus. Einer nach dem anderen erhob sich und verließ den *Hirschen*. Die Erleichterung stand ihnen ins Gesicht geschrieben. Nur ich verstand nichts. Oder vielleicht wollte ich es in diesem Moment auch nicht verstehen. Verwirrt sah ich ihnen nach.

Hinterher fragte ich mich oft, wie es sich wohl abgespielt hatte.

Hatte sie ihn an diesem Morgen noch einmal geküsst oder umarmt?

Sie waren zwanzig Jahre verheiratet gewesen. Vielleicht rief sie morgens einfach nur aus der Küche hinauf: »Frühstück ist fertig.«

Wahrscheinlich war er schon wach. Vielleicht hatte er Albträume gehabt, denen er so schnell wie möglich entfliehen wollte. Er war aufgestanden, hatte seinen Morgenmantel angezogen und war hinunter in die Küche gegangen. Er hatte wahrscheinlich einen reich gedeckten Frühstückstisch vorgefunden.

Aber es kann nicht wie immer gewesen sein. Es kann nicht sein, dass Marlenes Anschuldigungen keinen Einfluss auf die Beziehung der Eheleute hatten. Hatte seine Frau nicht den leisesten Zweifel? Oder war auf einmal ein Schweigen zwischen ihnen gewesen?

Eine Frage, auf die es kein überzeugendes Ja und kein überzeugendes Nein gab, nur Glaube und blindes Vertrauen.

Hatten sie an diesem Morgen auch nur ein Wort miteinander gesprochen?

Sie begruben ihn am 23. Dezember, und am nächsten Tag feierten sie Weihnachten. In der Zeitung erschien nur ein kurzer Artikel über den tragischen Selbstmord eines angesehenen Bürgers aus M.

Nachtrag

Einige Jahre nach den Ereignissen, längst hatte ich alles niedergeschrieben, traf ich Marlene noch einmal.

Es war kurz vor Weihnachten in Berlin, wo ich inzwischen lebte. Ich hatte Besuch von einem Freund aus Amerika, und wir machten die übliche Besichtigungstour. Wir hatten die Kuppel des Reichstages bestiegen, waren am Checkpoint Charlie gewesen, ich hatte ihn vor einem Rest der Mauer fotografiert und zum Abschluss wollte er ins Bode-Museum.

Wir vereinbarten eine Uhrzeit und trennten uns, damit jeder seinem Tempo und Interesse folgen konnte. Da nur etwas mehr als eine Stunde Zeit blieb, beschloss ich, diese bei den Skulpturen zu verbringen.

Der Raum war fast leer, und sie kehrte mir den Rücken zu. Ich hätte sie nicht erkannt. Die Marlene, die ich gekannt hatte, war eine gestresste und schüchterne Alleinerziehende gewesen. Vor mir aber saß eine völlig entspannte, in die Betrachtung von Antonio Canovas Skulptur einer Tänzerin versunkene Person.

Erst als ich an ihr vorübergegangen war, sah ich ihr Gesicht. Und selbst dann war es kein spontanes Erkennen, sondern die Erinnerung an ein vertrautes Gesicht.

Sie blickte auf. Einige Sekunden sahen wir uns verlegen an, bis uns gleichzeitig einfiel, wen wir vor uns hatten. Es gibt keine Chronologie der Empfindungen, die mich überkamen, auf einmal war alles da, das Schöne und das Hässliche, gleichzeitig, und dann war es wieder weg. Wir gaben uns die Hand, und sie lächelte ein offenes und herzliches Lächeln. So kam es, dass ich zu Füßen der Tänzerin endlich eine Antwort auf meine Fragen erhielt.

»In meiner Vorstellung«, sagte sie, »weiß ich ganz genau, wie es geschehen ist. Er ist mit ihr zum See gefahren und hat sie berührt, wie er sie nicht hätte berühren dürfen. Und er wollte weitermachen, doch sie hat sich gewehrt. Sie bekam die Tür des Wagens auf und sprang hinaus. Er hat sie verfolgt, und sie rannte hinaus auf den See. Sie hätte nach rechts oder nach links laufen können, doch der direkteste und kürzeste Weg, der von seinen Händen wegführte, trug sie auf das Eis. Vielleicht spürte sie auch instinktiv, dass sie sich auf dem glatten Untergrund schneller würde bewegen können als er.

Vielleicht war sie sich auch der Gefahr bewusst, vertraute aber darauf, dass das Eis sie, nicht aber ihn, tragen würde. Sie lief, und als sie es knacken hörte, vertraute sie noch immer, und als sie einbrach und die Kälte über ihr zusammenschlug, gab sie zwar das Vertrauen ins Eis, nicht aber das Vertrauen in sich und das Leben auf. Sie strampelte und versuchte, die Ränder des Eises zu fassen. Immer wieder griff sie nach oben und versuchte, etwas zu packen, das ihr Halt geben würde. Aber ihr Vertrauen wurde enttäuscht. Ihre Bewegungen wurden langsamer, bis sie ganz aufhörten.

Und er sah einfach zu. Stand am Rand des Sees und sah zu, wie sie kämpfte und verlor. Er unternahm nicht einen Versuch, ihr zu helfen. Nicht weil er Angst hatte, das Eis zu betreten. Er sah zu, wie sie unterging, und konnte sich ihres Schweigens gewiss sein. Und selbst, wenn ihn jemand beobachtet hätte, juristisch wäre ihm nicht beizukommen gewesen. Vielleicht unterlassene Hilfeleistung, aber er hätte mit Schock argumentieren können. Er hat sie in den Tod getrieben.«

Schweigend saßen wir nebeneinander. Ich wagte nicht, sie anzublicken, geschweige denn die Frage zu stellen, die mir auf der Zunge lag.

»Sicher fragst du dich, wie ich darauf gekommen bin, dass Robert sie auf dem Gewissen hat. Vielleicht denkst du, es hätte Anzeichen gegeben, und ich hätte früher darauf reagieren müssen. Schließlich war ich ihre Mutter und hätte es merken müssen.«

Ich wollte den Kopf schütteln, tat es aber nicht, weil ich genau das gedacht hatte.

»Er schien ein netter Mann zu sein«, sagte ich etwas lahm.

»Er war ein netter Mann.«

Sie blickte zum Fenster hinaus und sah etwas, das ich nicht sehen konnte. »Ich weiß, dass er es war, weil er mit mir auch zum See gegangen ist, als ich noch ein Kind war.«

Ich musste schlucken. Aber meine Reaktion spielte für sie keine Rolle. »Nach dem vierten oder fünften Mal habe ich es meiner Mutter erzählt. Sie ist zur Polizei gegangen. Aber dann kamen die wichtigen Männer aus dem Dorf und Roberts Vater, und meine Mutter hat die Anzeige zurückgezogen. So ist das bei uns auf dem Dorf. Es gab später noch eine Anzeige gegen ihn. Die wurde auch zurückgezogen. Und alle haben es gewusst.«

Ich konnte nichts sagen.

»Nach Franziskas Beerdigung haben sie versucht, mich mundtot zu machen. Und als sie gemerkt haben, dass es diesmal nicht funktioniert, haben sie dafür gesorgt, dass das Problem zusammen mit Robert verschwindet.«

Mir fielen die vielen Besucher bei Robert ein, die seltsame Stimmung im *Hirschen*, als seine Frau hereingekommen war und seinen Selbstmord verkündet hatte.

Ich lud Marlene auf einen Kaffee ein, doch sie lehnte ab. Und so wünschten wir uns frohe Weihnachten und verabschiedeten uns.

Ich hatte sie ins Herz geschlossen, jeden einzelnen von ihnen, und es war nicht leicht, sie von da wieder zu vertreiben. Ein wenig ist jeder von ihnen in meinem Herzen geblieben. Dennoch würde ich heute die Straßenseite wechseln, begegnete mir einer von ihnen. Es gelingt mir nicht, ihr Handeln zu akzeptieren, doch wann immer ich mein Gesicht im Spiegel erblicke, forsche ich nach einer unmerklichen Spur in meinen Zügen, die mir verriete, dass das, was sie getan haben, auch ich hätte tun können, unter besonderen Umständen in einem bestimmten Moment. Ich forsche und fürchte mich vor dem Tag, an dem ich fündig werde.

Elmar Tannert

Artgerecht

Wir haben zwei Leben gerettet. Das von Amanda und das von Lisa. Lisa ist ein sensibles Kind, sie hätte den Schock niemals überstanden. Noch heute fragt sie manchmal, ob der böse Mann, der Amanda etwas antun will, auch ganz bestimmt nicht kommt. Deshalb ist es müßig, nach Schuld zu fragen. Meine Frau sieht das ganz genauso. Wo sollte man auch ansetzen? Sind die Medien schuld, die immer neue Panik schüren vor Vogelpest und Schweinegrippe? Oder die Wittmanns vom dritten Stock? Immerhin stammte der Tipp mit den rundum gesunden, glücklichen Gänsen aus Oberküchelbach von ihnen. Zugegeben, gefragt hatten wir. Schon im Frühjahr. Da hatten wir bereits drei vegetarische Weihnachten hinter uns. Ist ja auch normal, dass man nicht mehr wahllos jedes Fleisch kauft und seinen Konsum reduziert. Die Epidemien und Lebensmittelskandale häufen sich. Man braucht Menschen, denen man vertrauen kann. Deswegen machten wir uns an einem Sonntag im März auf den Weg zu Bauer Hübner, obwohl das Wetter ganz und gar nicht zu einem Ausflug aufs Land verlockte. Die Wittmanns hatten uns geraten, bald hinzufahren; das Gänsekontingent sei begrenzt, und im Übrigen sollten wir uns auf sie berufen, um in den kleinen Kundenkreis aufgenommen zu werden.

Ich muss zugeben, dass ich gewisse Vorbehalte hatte, als wir in Gummistiefeln über die Wiese stapften, und Hübner uns mit seinen Gänsen bekannt machte.

»Das da drüben«, sagte er und schob sich die Mütze ins Genick, »sind Erich und Luise. Die da, die sich gerade putzt – die mit dem schwarzen Fleck auf der Stirn – sehen Sie's? – das ist unsere Claudia, und ihr Mann, der Siegfried, ist der, der gerade eine Runde im Weiher dreht.«

Hauptsache sei doch, die Tiere würden artgerecht gehalten, hatte ich ihn damals unterbrochen. »Wir müssen die Eltern unserer Weihnachtsgans nicht unbedingt persönlich kennen.«

Hübner sah mich daraufhin mit hochgezogenen Augenbrauen an.

»Ich denke, Sie sind hier, weil Sie kein anonymes Supermarktfleisch kaufen wollen. Oder? Na, sehen Sie!«

Also spazierten wir eine Stunde lang in Nieselregen und rauem Ostwind über die Gänseweide, ließen uns auch die übrigen drei Gänsepaare noch vorstellen, besichtigten den Gänsestall und wurden über Fütterung und medizinische Versorgung der Tiere aufgeklärt.

»Antibiotika gibt's bei uns nicht. Nur Homöopathie!« sagte Hübner, und wir könnten nun unser Wunschelternpaar auswählen.

»Die mit dem Fleck auf der Stirn! Die ist so süß!« rief Lisa.

»Also Claudia und Siegfried!« notierte Hübner und kündigte uns an, er werde sich in etwa zwei Monaten melden, sobald die Küken auf der Weide seien.

Sein Anruf kam ausgerechnet zu Beginn der Pfingstferien. Die Küken von Claudia und Siegfried seien vor drei Tagen geschlüpft, sagte er, und wenn wir gleich aufbrächen, könnten wir mit etwas Glück die ersten sein und hätten freie Auswahl.

»Völlig unmöglich!« sagte ich. »Wir sind gerade unterwegs zum Flughafen. Eine Woche Gran Canaria. Geht's auch noch, wenn wir wieder aus dem Urlaub zurück sind?«

Das Schweigen am anderen Ende der Leitung klang bedrohlich. Schließlich sagte Hübner gedehnt: »Na ja – wissen Sie – es gibt auch andere Kunden. Menschen, die sich Zeit nehmen können. Eine Weihnachtsgans kauft man nicht so einfach hopplahopp.«

Meine Frau hatte mitgehört. Sie entwand mir das Mobiltelefon und kündigte dem Gänsezüchter an, wir seien schon so gut wie bei ihm.

»Gran Canaria läuft uns nicht weg«, meinte sie begütigend, nachdem sie das Gespräch beendet hatte. »Und Lisa freut sich doch schon so. Jeden Tag fragt sie mich, wann wir endlich die kleinen Gänse besuchen.«

Eine Dreiviertelstunde später waren wir in Oberküchelbach. Bauer Hübner wies stolz auf die Weide. »Da, schauen Sie! Was ist eine Woche Gran Canaria gegen diese kleinen Prachtkerle? Das hier ist Gustav ... das ist Paula ... und sehen Sie die Kleine mit dem schwarzen Fleck auf der Stirn? Ganz nach der Mutter geraten. Das ist Amanda.«

»Amanda!« jauchzte Lisa begeistert. »Ich will Amanda!«

Also fiel unsere Wahl auf Amanda und außerdem, da wir ja gepackte Koffer im Auto hatten, auf eine Woche Urlaub auf dem Bauernhof in Oberküchelbach. Hübners Nachbar hatte noch Zimmer frei, und der Landarzt schrieb uns ein Attest für Lisa zur Vorlage beim Reisebüro, damit wir wenigstens einen Teil der Kosten erstattet bekämen. Vorsichtshalber reservierten wir auch gleich für die Sommerferien zwei Zimmer in Oberküchelbach und stornierten den Flug auf die Seychellen im August.

Wir bereuten es nicht.

Amanda schloss uns ins Herz und begleitete uns auf den Wanderungen durch die Fränkische Schweiz. Herr Hübner beglückwünschte uns. Solch eine anhängliche Weihnachtsgans habe er selten erlebt, und niemals hätte er uns Städtern zugetraut, ein so inniges Verhältnis zu einem Tier aufzubauen. Wir waren stolz. Aber die Zeit danach, zwischen Sommer- und Herbstferien, wurde zu einer schweren Prüfung. An den Sonntagabenden kehrten wir regelmäßig in trister Stimmung von Oberküchelbach, wo wir inzwischen ein hübsches Wochenendhäuschen gemietet hatten, in die Stadt zurück. Ab und zu traf unter der Woche eine Postkarte ein mit der Botschaft »Ich vermisse euch«, darunter ein Gänsefußabdruck.

Schließlich, gegen Ende November, als die Medien eine Gänsetyphusepidemie meldeten, präsentierte Hübner

Amandas einwandfreies Gesundheitszeugnis und machte uns mit der Schlachtmethode auf seinem Hof vertraut. Aus dem Gänsestall hörten wir einen Chor *O du fröhliche* singen.

»Damit werden sie eingestimmt«, sagte Hübner. »Jeden Tag zwei Stunden Weihnachtslieder von den Kastelruther Spatzen und dazu ihr Lieblingsfutter. Am Schlachttag stehen meine Kinder vor dem Stall und singen. Das lockt die Gänse an. Meine Frau ist drinnen und passt auf, dass immer nur ein Tier auf einmal den Stall verlässt. Und ich schlachte sie, eine nach der anderen. So wird jede Panik bei den Gänsen vermieden.«

Er zeigte uns das Beil.

»Ein Hieb und – Kopf ab! Kurz und schmerzlos.«

Lisa brach in Tränen aus, und wer in Panik geriet, waren wir.

»Nein!« sagte ich. »Wir werden nicht zulassen, dass Amanda auch nur eine Feder gekrümmt wird!«

Wir flehten, wir drohten, aber Hübner ließ sich nicht erweichen. Ich bot ihm meine halbe Weihnachtsgratifikation für Amanda – vergebens.

»Sie können Amanda nicht artgerecht halten«, sagte er, »und ich kann über den Winter keine zusätzliche Gans gebrauchen. Am 20. Dezember ist es so weit, dann können Sie Ihren Weihnachtsbraten abholen. Er wird Ihnen munden, da bin ich sicher.«

Lisa schluchzte auf dem ganzen Heimweg, und wir waren uns einig, dass das nicht mehr der ökologische, liebevolle Nebenerwerbsgänsezüchter war, den wir im Frühjahr kennengelernt hatten.

Die Adventszeit wurde qualvoll. Lisas Kindergartenerzieherin lud uns zu einem Gespräch und erkundigte sich, warum das Kind so verstört sei und nur noch Bilder von Männern mit Schlachtbeilen und Gänsen mit abgehackten Köpfen male. Tag für Tag zermarterten wir uns das Gehirn, wie wir Amanda vor dem brutalen Schlächter bewahren könnten, und der Termin rückte bedrohlich nah.

Am letzten Sonntag vor Weihnachten kam meiner Frau nach dem *Tatort* die rettende Idee.

»Wir fahren nach Oberküchelbach«, sagte sie. »Jetzt.«

Draußen fiel dichter Schnee. Ich zögerte.

»Wir müssen es tun. Lisa zuliebe. Wir werden uns sonst ein Leben lang Vorwürfe machen. Und dieser Dreckskerl ist selber schuld. Er hätte ja Amanda auch freiwillig hergeben können.«

Es wurde eine strapaziöse Tour. Das Land versank in den weißen Massen, und weit und breit war kein Räumfahrzeug unterwegs. Als wir durch Igensdorf fuhren, schlug es Mitternacht. Eine halbe Stunde später hatten wir Hübners Gehöft am Rande Oberküchelbachs erreicht und schlichen uns in den unverschlossenen Stall. Amanda begrüßte uns freudig schnatternd.

»Bring sie zum Auto!« zischte meine Frau. »Ich werf dem Hübner noch schnell einen Hunderter in den Briefkasten. Wir wollen den Mann ja nicht bestehlen. Obwohl es dieses Scheusal eigentlich verdient hätte.«

Aber dazu kam es nicht. Vor dem Stall lauerte Hübner und stürzte sich auf mich, um mir Amanda zu entreißen, laut fluchend über das degenerierte, neurotische Stadtvolk, das den elementaren Dingen des Lebens völlig entfremdet sei. Nur wenige Augenblicke später traf ihn hinterrücks der Gegenbeweis. Meine Frau hatte nach dem Schlachtbeil gegriffen, das an der Stallwand hing, und sie zeigte, dass sie damit umgehen konnte. Hübners Schädel wurde sauber in der Mitte gespalten.

Unsere Skrupel, ob wir nicht doch ein wenig zu weit gegangen waren, wichen endgültig, als wir zwei Stunden später Lisas strahlende Augen sahen. Selig umarmte sie Amanda. Dann fragte sie: »Was ist, wenn der böse Mann kommt und uns Amanda wieder wegnimmt?«

Ich strich ihr über das blonde Haar.

»Mach dir keine Sorgen, mein kleiner Schatz. Mami und Papi haben dafür gesorgt, dass er nie mehr einer Gans etwas tun kann.«

Nur der Landstreicher, der von Hübner junior am Morgen nach der Entführung im Stall aufgefunden wurde, schlafend in seinem blutbespritzten Mantel, neben sich das Schlachtbeil, tut uns noch heute ein wenig leid. Aber, mein Gott, der hätte sich ja auch ein anderes Nachtquartier suchen können als ausgerechnet den Gänsestall von Bauer Hübner in Oberküchelbach.

Die Autoren

Sigrun Arenz,

Jahrgang 1978, wurde in Nürnberg geboren und lebt in Schwabach. Nach dem Studium der Germanistik und Theologie in Erlangen nahm sie den Beruf der Gymnasiallehrerin auf.

Als Schriftstellerin debütierte sie 2004 mit *Ahnungslos. Erzählungen.* 2005 war sie am Ausflugsverführer *Jakobswege in Franken* beteiligt. 2008 erschien bei ars vivendi ihr erster Kriminalroman *Das ist mein Blut,* ein Krimi aus dem Fränkischen Seenland. Der zweite Fall des Ermittlerteams Eva Schatz und Rainer Sailer, *Kühl bis ans Herz,* folgte 2009.

Sigrun Arenz ist auch als Kulturrezensentin für die *Fürther Nachrichten* vorwiegend in Konzertsälen unterwegs.

Jan Beinßen,

1965 in Stadthagen geboren, arbeitet als Journalist und Autor in Nürnberg und war jahrelang leitender Redakteur der Abendzeitung. Er ist verheiratet und hat drei Kinder.

1997 erschien bei Reclam Leipzig sein Debütroman *Zwei Frauen gegen die Zeit,* 1998 folgte der Thriller *Die Genfalle.* 2001 erschien im verlag der criminale der Kriminalroman *Messers Schneide.* 2005 eröffnete *Dürers Mätresse* im ars vivendi verlag die erfolgreiche Reihe der Nürnberg-Krimis rund um den Fotografen Paul Flemming. Es folgten im September 2006 *Sieben Zentimeter,* im September 2007 *Hausers Bruder,* im Juli 2008 *Die Meisterdiebe von Nürnberg,* im Sommer 2009 *Herz aus Stahl* sowie im Herbst 2010 *Das Phantom im Opernhaus* mit der sechsten Herausforderung für Paul Flemming.

Veit Bronnenmeyer

wurde 1973 in Kulmbach geboren und wuchs in Lauf bei Nürnberg auf. Nach dem Abitur machte er eine Ausbildung zum

Schreiner, von 1996 bis Ende 2000 studierte er Soziale Arbeit in Bamberg. Derzeit ist er Projektmanager im Schul- und Bildungsreferat der Stadt Fürth und schreibt regelmäßig für die *Fürther Freiheit*, eine literarische Rubrik der *Fürther Nachrichten*.

Beim ars vivendi verlag erschienen bisher die Kriminalromane *Russische Seelen* (2005) und *Zerfall* (2007) sowie *Stadtgrenze* (2009). Der vierte Fall des Ermittlerduos Albach und Müller ist bereits in Arbeit. 2009 gewann Veit Bronnenmeyer mit dem Kurzkrimi *Eigenbemühungen* den ersten Preis beim Agatha-Christie-Krimiwettbewerb.

Peter Freudenberger

wurde 1960 in Aschaffenburg geboren, wo er auch heute mit seiner Frau und seinen drei Kindern lebt. 1988 wurde er Redaktionsleiter bei der in Aschaffenburg und im westlichen Unterfranken erscheinenden Tageszeitung *Main-Echo* in der Außenstelle Miltenberg, 1997 Redaktionsleiter in Aschaffenburg. Seit dem Jahr 2007 ist er dort als leitender Redakteur beschäftigt.

Sein erster Kriminalroman *Stiller und die Tote im Bus* erschien 2008, der zweite Band *Stiller und die Finsternis* 2009 als Main Krimi im Emons Verlag.

Uwe Gardein

lebt in der Nähe von München. Er wurde mit dem Förderstipendium für Literatur der Landeshauptstadt München ausgezeichnet und ist Autor mehrerer Bücher, Drehbücher und Theaterstücke. Bei ars vivendi erschienen bisher seine beiden Allgäu-Krimis *Tödliche Höhen* (2009) und *Mord an Allerseelen* (2010). Der dritte Fall von Winkler und di Nardo, *Zärtliche Morde*, wurde 2011 publiziert.

Tommie Goerz,

Jahrgang 1954, hat Soziologie, Philosophie und Politische Wissenschaften studiert und war 20 Jahre Texter und Konzeptor bei einem der größten Agenturnetzwerke der Welt. Er gewann unter anderem den Bronzenen Löwen in Cannes (2007). Heute hat er einen Lehrauftrag an einer Hochschule und ist Inhaber einer kleinen Agentur.

Im Sommer 2010 erschien bei ars vivendi sein erster Kriminalroman *Schafkopf* um den Kommissar Friedo Behütuns, im März 2011 folgte *Dunkles* und im Herbst 2011 *Leergut*.

Anne Hassel

lebt als freie Autorin in Miltenberg am Main. Sie schrieb viele Jahre lang Kindergeschichten für eine größere Zeitung, veröffentlicht wurden zwei Märchenbücher. Zugleich ist sie eine leidenschaftliche Krimiautorin. Neben etlichen Beiträgen in Anthologien, etwa *Wein und Leichen*, einer 2000 bei Plöger Medien erschienenen Sammlung von Kriminalgeschichten, veröffentlichte sie 2004 ihren ersten Kriminalroman *Grüningers Tod* bei Königshausen & Neumann. Sie ist Mitherausgeberin von vier Krimianthologien, Mitglied bei den *Mörderischen Schwestern*, im *Syndikat* und im *AutorenVerband Franken*.

Thomas Kastura,

geboren 1966 in Bamberg, studierte Germanistik und Geschichte in Würzburg und Bamberg. Danach arbeitete er als Universitätsdozent und Kulturjournalist. Seit 1998 schreibt er Bücher und veröffentlichte zahlreiche Erzählungen, Jugendbücher und Kriminalromane, unter anderem *Der vierte Mörder* (Platz 1 auf der KrimiWelt-Bestenliste). Zuletzt erschien 2010 *Das geheime Kind*, der dritte Band in der Reihe um Kommissar Klemens Raupach. Der Autor lebt mit seiner Frau und seinen beiden Töchtern in Bamberg.
www.thomaskastura.de

Tessa Korber,

bürgerlich Dr. Tessy Korber, ist freie Autorin und wurde vor allem mit ihren historischen Romanen bekannt.

Sie schrieb aber auch sechs Stadtkrimis um die Nürnberger Kommissarin Jeannette Dürer, in denen sie es genießt, nicht in ferne Zeiten und zu entlegenen Orten zu schweifen, sondern sich in sehr zeitgenössischer Weise mit ihrer fränkischen Heimat zu beschäftigen. Im März 2010 erschien ihr Kurzgeschichtenband *Das Leben ist mörderisch* bei ars vivendi.
Die Autorin studierte Literatur und Geschichte, lebt heute mit ihrer Familie in der Nähe von Erlangen und ist Trägerin des Forchheimer Kulturpreises 2010.

Dirk Kruse
wurde 1964 in Geesthacht geboren. Er wuchs in Schleswig-Holstein auf und machte in Schwarzenbek sein Abitur. Nach einer Krankenpflegeausbildung in Hamburg studierte er in Erlangen Politikwissenschaft, Germanistik und Theaterwissenschaft.
Seit 1995 arbeitet Dirk Kruse hauptberuflich für die Radioprogramme des *Bayerischen Rundfunks* in Nürnberg. Dort ist er unter anderem als Literatur- und Theaterkritiker, Nachrichtenreporter und Moderator für *BR Klassik* tätig.
Als Schriftsteller hat er die Kriminalliteratur um den fränkischen Gentleman-Detektiv Frank Beaufort bereichert. 2008 löste dieser bei ars vivendi in *Tod im Augustinerhof* seinen ersten, in *Requiem* 2009 seinen zweiten Fall. Der Nachfolgeband ist bereits in Arbeit.
Dirk Kruse ist außerdem als freier Moderator und Rezitator sowie als Dozent für Sozialkunde, Ethik und Deutsch in Erlangen und Nürnberg tätig.

Petra Nacke
wuchs in Norddeutschland auf. Sie studierte Theaterwissenschaften und Literaturgeschichte in Erlangen. Am »Performing Arts Center« in München absolvierte Petra Nacke eine Ausbildung in Schauspiel, Gesang und Tanz.

Heute arbeitet sie als freie Autorin, Moderatorin, Rezitatorin, aber auch Sängerin in Nürnberg. Seit 1997 ist sie feste freie Mitarbeiterin des *Bayerischen Rundfunks*. 2002 erhielt sie zusammen mit dem Ensemble *Feinton* den Kulturförderpreis der Stadt Nürnberg. 2008 publizierte sie zusammen mit Elmar Tannert den Roman *Rache, Engel!*, im Herbst 2010 erschien mit *Blaulicht* der zweite Kriminalroman des Autorenduos.

Blanka Stipetić

wurde 1967 im ehemaligen Jugoslawien geboren und wuchs in einem kleinen Dorf in der Nähe von Stuttgart auf. Sie studierte Slawistik und Politik in Würzburg und war anschließend lange Zeit in der Erwachsenenbildung tätig.
Seit 2007 lebt sie mit ihrer Familie in Berlin und arbeitet als freie Autorin und Literaturübersetzerin. Sie ist Mitglied der Gruppe *so-uebersetzen.net*.

Gemeinsam mit Roman Rausch schrieb sie den Kommissar-Kilian-Krimi *Der Bastard*, der 2007 bei Rowohlt erschien. Ebenfalls bei Rowohlt erschien im August 2010 unter dem Pseudonym Mila Wolf ihr Roman *Schandfleck*.

Elmar Tannert

wurde 1964 in München geboren. Er absolvierte ein Studium der Musikwissenschaft und Romanistik. Von 1991 bis 2003 war er in verschiedenen Berufen tätig, u.a. als Datentypist, Zeitungsverkäufer, Postbote und Tankwart. Ab 1994 erfolgten erste Veröffentlichungen seiner Kurzgeschichten. Seit 2003 ist er freier Schriftsteller und arbeitet u.a. beim *Bayerischen Rundfunk* und bei der *Abendzeitung Nürnberg*. Für seine literarischen Arbeiten erhielt er 1999 den Kulturförderpreis der Stadt Nürnberg sowie des Freistaats Bayern und 2001 den Kulturförderpreis des Bezirks Mittelfranken.

Bei ars vivendi erschienen von ihm *Der Stadtvermesser* (1998), *Keine Nacht, kein Ort* (2002), *Ausgeliefert* (2005) und das gemeinsam mit Petra Nacke verfasste Buch *Rache, Engel!* (2008). *Blaulicht*, der zweite Kriminalroman des Autorenduos, wurde im Herbst 2010 publiziert.

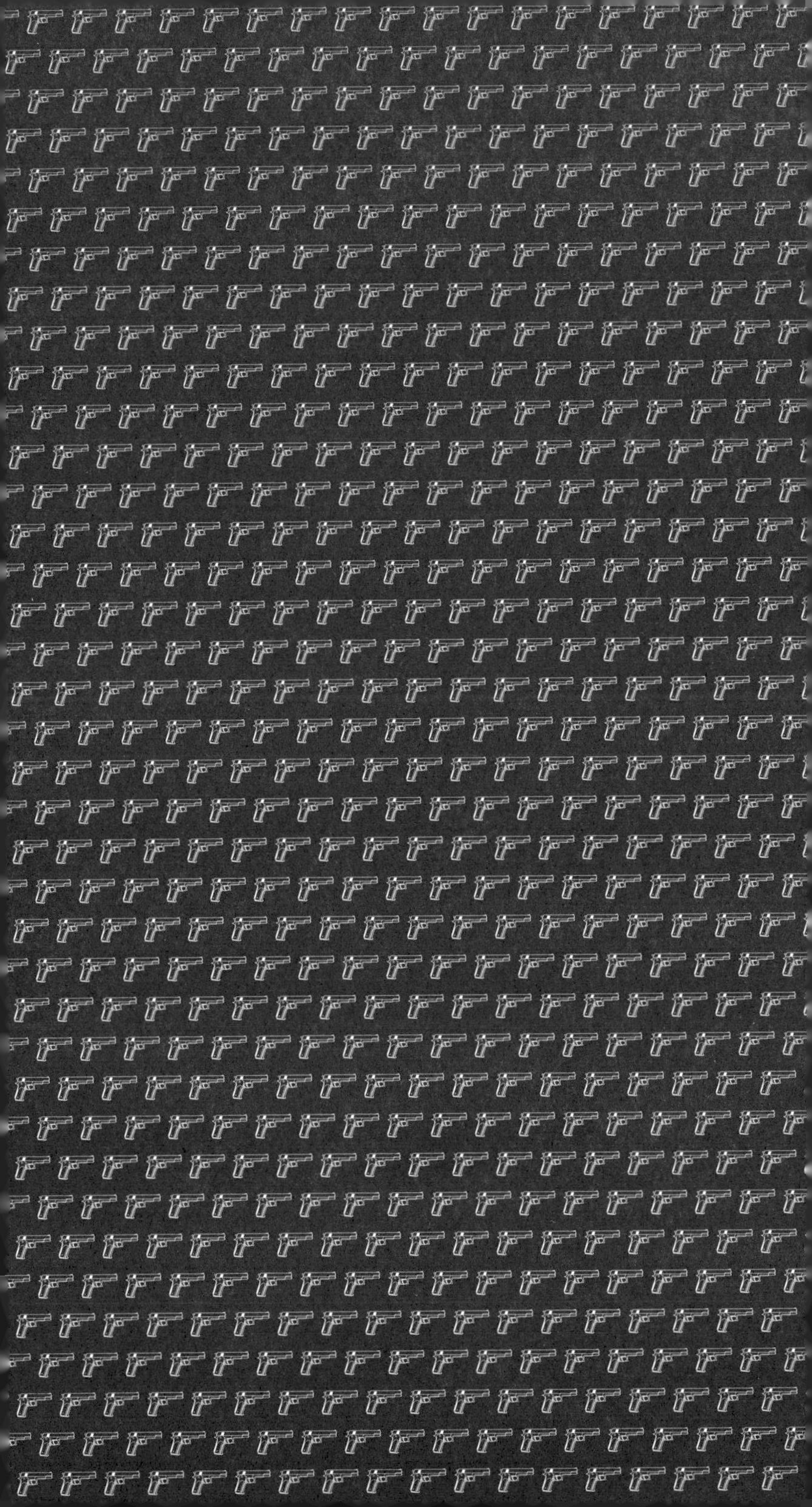